ELLEN McCOY

Hin und weg verliebt

ALASKA WIDER WILLEN

1. Auflage
Copyright © 2018 Ellen McCoy
Lektorat: M. Grundmann
Korrektorat: Claudia Heinen, www.sks-heinen.de

Herstellung und Verlag:
BoD – Books on Demand
In de Tarpen 42
22848 Norderstedt

Alle Rechte vorbehalten.
ISBN: 978-3-7460-9620-9

Umschlaggestaltung: BENISA WERBUNG, Sabine Albrecht,
www.benisa-werbung.de
Umschlagbilder: Designed by Freepik

Bibliografische Information der Deutschen Nationalbibliothek:
Die Deutsche Nationalbibliothek verzeichnet diese Publikation
in der Deutschen Nationalbibliografie; detaillierte bibliografi-
sche Daten sind im Internet über http://dnb.dnb.de abrufbar.

Kapitel 1

»Sind Sie ganz sicher?« Der Detective fixierte Ryan ernst mit seinem Blick.

»Ja«, entgegnete er mit einer Spur von Trotz in der Stimme. Der besorgte Ausdruck im Gesicht des Polizeibeamten ließ ihn schaudern. Wenn schon dieser Mann es für riskant hielt, war es vermutlich in der Tat keine gute Idee. Aber zum Zurückrudern war es jetzt zu spät. Außerdem entsprach das nicht seinem Naturell. »Ich habe Monate in diese Story investiert«, setzte er nach.

Der Mann nickte.

»Vielleicht sollten wir den Staatsanwalt einschalten«, meldete Phil sich zu Wort.

Ryan warf seinem Chefredakteur einen genervten Blick zu. Das hatten sie alles bereits durchgekaut. »Mein Informant möchte anonym bleiben. Und ohne Zeugen gibt es keine Beweise.«

Phil seufzte. »Hast ja recht.« Er wirkte nicht besonders glücklich, dabei hätte er vor Begeisterung über die Story Luftsprünge machen sollen. Allerdings war Phil nicht wie die meisten seiner Zunft. Für ihn zählten Menschen mehr als Schlagzeilen. Deshalb fühlte Ryan sich in seiner Redaktion auch so wohl, selbst wenn Phil ihn manchmal eher ausbremste. So wie jetzt. Er war derjenige, der darauf bestanden hatte, den Entwurf der Polizei vorzulegen, bevor der Artikel in Druck ging.

»Wir müssen Sie aus der Schusslinie nehmen, Mr. Miller«, sagte der Detective langsam. »Mit etwas Glück wird Ihre Reportage diverse Bandenmitglieder aufscheuchen. Kann sein, dass sie Fehler machen und uns damit in die Hände spielen. Es wird ein paar Wochen dauern, bis wir alles aufgeräumt haben.

Und es wäre schade, wenn in der Zwischenzeit eine verirrte Kugel Sie erwischt.« Er sagte es ganz ruhig und nüchtern. Und genau das bescherte Ryan ein verdammt mieses Gefühl. Das nächste Mal würde er es sich dreimal überlegen, bevor er einem anonymen Tipp nachging, der eine herausragende Story versprach. *Falls* es ein nächstes Mal für ihn geben sollte.

»Sehe ich auch so«, mischte Phil sich erneut ein. »Du hast ja noch massig Urlaubstage. Spann mal aus, fahr für drei Wochen irgendwohin. Hawaii soll ganz schön sein.«

Entgeistert starrte Ryan ihn an. Er hatte sich in den letzten Monaten den Hintern für diesen sensationellen Bericht über Bandenkriminalität aufgerissen und zum Dank wurde er in Zwangsurlaub geschickt?

Phil verzog keine Miene. »In drei Tagen geht der Artikel in Druck. Dann will ich dich ganz weit weg von Chicago wissen.«

»Eine gute Idee«, stimmte der Detective ihm zu. »Sie treiben die Ratten aus ihren Löchern, wir räumen auf und wenn alles vorbei ist, kommen Sie wieder zurück.« Während Ryan noch nach Worten suchte, erhob der Polizist sich bereits. Die Unterredung war offensichtlich vorüber. »Vielen Dank, Sie haben uns sehr geholfen, Mr. Miller. Und Sie natürlich auch, Mr. Jenkins.« Er reichte Ryan und Phil nacheinander die Hand, dann öffnete er demonstrativ die Tür des Besprechungsraums und geleitete die beiden nach draußen.

»Was sollte das eben?«, fuhr Ryan Phil an, sobald sie außer Hörweite waren. »Ich habe drei weitere Storys laufen, ich werde nicht einfach den Kopf in den Sand stecken und untertauchen!«

»Lieber im Sand als unter der Erde«, entgegnete Phil ungerührt.

Ryan schnaubte. »Jetzt übertreib mal nicht.«

»Tue ich nicht. Du hast den Detective selbst gehört. Und du weißt, wie schnell man sich eine Kugel einfangen kann, wenn man den falschen Leuten negativ auffällt. Denk an mal an Juan.«

»Das ist nicht vergleichbar«, winkte Ryan ab, merkte je-

6

doch, wie sein Ärger verpuffte. Sein Kollege hatte vor ein paar Wochen über einen Banküberfall berichtet und einen Querschläger in die Schulter gekriegt.

»Richtig«, bestätigte Phil grimmig. »Auf ihn hatte niemand gezielt.«

Ryan biss die Zähne zusammen. Er wusste selbst, dass es vernünftiger wäre, auf Tauchstation zu gehen. Was waren schon drei Wochen – wenn man das nötige Kleingeld für einen ausgedehnten Urlaub besaß.

Was bei ihm leider nicht der Fall war.

Er atmete tief durch und richtete seine schmale, metallfarbene Brille.

»Sind wir uns einig?«, vergewisserte sich Phil.

»Sicher«, brummte Ryan. Er hatte keinen Zweifel daran, dass Phil ihn suspendieren würde, wenn er nicht freiwillig freinahm.

»Sehr schön.« Der Chefredakteur grinste. »Dann wünsche ich dir einen schönen Urlaub. Lass dir mal richtig die Sonne auf den Bauch scheinen, schlürf Cocktails, reiß ein paar Mädels auf. Oh Gott, jetzt werde ich wirklich neidisch«, fügte er gutmütig hinzu.

»Wir können sehr gerne tauschen.« Ryan konnte sich wirklich Schöneres vorstellen.

»Nee, nee, lass mal. Carol hätte da bestimmt was dagegen.«

»Dann war's das jetzt? Wir sehen uns in drei Wochen?« Es gelang Ryan nicht, die Bitterkeit aus seiner Stimme fernzuhalten.

»So in etwa. Ich melde mich, sobald die Luft rein ist.«

Ryan blieb irritiert stehen und packte Phils Arm. »Einundzwanzig Tage und keine Stunde länger«, betonte er.

Phil musterte ihn aufmerksam. »Es ist natürlich deine Entscheidung. Aber *ich* würde warten, bis die Gefahr vorbei ist. Mir gefällt dein Kopf ganz gut so, wie er ist. Ohne zusätzliche Löcher.«

Ryan verzog das Gesicht. Das konnte ja heiter werden.

Müde schleppte Beth sich die Treppe zu ihrer Wohnung hinauf. Was für ein beschissener, langer Tag. Mason Harper, der Chef des Beratungsunternehmens, für das sie im Backoffice arbeitete, war heute durch gar nichts zufriedenzustellen. Fünfmal hatte sie eine – vom zuständigen Berater bereits abgesegnete – Präsentation umändern müssen, bis sie Harpers Ansprüchen genügte. Schließlich war sie fast identisch mit der Ausgangsversion gewesen und ihr Chef endlich glücklich. Manchmal trieb ihr Job – oder, besser gesagt, die Menschen um sie herum – sie in den Wahnsinn.

Gott, sie vermisste Liv.

Abgesehen davon, dass sie ihre Freundin war, hatte die Arbeit mit ihr wirklich Spaß gemacht. Doch Liv hatte die Firma schon vor über einem Jahr verlassen, um stattdessen mit Harpers Neffen ein Sägewerk in Alaska zu betreiben. Alaska! Wer hätte das gedacht? Beth mit Sicherheit nicht.

Sie erreichte ihre Wohnungstür und schloss auf. Endlich Feierabend. Schnell schaute Beth den kleinen Poststapel durch, den sie von unten mitgenommen hatte. Ein Umschlag mit goldgeprägten Ringen fiel ihr dabei ins Auge.

Beth stockte und riss ihn hastig auf. Wenn man vom Teufel sprach …

Ungläubig starrte sie die schlichte und dennoch elegante Einladung an, die die baldige Vermählung von Mr. Matthew Colemen und Miss Olivia Archer verkündete. Beth schluckte und lehnte sich an die Wand, weil ihre Knie plötzlich nachgaben. Es war ja nicht so, als käme diese Einladung überraschend für sie. Schon seit Monaten hing die *Save the Date*-Karte an ihrem Kühlschrank. Sogar der Urlaub war bereits beantragt. Dennoch war ihr das Ganze bis zuletzt unwirklich vorgekommen.

Nun sank allmählich die Erkenntnis ein, dass es tatsächlich passieren würde. Liv würde nicht mehr zurückkommen. Sie hatte ihr Glück in Alaska gefunden – einen Mann, der sie vergötterte, eine Arbeit, die sie voll und ganz ausfüllte.

Beth ließ sich zu Boden gleiten und schaute sich in ihrer kleinen Wohnung um. Es war so unfair.

Sofort schämte sie sich ihrer Gedanken. Sie freute sich für Liv. Sehr sogar. Es war nur … Liv war immer die Ehrgeizigere, die Erfolgreichere von ihnen beiden gewesen. Sie hatte rasant Karriere gemacht, war im ganzen Land umhergeflogen, hatte spannende Projekte betreut, während Beth im Backoffice gesessen hatte. Sie hatte das nie gestört. Sie hatte stets das Gefühl gehabt, dass Livs Leben gar keins war, es war ein niemals endender Sprint. Sie selbst hatte das nie gereizt. Sie hatte gern ihren Spaß. Sie wusste, dass sie nie so viele Lorbeeren kassieren oder so viel Geld verdienen würde wie ihre Freundin. Und das war okay, denn sie hatte nie daran gezweifelt, dass sie als Erste die Liebe und das Glück finden würde, während Liv der nächsten Herausforderung hinterherjagte.

Dann kam Matt und alles wurde anders. Dabei hatte Liv nicht einmal nach ihm gesucht, das Leben hatte ihn ihr auf einem Silbertablett präsentiert.

Beth schüttelte den Kopf und riss sich zusammen. Sie war einfach nur übermüdet. Sie freute sich für ihre Freundin und damit basta.

Die Hochzeit war für den Samstag geplant. Bei ihrem letzten Telefonat mit Liv hatten sie verabredet, dass Beth schon ein paar Tage früher käme, damit sie mehr Zeit füreinander hätten. Immerhin hatten sie sich ewig nicht mehr gesehen. Eigentlich hätte sie den Flug schon längst gebucht haben sollen. Keine Ahnung, wieso sie das nicht getan hatte.

Nein, das stimmte nicht ganz. Sie hatte bis zuletzt gehofft, dass sie da nicht allein würde hinfliegen müssen. Leider hatte sie an der Männerfront seit Monaten kein Glück. Für mehr als eine oder zwei Nächte hatte es nie gereicht. Früher hätte sie das nicht gestört. Sie hätte sich mit Freude in das Getümmel der

Feier gestürzt und ganz gewiss das eine oder andere Sahneschnittchen abgegriffen.

Aber es war nicht früher. Sie war fast dreißig, Herrgott noch mal, und hatte kaum etwas anderes vorzuweisen als einen mittelmäßigen Job und eine ganze Reihe bedeutungsloser Kerben in ihrem Bettpfosten. Nein. Um nichts in der Welt würde sie ohne Begleitung auf dieser Hochzeit auftauchen, bei der sie kaum jemanden kannte.

Ryan, fiel es ihr plötzlich ein. Er war ihr Fels in der Brandung, ihr bester Freund. Obwohl sie ihn wegen seiner Arbeit nicht ganz so oft sah, konnte sie sich auf ihn immer verlassen. Er hatte ihr bei dem Umzug geholfen. Er hatte sie mitten in der Nacht abgeholt, als irgendein Blödmann ihr vor dem Klub die Handtasche geklaut hatte. Er würde sie auch jetzt nicht hängen lassen.

Natürlich würde sie niemals so tief sinken, ihn als ihren Freund, Verlobten oder sonst noch etwas auszugeben, das würde sowieso nicht hinhauen. Sie hatten es bereits einmal miteinander versucht. Aber ein bisschen Rückendeckung wäre schön, das Bewusstsein, nicht ganz allein zu sein.

Bevor sie es sich anders überlegen konnte, wählte sie seine Nummer.

Vielleicht war er ja gar nicht in der Stadt. Vielleicht hatte er gerade keine Zeit für so was. Wie auch immer, mehr als Nein sagen konnte er nicht. Sie hielt sich das Telefon ans Ohr und lauschte nervös dem Freizeichen.

Ryan knallte die Tür hinter sich zu. So ein Scheiß! Das war gehörig nach hinten losgegangen. Endlich hatte er die Chance gehabt, der Welt zu zeigen, was für ein Journalist in ihm steckte, und dann wurde er einfach abgeschoben und in Watte gepackt. Phil übertrieb bestimmt maßlos mit seiner Fürsorge. Und wäre nicht der ernste Blick des Polizisten gewesen, hätte er nie im Leben eingelenkt. So konnte allerdings nicht einmal er leugnen, dass da vielleicht tatsächlich etwas dran war.

Er fluchte und schlurfte ins Badezimmer. Ein blonder Bartschatten zierte sein eher schmales Gesicht und die Augen hinter der dünnen Metallbrille blickten ihm müde entgegen. Urlaub klang nach einer nicht wirklich schlechten Idee. Er konnte sich kaum erinnern, wann er das letzte Mal richtig ausgespannt hatte, war es letztes Jahr gewesen? Oder das Jahr davor? Auf jeden Fall, bevor es mit seinem Dad so rapide bergab gegangen war. Die Krankenhauskosten hatten die ganzen Ersparnisse seiner Eltern aufgezehrt und nach seinem Tod konnte Mom sich die Hypothek für das Haus nicht mehr leisten. Also ging jeden Monat ein guter Teil seines Gehalts an ihre Bank. Anfangs hatte Mom nichts davon hören wollen, aber Ryan hatte sie schließlich überzeugt. Sie wusste nicht, dass er nicht ganz so viel verdiente, wie er sie glauben ließ, und das war gut so. Er kam zurecht, hatte alles, was er brauchte. Abgesehen von dem Kleingeld für eine ausgedehnte Karibikreise natürlich.

Er nahm seine Brille ab und spritzte sich kaltes Wasser ins Gesicht. Er konnte es drehen und wenden wie er wollte, er hatte im Wesentlichen zwei Möglichkeiten. Sich die nächsten Wochen in seiner Wohnung zu verkriechen und so zu tun, als wäre er nicht da. Drei Wochen lang fernsehen, schlafen und an die Decke starren. *Hooray*. Oder die ganze Zeit die Fürsorge seiner Mutter über sich ergehen zu lassen.

»Da hast du mir einen schönen Mist eingebrockt«, sagte er vorwurfsvoll zu seinem Spiegelbild. Dann schaute er hoch. So langweilig schien seine Decke gar nicht zu sein. Alles wäre besser, als die Zeit bei Mom zu verbringen. Er liebte sie, so war das nicht, und er fühlte sich für sie verantwortlich, doch er würde keine drei Wochen am Stück ihre ständigen Ermahnungen ertragen, noch ein bisschen mehr zu essen, auf seine Gesundheit zu achten, sich endlich ein nettes Mädchen zu suchen.

Deshalb war er auch direkt nach der Highschool aus dem kleinen Ort verschwunden, wo sein Zuhause stand. Er besuchte sie hin und wieder am Wochenende, wieder regelmäßiger, seit Dad nicht mehr da war, und er zahlte ihre Schulden. Mehr konnte er wirklich nicht tun.

Schwungvoll warf Ryan sich auf das Sofa und tätschelte den abgegriffenen Bezug. »Wie es aussieht, werden wir in den nächsten Tagen viel Zeit miteinander verbringen«, brummte er mit einem Anflug von Galgenhumor.

Sein Handy summte. Hastig sprang er auf und fingerte danach, in der Hoffnung, es wäre Phil, um ihm zu erklären, dass alles halb so wild und nur ein blöder Scherz gewesen wäre, oder um ihn zumindest auf irgendeine heiße Story ganz weit weg anzusetzen. Er warf einen flüchtigen Blick auf das Display, während sein Daumen schon das Gespräch annahm. Mist. Es war nicht sein Chef. Es war Beth.

Die Beth, die sein Herz noch immer zum Stolpern brachte. Die Beth, von der er sich noch sehnlicher wünschte, sie würde es sich anders überlegen, als er es bei Phil tat. Selbst nach zwei Jahren hing er noch der kurzen, aber intensiven Affäre nach, mit der ihre Bekanntschaft begonnen hatte. Sie war so strahlend schön, fröhlich, schlichtweg überwältigend gewesen und er hatte sich Hals über Kopf in sie verliebt. Alles schien perfekt zu sein, bis sie bemerkt hatten, dass sie lieber Freunde bleiben sollten. Besser gesagt hatte *sie* das bemerkt. *Er* hätte noch ewig so weitermachen können.

»Ja?«, krächzte er ins Telefon. Er konnte nichts dagegen tun, allein der Gedanke an sie brachte ihn durcheinander.

»Ryan?« Sie klang nervös. »Ich brauche deine Hilfe.«

Na sicher, was sonst? Sie meldete sich meist, wenn sie etwas von ihm wollte oder wenn gerade kein anderer zum Ausgehen zur Verfügung stand. Er hätte es schon längst kapiert haben müssen – sonst war er ja auch nicht schwer von Begriff. Dennoch hoffte er jedes Mal aufs Neue, dass Beth endlich die

Augen aufmachen und erkennen würde, wie perfekt sie zueinanderpassten. Es war armselig, aber irgendein Laster musste ein Mann schließlich haben. »Worum geht es?«

»Es ... hm ...« Sie druckste ein wenig herum.

»Spuck's schon aus, Beth.« Er ließ sich wieder rücklings auf das Sofa fallen. Was auch immer sie beschäftigte, schien nicht besonders eilig zu sein.

»Erinnerst du dich noch an Liv?«

»Ist das nicht diese Freundin von dir, die nach Kanada gezogen ist?« Sie hatte da mal was erwähnt.

»Alaska«, korrigierte sie ihn.

»Aha.« Für ihn kam es fast auf das Gleiche raus.

»Sie will jetzt heiraten.«

»Schön für sie«, sagte er vorsichtig und fragte sich, wann Beth endlich zum Thema kommen würde.

»Diesen Samstag.«

Er schwieg erwartungsvoll, um nicht schon wieder ein bedeutungsschwangeres *Aha* einzuwerfen.

»Ich fliege natürlich hin.« Sie zögerte. »Und ich würde mich freuen, wenn du mitkommst.«

»Wieso?« Diese Frage kam schärfer heraus als beabsichtigt. Ryan richtete sich kerzengerade auf, während ihm die unterschiedlichsten Szenarien durch den Sinn schossen. Am reizvollsten fand er dabei die Vorstellung, dass sie ihn wirklich dabei haben wollte, weil er ihr am Herzen lag. Dicht gefolgt von der Idee, dass sie nur so tun sollten, als wären sie ein Paar. In all den tausend kitschigen Filmen mit dieser Story bekam der Kerl am Ende schließlich das Mädchen. Wieso sollte das bei ihm nicht auch funktionieren?

»Weil ich dich gern dabei hätte. Als guten Freund.«

Autsch. »Ich bin sicher, du kriegst es auch alleine hin.«

»Klar würde ich das. Aber mit dir wäre es ... schöner. Nicht so verkrampft. Ach, ich weiß nicht.« Sie seufzte und hörte sich auf einmal furchtbar unsicher und traurig an. »Keine Ahnung, was mit mir los ist. Diese Hochzeit bringt mich dazu, über mich nachzudenken. Irgendwie kommt mir mein Leben nicht ganz so rosig vor, wie ich es mir stets eingeredet habe. Ich will nicht allein zu dieser Hochzeit fahren, all die glücklichen Paare und Familien sehen. Will nicht gezwungen sein, sinnlosen Small Talk mit völlig Fremden zu machen, nur um nicht einsam in der Gegend herumzustehen, während alle um mich herum Spaß haben.«

Ryan kratzte sich am Hinterkopf und ließ langsam die Luft entweichen, die er unbewusst angehalten hatte. Das waren ja ganz neue Töne von Beth. So ernst kannte er sie gar nicht. Vermutlich, weil sie nicht oft jemanden hinter ihre Fassade blicken ließ. »Alaska, sagtest du?«, vergewisserte er sich.

»Ja. Ach, vergiss es. War eh eine blöde Idee. Tut mir leid. Du hast mit Sicherheit Besseres zu tun.«

»Nein, eigentlich nicht.« Der Gedanke hatte tatsächlich etwas für sich. Vielleicht konnte er drei Fliegen mit einer Klappe schlagen – Beth helfen, eine wunderschön romantische Zeit mit ihr verbringen und auch noch sein eigenes Problem lösen, indem er aus Chicago verschwand. Schließlich war Alaska trotz des beginnenden Sommers kaum ein Traumreiseziel. Sowohl die Flüge als auch die Hotels müssten eigentlich im bezahlbaren Rahmen liegen.

»Wie meinst du das?«

»Bei mir liegt gerade nichts Wichtiges an. Wenn du es wirklich möchtest, kann ich dich also begleiten.«

»Tatsächlich? Wow!« Sie klang unglaublich erleichtert. »Danke! Du bist ein Schatz. Dafür hast du echt was gut bei mir.«

»Ist schon okay«, murmelte er. Er tat das ja nicht völlig uneigennützig.

»Danke!«, wiederholte sie. »Ich checke gleich die Flugzeiten und melde mich dann bei dir.«

»Sicher. Bis gleich.«

Sie legte auf.

Puh, was für ein verrückter Tag. Als er am Morgen Phil seinen Artikel vorgelegt hatte, hatte er mit vielem gerechnet – Lobeshymnen und einer Gehaltserhöhung zum Beispiel –, aber nicht damit, dass er schon sehr bald mit Beth auf dem Weg nach Alaska sein würde, um der Hochzeit ihrer Freundin beizuwohnen.

Dabei war er sich gar nicht so sicher, ob diese Entwicklung gut für ihn war. Was, wenn Beth ihre Meinung über ihn nicht änderte? Was, wenn er sich auf dieser Reise noch mehr in sie verliebte, als es ohnehin schon der Fall war?

Er griff in die obere Schublade seines Sideboards und zog ein gerahmtes Foto heraus. Es zeigte Beth und ihn, wie sie sich lachend umarmten. Die dichten rötlichen Haare fielen ihr in Wellen auf die Schultern, ihre Augen strahlten. Das Foto war auf einem Jahrmarkt entstanden, während ihrer so kurzen Zeit als Paar. Der Schnappschuss hatte den Moment perfekt eingefangen und zeigte, wie glücklich sie miteinander gewesen waren. Vorsichtig strich er mit den Fingerkuppen über ihr Gesicht.

Das Handy summte erneut. Er packte das Foto weg und grinste erwartungsvoll, als er ranging. Beth verlor offensichtlich keine Zeit bei der Reiseplanung. Während er sich die Daten notierte, fiel ihm noch ein weiterer Grund ein, der für diese Reise sprach: Alaska hatte einen ganzen Haufen Single-Männer zu bieten, die nur darauf brannten, eine Frau wie Beth abzukriegen. Er würde dafür sorgen, dass es ihr nicht wie ihrer Freundin Liv erging. Wenn er sich recht erinnerte, hatte diese ebenfalls vorgehabt, nur ein paar Tage dort oben zu bleiben.

Kapitel 2

Versonnen betrachtete Ryan Beths entspanntes Gesicht. Ihre Augen waren geschlossen, ihr Kopf gegen die blaue Rückenlehne des Flugzeugsitzes gelehnt und leise Musik drang aus den in ihren Ohren steckenden Kopfhörern. Ein Sonnenstrahl verirrte sich durch das kleine Plexiglasfenster und ließ ihr Haar wie rotes Gold strahlen. Sie war wunderschön. Seine Augen folgten einer Strähne, die ihr über die Schulter fiel und sich in das Tal zwischen ihren Brüsten schlängelte, in das ihr sommerliches Top einen verführerischen Einblick gewährte. Ryan atmete tief durch und zwang sich, ihr wieder ins Gesicht zu sehen. Hatte sie eigentlich schon immer diese kleinen Sommersprossen auf ihrer Nase gehabt?

Vielleicht war es tatsächlich keine kluge Idee, sie zu begleiten. Obwohl sie sich nur gelegentlich sahen und er in der Zwischenzeit ganz sicher nicht wie ein Mönch lebte, musste sie nur mit dem Finger schnippen und er stand sofort wie ein liebestoller Idiot parat. Wie würde es erst werden, wenn er die ganze Zeit in ihrer Gegenwart war, ohne dass ihre Gefühle für ihn sich veränderten? Würde er sie danach jemals vergessen können?

Er schüttelte den Kopf. Es war müßig. Er schaffte es ja jetzt schon nicht, sie aus seinen Gedanken zu verbannen. Viel schlimmer konnte es gar nicht mehr werden. Also würde er einfach das Beste aus den nächsten Tagen machen.

Als hätte sie seine Aufmerksamkeit gespürt, schlug Beth die Lider auf und schaute ihn lächelnd an. »Was ist los?«

»Nichts.« Ryan räusperte sich und schaute aus dem Fenster. Unter ihnen zogen endlose, dichte Baumreihen vorbei. »Diese Wildnis ist wahrlich beeindruckend. Kaum zu glauben, dass solch riesige Waldflächen so nah an der Zivilisation existieren.«

»Ja.« Beth beugte sich näher zu ihm, um besser nach draußen sehen zu können. Ihr fruchtiger Duft stieg ihm in die Nase und er musste an sich halten, um ihn nicht genüsslich einzusaugen. Sie waren bloß Freunde – zumindest, soweit es sie betraf.

»Schon verrückt«, sagte sie kopfschüttelnd. »Ich hätte nie gedacht, dass Liv sich in dieser Einöde wohlfühlen könnte.«

»Ist nicht so ganz dein Ding, wie?«

»Definitiv nicht.« Sie richtete sich prustend auf. »Ich bin eine Großstadtpflanze. Und was ist mit dir? Könntest du dir vorstellen, hier länger als ein paar Tage zu bleiben?«

Er zuckte mit den Schultern. Das wäre der passende Moment, ihr zu erzählen, dass er in der Tat etwas länger in Alaska bleiben würde, wenn auch nicht freiwillig. Aber er wollte nicht, dass sie sich wegen des Artikels Sorgen um ihn machte. Außerdem gefiel es ihm, dass sie ihn als ihren strahlenden Ritter sah, der ihr, ohne zu zögern, zur Seite stand. Wenn er ihr jetzt unter die Nase rieb, dass es sich ganz gut mit seinen eigenen Plänen deckte, würde er diesen Bonus verspielen. Und er hatte das Gefühl, dass er bei Beth jede Starthilfe brauchen würde, die er kriegen konnte.

Außerdem war da noch die Sache mit dem Geld. Er hatte gerade mal genug, um den Hinflug und die ersten paar Nächte im Hotel zu bezahlen. Danach würde er sich etwas einfallen lassen müssen. Zum Glück endete der Juni in nur zehn Tagen und dann wartete sein neuer Gehaltsscheck auf ihn – immerhin war er nur im Urlaub und nicht suspendiert.

»Auf Dauer wäre das auch nichts für mich«, beantwortete er schließlich Beths Frage, als ihm auffiel, dass sie ihn abwartend ansah. »Wie ist eigentlich der weitere Plan?«, wechselte er das Thema.

»Keine Ahnung«, gab sie unumwunden zu. »Morgen früh treffen wir uns mit Liv, dann sehen wir weiter.«

»Aha.« Ryan verzog nachdenklich das Gesicht. Das klang nicht gerade nach einem vollen Programm. Dann holte er sein Smartphone hervor und begann, sich mit der Gegend vertraut zu machen, die sie schon bald betreten würden. Vielleicht könnte er Beth zu einem romantischen Waldspaziergang entführen, ihr die eine oder andere schöne Aussicht zeigen, für die Alaska berühmt war und die ihr Herz mit Sicherheit höherschlagen lassen würde.

Aus dem Augenwinkel beobachtete Beth, wie Ryan konzentriert auf seinem Smartphone herumscrollte. Es war so großartig von ihm, dass er sie nicht im Stich gelassen hatte. Ohne Wenn und Aber, Bedingungen oder kritische Nachfragen war er einfach mitgekommen. Mit ihm in ihrer Nähe fühlte sie sich sicher, selbstbewusst und nicht, als hätte sie versagt. Sie mochte den richtigen Mann noch nicht gefunden haben, das bedeutete jedoch nicht, dass es keine besonderen Menschen in ihrem Leben gab. Ryan war definitiv einer davon.

Schade, dass es mit ihnen beiden nicht hingehauen hatte. Dieses gewisse Etwas, dieses Prickeln hatte einfach gefehlt. Sie konnte sich selbst nicht erklären, woran genau das lag. Ryan war intelligent, humorvoll und charmant. Und er sah – auf seine eigene, unaufdringliche Art – unglaublich gut aus. Sie wusste, dass so manche Frau beim Anblick seiner kurzen dunkelblonden Haare, der blau-grauen Augen hinter der schmalen Nickelbrille und der wohldefinierten Lippen schon schwach geworden war. Schließlich war sie selbst eine davon gewesen. Zum Glück hatte sie rechtzeitig erkannt, dass nicht mehr daraus werden konnte, und die Notbremse gezogen, bevor sie den Zeitpunkt für eine Freundschaft verpassten.

Er schien damit auch vollkommen zufrieden zu sein. Soweit sie es feststellen konnte, genoss er seine Freiheit. Zumindest hatte sie ihn nie mehr als flüchtig über irgendeine Frau sprechen hören. Vielleicht war er einfach nicht der Typ, der sich band.

Das Anschnallzeichen über ihren Sitzen blinkte auf. Das Flugzeug legte sich schräg und begann mit dem Landeanflug. In der einsetzenden Dämmerung konnte Beth die Lichter einer Stadt erkennen und darum Wald, Bäume und noch mehr Wald. Sie schmunzelte amüsiert. Nie hätte sie gedacht, dass Liv an so einem Ort glücklich werden könnte. Aber Liebe änderte vermutlich so manches.

Frischer Wind und leichter Nieselregen schlugen ihnen entgegen, sobald sie das Flugzeug verließen. Beth fröstelte und spürte, wie Ryan ihr seinen Parka um die Schultern legte.

»Lass uns schnell reingehen.« Er deutete auf das niedrige Flughafengebäude.

Sie nickte und beschleunigte ihren Schritt. Sie hatte Liv nicht glauben wollen, als diese ihr empfohlen hatte, eine Jacke mitzunehmen. Zu Hause war es so sommerlich warm gewesen, dass sie sich nicht hatte vorstellen können, abends direkt eine Jacke zu brauchen. Die würde sie nun als Erstes rausholen, sobald sie ihren Koffer bekam.

Sie betraten das Gebäude und Beth reichte Ryan seine Jacke zurück. »Danke.« War ja klar, dass er bestens auf alles vorbereitet sein würde. Andererseits gehörte das zu seinem Job als Reporter. Sie selbst saß im Backoffice, damit sie möglichst wenig durch die Weltgeschichte reisen musste. Und wenn, dann an wunderschöne, sonnige Orte.

»Da kommt schon unser Gepäck.« Ryan deutete auf das schwarze Band, das sich langsam in Bewegung setzte. Kurz darauf tauchten die ersten Stücke auf. Mühelos holte Ryan ihre beiden Koffer herunter, sobald sie in seine Reichweite kamen. Es hatte schon was, mit einem Mann unterwegs zu sein.

»Und nun?«, wandte er sich fragend an Beth.

Beth öffnete ihren Koffer und holte ihre Jacke heraus, die zum Glück ganz obenauf lag. »Liv meinte, sie würde jemanden schicken, der uns abholt. Einen Taxifahrer namens Gus oder so. Es gibt wohl nicht immer genügend Taxis am Flughafen«, fügte sie hinzu, als müsste sie diesen Umstand erklären.

»Alles klar, dann suchen wir Gus.« Ryan zog den Teleskopstiel seines kleinen Koffers heraus und setzte sich in Bewegung. Beth beeilte sich, es ihm mit ihrem eigenen Ungetüm im Schlepptau gleichzutun. Sie würde nie verstehen, wie Männer mit so wenig Gepäck auskommen konnten.

Sie traten in die Eingangshalle und schauten sich suchend um. »Da!« Beth deutete auf einen bärtigen Mann, der ein Schild mit ihrem Namen in die Luft hielt. Er trug eine Jeans und ein helles, kurzärmliges Hemd, das sich leicht über seinem Bauch spannte. Sie fröstelte, als sie sich vorstellte, dass er in diesem Aufzug nach draußen gehen würde. Andererseits wirkte er, als wäre er das Wetter gewohnt. Sein Gesicht und seine Arme waren gebräunt, der Bart von ersten Graufäden durchzogen und ein Kranz von Lachfältchen tanzte um seine Augen. Genauso hatte sie sich die Männer hier oben stets vorgestellt, lediglich das obligatorische Holzfällerhemd fehlte, um das Bild vollkommen zu machen.

»Willkommen in Alaska.« Gus streckte erst ihr, dann Ryan die Hand hin und lächelte sie freundlich an. »Liv hat mich gebeten, Sie direkt nach North Pole zu bringen.«

Beth verzog keine Miene, sah jedoch, wie Ryan bei diesem Ortsnamen amüsiert die Augenbrauen hob. »Danke. Sie kennen Liv?«, fügte sie neugierig hinzu, als sie ihm nach draußen zu seinem Wagen folgten. Erleichtert stellte sie fest, dass der Regen inzwischen aufgehört hatte.

»Oh ja. Ich habe sie damals auch hier am Flughafen abgeholt.« Er gluckste leise. »Scheint sich zu einer Tradition zu entwickeln. Passen Sie auf, dass es Ihnen nicht auch so ergeht.«

»Ganz sicher nicht!«, erklärte sie entschieden.

»War nur ein Scherz.« Gus zwinkerte ihr gut gelaunt zu. »Außerdem scheinen Sie beide alles, was nötig ist, bereits gefunden zu haben.«

Beth brauchte einen Moment, um den Sinn seiner Worte zu begreifen. »Was? Nein! Wir sind nicht zusammen. Wir sind bloß Freunde«, versicherte sie hastig.

»Genau«, stimmte Ryan ihr mit einem merkwürdigen Unterton in der Stimme zu.

»Freunde, soso«, meinte Gus grinsend. »Dann steigen Sie mal ein.«

Die Fahrt dauerte nur knapp zwanzig Minuten. Die Landstraße schlängelte sich zwischen meterhohen, dunklen Tannen hindurch und Beth konnte sich kaum an dem wunderschönen Sonnenuntergang sattsehen, der die Wolken am Himmel in strahlendes Lila, Orange und Purpur tauchte. Der Wind, der irgendwo dort oben heftig fegte, sorgte dafür, dass all die Formen und Farben stets in Bewegung blieben und immer neue, atemberaubende Bilder erschufen. So einen Sonnenuntergang hatte sie noch nie gesehen, erst recht nicht in der City, wo die vielen Lichter der Stadt das Strahlen der Sonne verwässerten.

»Da sind wir«, sagte Gus, kurz nachdem sie ein Ortseingangsschild mit dem Schriftzug *North Pole* und einem winkenden Santa passiert hatten. Er hielt den Wagen vor einem großen Gebäude, das nicht so recht zu den übrigen Häusern des kleinen Ortes zu passen schien. Mehrere Schilder priesen einen Supermarkt, einen Diner und ein Hotel an. Beth schüttelte sich. Keine zehn Pferde – und kein noch so heißer Mann – könnten sie dazu bringen, hier länger als nötig zu bleiben. Sie schaute zu Ryan hinüber, neugierig, ob es ihm ebenso ging, doch er schaute sich bloß aufmerksam um.

»Das macht dann zwanzig Dollar, bitte«, sagte Gus.

Sie sah, wie Ryans Hand zuckte, und kam ihm hastig zuvor. »Ich mache das schon.« Das war ja wohl das Mindeste angesichts dessen, was er für sie tat. Sie würde sich auf jeden Fall noch etwas überlegen müssen, um sich angemessen bei ihm zu bedanken.

Gus zückte zwei Visitenkarten. »Wenn Sie noch etwas brauchen, sagen Sie mir Bescheid. Ansonsten wünsche ich viel Spaß bei der Hochzeit. Vielleicht sehen wir uns dort noch.« Beth nickte verwundert. Hatte Liv gleich die ganze Stadt zur Feier eingeladen? Besonders groß schien North Pole ja nicht zu sein.

Ryan holte ihr Gepäck aus dem Kofferraum. Gus winkte ihnen noch einmal zu und brauste davon.

Ryan folgte Beth zu der kleinen Hotellobby. Der Größe der Rezeption nach zu urteilen dürfte das Haus kaum mehr als über zehn oder fünfzehn Zimmer verfügen. Vermutlich würde es in den nächsten Tagen ausschließlich von Hochzeitsgästen bevölkert. Wider alle Vernunft hoffte Ryan plötzlich, dass Beth und er ein Doppelzimmer bekämen, weil das Hotel hoffnungslos überbucht wäre. Allein bei dem Gedanken daran wurde ihm heiß und er bemühte sich, die unzüchtigen Gedanken von seinem Gesicht fernzuhalten. Denn unzüchtig war das, was damals zwischen ihr und ihm abgelaufen war, allemal.

Beth nannte der älteren Frau am Empfangstresen ihren Namen und bekam einen Zimmerschlüssel ausgehändigt. Dann war Ryan an der Reihe. Ein Hauch von Erleichterung mischte sich in seine Enttäuschung, als er das Zimmer direkt neben dem ihren bekam. Er hätte schließlich schlecht direkt über Beth herfallen können. Und mit ihr in einem Raum – womöglich sogar in einem Bett – zu schlafen, ohne sie berühren zu dürfen, hörte sich nicht ganz so verlockend an.

»Kann man hier irgendwo etwas essen gehen?«, fragte er, nachdem er ebenfalls seinen Schlüssel erhalten hatte.

»Selbstverständlich.« Die sorgfältig gelegte graue Dauerwelle wippte leicht, als die Frau freundlich nickte. »Neben der Mall gibt's einen netten Diner. Und weiter die Straße runter eine Pizzeria und einen Fast-Food-Imbiss, falls Ihnen das lieber wäre.«

»Danke.« Ryan schaute Beth fragend an. »Sollen wir uns gleich den Diner angucken?« Ihm hing der Magen inzwischen fast in den Kniekehlen. Der kleine Snack im Flugzeug hatte nicht für lange gereicht.

»Sehr gern.«

»Frühstück gibt es bei uns ab acht Uhr«, rief die ältere Frau ihnen hilfsbereit hinterher, als sie sich zur Treppe begaben.

»Gibt es hier denn keinen Fahrstuhl?«, frage Beth entmutigt und blieb mit ihrem Koffer vor den Stufen stehen.

»Keinen Aufzug, dafür zumindest einen Liftboy«, verkündete Ryan grinsend. »Gib schon her.« Er ächzte übertrieben, als er das Ungetüm vom Boden hob. »Baumstämme dürften sie hier eigentlich genug haben, du hättest nicht extra welche mitbringen müssen.«

Beth schoss ihm einen bösen Blick zu, doch ihre Mundwinkel zuckten unkontrolliert. »Ich wollte nur sichergehen, dass genügend Brennholz vorhanden ist. Du weißt bestimmt noch, wie schnell ich friere.«

Dagegen wusste er etwas deutlich Besseres als Kaminfeuer. Aber das behielt er wohlweislich für sich. Vorerst.

Oben vor ihrem Zimmer blieb Beth stehen. »Danke.« Sie nahm ihren Koffergriff. »Ich schreibe Liv nur kurz, dass wir angekommen sind. Treffen wir uns hier in fünf Minuten?«

»Sicher.« Er schnappte sich seinen eigenen Koffer und verschwand in der Tür nebenan.

»Sieht ganz nett aus.« Ryan schaute sich in dem kleinen Diner um. Auf jeden Fall wirkte er gemütlicher, als er es von einem Imbiss neben einem Einkaufszentrum vermutet hätte. Die Einrichtung war aus dunklem Holz und das Licht der altmodischen

Leuchten an der Decke schaffte eine gemütliche Atmosphäre. Gut die Hälfte der etwa zehn Tische war besetzt und der Geräuschpegel hielt sich in Grenzen.

Zielsicher lotste er Beth zu einem Zweiertisch in einer kleinen Nische. Mit der darauf brennenden Kerze wirkte er regelrecht romantisch. Ryan zog einladend einen Stuhl zurück, was Beth mit einem erstaunten Lächeln quittierte. Dann setzte er sich ihr gegenüber hin und widerstand nur knapp der Versuchung, seine Finger auf die ihren zu legen. Andererseits, wieso eigentlich nicht? Er sah ihr tief in die Augen.

»Was kann ich euch bringen?«, ertönte eine männliche Stimme direkt neben ihm.

Missmutig schaute Ryan auf. Ein schlanker Typ Ende zwanzig, mit tief auf der Hüfte sitzender, ausgewaschener Jeans, einem engen Shirt und einem Geschirrtuch im Hosenbund taxierte Beth unverschämt von oben bis unten.

»Für mich bitte ein Bier«, bestellte sie lächelnd, als hätte sie das gar nicht bemerkt. »Und … kannst du etwas von der Karte empfehlen?« Sie biss sich leicht auf die Unterlippe.

Flirtete sie etwa mit dem Kerl? Ryan drängte seinen Ärger zurück und vertiefte sich in die Speisekarte. Je schneller sie ihre Bestellung aufgaben, desto schneller würde der aufdringliche Typ verschwinden und sie in Ruhe lassen.

»Unsere Steaks sind erste Klasse. Vielleicht mit einem knackigen Salat?«

»Hört sich gut an. Das nehme ich«, säuselte sie.

»Das Grizzly-Steak ist nicht wirklich vom Grizzly, oder?«, erkundigte sich Ryan eine Spur zu scharf. Er war sich nämlich ziemlich sicher, dass das verboten war.

»Natürlich nicht.« Der Typ schnaufte, nahm seine Augen jedoch nicht von Beth. »Das Steak ist so, wie die Grizzlys es am liebsten mögen – gut abgehangen und ziemlich roh. Etwas für echte Kerle.« So wie er das sagte, klang es, als würde er solche Steaks jeden Morgen schon zum Frühstück verspeisen.

Beth kicherte.

»Dann versuche ich das mal.« Ryan klappte die Speisekarte mit einem vernehmlichen Laut zu. »Und ein Bier bitte.«

»Kommt sofort.« Der Kellner zwinkerte Beth zum Abschied zu und wandte sich ab. Ryan entging nicht, wie sie ihm hinterherschaute.

»Bist du es eigentlich nicht leid?« Neben seiner Verstimmung lag echtes Interesse in seiner Frage.

»Was denn?« Endlich wandte sie ihm ihre Aufmerksamkeit zu. Was vielleicht auch nur daran lag, dass der Kerl und sein Knackarsch in der Küche verschwunden waren.

»Dieses ewige Flirten und Ausgehen, jede Woche neben einem neuen Menschen aufzuwachen?«

»Na, *so* oft mache ich das nun auch wieder nicht«, widersprach sie halb amüsiert, halb entrüstet.

»Du weißt, wie ich das meine.«

»Ja.« Plötzlich wurde sie ernst. Sie atmete tief durch und zuckte mit den Schultern. Auf einmal wirkte sie so verletzlich und unsicher, dass er am liebsten seinen Arm um sie gelegt, sie an sich gezogen und getröstet hätte. Vorsichtig schob er seine Hand auf die ihre und drückte sie leicht. Seine Fingerspitzen kribbelten bei der Berührung. Beth schaute ihn dankbar an. »Es ist komisch«, sagte sie schließlich. »Ich mag mein Leben – die Freiheit, die Spontanität, den Spaß. Nur irgendwie macht in letzter Zeit der Spaß …«

»Keinen Spaß mehr?«, beendete Ryan vorsichtig ihren Satz.

»Ja.« Sie lachte freudlos. »Verrückt, oder? Meinst du, wir werden alt?«

»Nein. Bloß erwachsen.« Er streichelte mit seinem Daumen sanft ihren Handrücken. »Ich schätze, irgendwann im Leben kommt bei jedem der Punkt, an dem man mehr möchte als nur Vergnügen, etwas, das wirklich Bedeutung hat.«

»Das sind ja ganz neue Töne.«

Er merkte, dass sie das Gespräch wieder in eine lockerere

Bahn zu lenken versuchte, aber das wollte er nicht zulassen. »Vielleicht musste einfach die richtige Frau meinen Weg kreuzen.«

»Du meinst ...« Ihre Augen weiteten sich. »Du hast jemanden kennengelernt? Wow!«

»Hm.« Ryan räusperte sich. So hatte er das nicht gemeint. »Vielleicht«, erwiderte er ausweichend. »Manchmal braucht man etwas länger, um das zu erkennen, was man direkt vor Augen hat.«

»Da könnte was dran sein«, murmelte sie versonnen.

In diesem Moment erschien der Kellner und stellte ihre Teller vor ihnen ab. Zufrieden nahm Ryan zur Kenntnis, dass Beth dieses Mal nicht mehr auf ihn ansprang. Grinsend schnitt er in das Fleisch.

»Und wie ist das *Echte-Männer*-Steak?«, erkundigte sich Beth schmunzelnd.

»Wie für mich gemacht.« Demonstrativ schob er sich einen weiteren Bissen in den Mund.

Sie kicherte. »Ein Gentleman und Macho in einer Person.«

»Ich stecke eben voller Überraschungen.«

Nach dem Essen tranken sie noch einen Kaffee, während sie sich über dies und das unterhielten. Belustigt nahm Ryan wahr, wie sie immer wieder versuchte, mehr über seine angebliche Flamme herauszufinden. Das beschäftigte sie offensichtlich sehr. Irgendwann gähnte Beth schließlich hinter vorgehaltener Hand.

»Ich glaube, ich habe genug für heute«, murmelte sie müde.

Ryan winkte dem Kellner. Beth wirkte, als ob sie protestieren wollte, als er sein Portemonnaie zückte, aber er brachte sie mit einem beredten Blick zum Schweigen. Er war so gut wie pleite, da kam es auf dreißig Dollar mehr oder weniger wirklich nicht an. Außerdem war ihm der Abend mit Beth das voll und ganz wert.

»Zu dir oder zu mir?«, fragte er halb im Scherz, als sie ihre Zimmertüren erreicht hatten.

Beth lachte auf und schlug spielerisch nach ihm. Sie sah so wunderschön aus. Er konnte kaum dem Drang widerstehen, sie in seine Arme zu ziehen und zu küssen. Stattdessen beugte er sich vor und streifte ihre Wange mit den Lippen. Ihre Pupillen weiteten sich überrascht, als er auch ihren Mundwinkel berührte. Sie schluckte.

»Träum süß«, raunte er leise und hielt ihre Augen mit den seinen fest, während er sich aufrichtete. Er spürte ihren Blick in seinem Rücken, als er die Zimmertür öffnete, doch er schaute sich nicht mehr um. Kurz nachdem die Tür hinter ihm ins Schloss gefallen war, hörte er auch ihre klicken.

Grinsend ließ Ryan sich auf das Bett fallen. Seine Lippen prickelten noch immer von ihrer Haut. Und er war sich sicher, dass auch sie nicht gänzlich unbeeindruckt geblieben war.

Er hörte die Dusche im Zimmer nebenan rauschen. Sofort tauchten Bilder von Beth vor seinem inneren Auge auf, wie das Wasser an ihrem nackten Körper herabperlte. Er schloss die Lider und ergab sich seinen angenehmen Fantasien. Erst als ihre Dusche verstummt war, stand er auf und begab sich ebenfalls ins Bad. Sie hatte ihm ein überaus heißes Kopfkino beschert. Vielleicht könnte er sich mit dem gleichen bei ihr revanchieren.

Kapitel 3

Beth konnte es selbst kaum fassen, der Gedanke, gleich wieder Ryan zu begegnen, bescherte ihr tatsächlich weiche Knie. Das war doch ausgemachter Blödsinn, versuchte sie, sich selbst zu beruhigen. Es handelte sich schließlich um Ryan, ihren Kumpel, den sie seit über zwei Jahren kannte. Und trotzdem ... Irgendetwas war plötzlich anders. Wenn sie es nicht besser gewusst hätte, hätte sie meinen können, dass er mit ihr geflirtet hatte.

Nein, ausgeschlossen. Sie schüttelte ihren Kopf. Ryan und sie waren Freunde. Das andere hatten sie bereits ausprobiert, mehr war zwischen ihnen einfach nicht drin. Auch die unanständigen Gedanken, die ihr durch den Kopf geschossen waren, als sie gehört hatte, wie seine Dusche plätscherte, hatten absolut nichts zu bedeuten. Er war einfach ein attraktiver Mann mit einem sehr ansehnlichen, trainierten, nicht übertrieben muskelbepackten Körper und sie war – entgegen seiner Behauptung – schon zu lange nicht mehr in einem fremden Bett aufgewacht. Da war es ganz natürlich, dass ihre Fantasie ein wenig mit ihr durchging, insbesondere nach dem wunderschönen, fast romantischen Abend.

Argh! Jetzt schweiften ihre Gedanken schon wieder ab. Dabei lag es bestimmt nur an ihrer gegenwärtigen Stimmung und der Tatsache, dass er mit seinem Gerede von *Spaß*, *Reife* und dem *Wunsch nach etwas Bedeutsamen* einen wunden Punkt bei ihr getroffen hatte. Ja, das musste es sein.

Sie riss sich zusammen. Sie war bereits spät dran. In fünf Minuten wollte sie sich mit Ryan zum Frühstück treffen und in einer Stunde würde Liv sie abholen. Sie freute sich schon sehr darauf, ihre Freundin endlich wiederzusehen. Entschieden verdrängte sie alle neidischen Empfindungen, die die bevorstehende Hochzeit in ihr auslöste. Liv hatte das Glück voll und ganz verdient.

Beth bürstete sich noch einmal durch die Haare, sodass sie in schimmernden Wellen auf ihre Schultern fielen, und trug Lippenstift auf. Fertig. Dann schlüpfte sie in ein paar flache Ballerinas. Normalerweise hätte sie zu dem leichten marineblau und weiß gemusterten Kleid lieber ein paar hochhackige Sandaletten angezogen, sie wusste jedoch nicht genau, was Liv heute mit ihr vorhatte. Und sie wollte lieber nicht riskieren, sich bei irgendeiner Wanderung die Beine zu brechen. Prüfend schaute sie aus dem Fenster. Im Hintergrund ragten die schneebedeckten Gipfel der Berge empor, zum Glück waren diese aber ziemlich weit entfernt. In ihrer unmittelbaren Umgebung war der Himmel blau, wenn auch nicht wolkenlos. Die Zweige der umstehenden Bäume wiegten sich in einer leichten Brise und die Vögel veranstalteten ein beinahe ohrenbetäubendes Konzert. Beth schloss die Augen und lauschte – kein Straßenlärm, keine laute Musik, nur das Rascheln der Blätter, das Tschilpen der Vögel und vereinzelt menschliche Stimmen. Unglaublich, wie anders hier alles war.

Nach einem letzten Blick aus dem Fenster entschied sie, dass ihr Strickjäckchen für diesen Tag ausreichen müsste. Und zur Not könnte sie sich vielleicht wieder Ryans Jacke ausleihen. Sie biss sich auf die Lippe, um das Lächeln zurückzuhalten, das sich bei diesem Gedanken in ihrem Gesicht ausbreitete. Sie musste diese Anwandlung definitiv ganz dringend in den Griff bekommen.

Ryan wartete bereits im Flur, als sie aus ihrem Zimmer trat. »Guten Morgen« begrüßte er sie und gab ihr einen flüchtigen Kuss auf die Wange. Der Duft seines Aftershaves stieg ihr in die Nase, eine angenehme Mischung aus Sandelholz und Amber. Sie wich zurück, bevor sie der Versuchung nachgeben konnte, an ihm zu schnuppern. »Du siehst hübsch aus«, bemerkte er.

»Danke.« Sie stupste ihn spielerisch mit dem Ellbogen. »Du bist auch nicht von schlechten Eltern.«

»Ich weiß.« Er grinste und ließ seine Augenbrauen zweimal nach oben schnellen.

»Und so bescheiden«, fügte sie neckend hinzu. Dabei musste sie zugeben, dass er wirklich keinen Grund zur Bescheidenheit hatte. In seiner beigen Cargohose und dem hellen Hemd mit hochgekrempelten Ärmeln wirkte er verwegen und abenteuerlustig, als würde er sich gleich auf die Spur einer heißen Story stürzen.

»Wollen wir?« Ryan bot ihr seinen Arm.

»Sicher«, entgegnete sie gedehnt und hakte sich vorsichtig bei ihm unter. Aus dem Augenwinkel meinte sie zu sehen, wie ein zufriedenes Grinsen über sein Gesicht huschte. Unternahm er gerade tatsächlich einen Versuch, ihren Beziehungsstatus zu ändern? Und wenn ja, was sollte sie davon halten?

Zusammen stiegen sie die Treppe hinunter und betraten den Rezeptionsbereich. Ein Neuankömmling war gerade dabei einzuchecken. Als er ihre Schritte auf den polierten Holzdielen hörte, wandte er den Kopf in ihre Richtung.

Ein Ruck durchfuhr Beths Körper. WOW! Da stand er – der wahr gewordene Frauentraum. Eine glatte 12 auf der 10er-Skala. Er war groß, breitschultrig und überaus wohlgeformt, wie sein enges schwarzes T-Shirt eindeutig enthüllte. Ein freundliches Lächeln, blaue Augen und dunkelblondes Haar vervollständigten diese Erscheinung. Er musterte sie aufmerksam, dann wandte er sich wieder der jungen Frau zu, die heute die Rezeption besetzte. Eine leichte Röte überzog deren Wangen. Beth konnte es ihr nicht verdenken. So ungefähr müsste Apoll aussehen, falls er je vom Olymp heruntersteigen sollte. Behutsam zog sie ihren Arm aus Ryans Ellenbeuge. Das Kribbeln, das sie noch eben beim Gedanken an ihren Begleiter verspürt hatte, war nichts im Vergleich zu dem Aufruhr, den der Fremde in ihr auslöste. Wenn er nur halb so umwerfend war, wie er aussah, hatte sie hier definitiv den Männer-Jackpot gefunden. Sie spürte Ryans irritierten Blick auf sich ruhen und riss sich zusammen. Es fehlte noch, dass sie den Fremden wie ein sabbernder Teenie anhimmelte.

Ryan beschleunigte seinen Schritt. Ihm war ihre Reaktion anscheinend nicht entgangen. Sie hoffte sehr, dass sie für *Mr. Perfect* nicht ebenso offensichtlich gewesen war.

Beth spitzte die Ohren, als sie an ihm vorbeigingen. Vielleicht könnte sie seinen Namen erhaschen oder den Grund seines Aufenthalts.

»Hier kommen noch zwei Hochzeitsgäste, Mr. McCallahan«, kam die junge Frau an der Rezeption ihr unvermittelt zu Hilfe. Beth konnte ihr Glück kaum fassen.

Der Mann drehte sich erneut zu ihnen um. Sein erfreutes Lächeln ließ seine Augen strahlen und zauberte einen Kranz feiner Lachfältchen darum. Beth räusperte sich, um den plötzlichen Frosch in ihrem Hals loszuwerden. Wie selbstverständlich legte sich Ryans Arm besitzergreifend um ihre Hüfte.

Was zum Teufel tat er da? Wollte er etwa sein Gebiet markieren? Unauffällig stieß Beth ihm den Ellbogen in die Rippen, doch er verzog keine Miene.

»Hi, ich bin Ian McCallahan.« Mr. Perfect streckte ihr seine Hand entgegen und Beth beschloss, die Aussprache mit Ryan auf später zu verschieben. Sie wollte sich nicht vor aller Augen und mitten in der Hotellobby mit ihm streiten. Daher begnügte sie sich damit, einen winzigen Schritt nach vorne zu tun, um etwas Abstand zwischen Ryan und sich zu bringen.

»Beth Andrews, sehr erfreut.« Sein Händedruck fühlte sich angenehm und warm an, mit genau der richtigen Portion Kraft, sodass er spürbar, aber nicht zu fest war. Leichte Schwielen rieben über ihre Haut – das war ein Mann, der anzupacken verstand.

»Ryan Miller«, ging Ryan dazwischen und Beth fiel auf, dass Ian ihre Hand bereits eine Spur zu lange in der seinen hielt.

»Freut mich.« Ian verzog keine Miene, ließ ihre Finger los und wandte sich Ryan zu. »Und seid ihr wegen Olivia oder wegen Matt hier?«

»Ich bin eine Freundin von Liv. Und du kommst eindeutig von Matts Seite, sonst würdest du sie nicht Olivia nennen«, schmunzelte Beth.

»Erwischt.« Er lachte. »Matt und ich haben zusammen studiert.«

»Oh. Dann bist du auch Ingenieur?«

Seine Augen funkelten interessiert. »Du scheinst ja bestens informiert zu sein.«

»Beth, wir sollten jetzt gehen«, ermahnte Ryan sie leise. »Liv wird in vierzig Minuten hier sein. Nichts für ungut«, fügte er an Ian gewandt hinzu. Er nahm Beths Arm und machte Anstalten, sie mit sich fortzuziehen.

»Wollt ihr zum Frühstück?«, fragte Ian.

Beth nickte.

»Das trifft sich ja gut. Ich war die ganze Nacht unterwegs und brauche dringend einen guten Kaffee. Meinen Koffer kann ich auch später nach oben bringen, oder?« Er wandte sich fragend an die Frau hinter dem Tresen.

»Selbstverständlich. Das ist gar kein Problem, Mr. McCallahan«, flötete sie eilig.

»Danke.« Ian zwinkerte ihr zu. »Dann lasst uns gehen.«

»Sicher«, brummte Ryan grimmig.

※ ※ ※

Missmutig beobachtete er, wie Beth ganz unverhohlen mit Ian flirtete. Ihre Augen glänzten, ihre Wangen waren rosig angehaucht und ein bezauberndes Lächeln lag auf ihren Lippen. Das hier verlief ganz und gar nicht so, wie er es geplant hatte. Musste dieser Blender hier auftauchen? Und wieso geriet Beth seinetwegen dermaßen aus dem Häuschen? Ihr Gespräch vom

Vorabend, darüber, dass Spaß nicht alles war, schien sie bereits vollkommen vergessen zu haben. So oberflächlich konnte sie doch nicht sein, oder?

»Seid ihr beiden schon lange zusammen?«, fragte Ian plötzlich. Sein Blick ging neugierig zwischen Beth und Ryan hin und her. Vermutlich konnte er sich keinen Reim auf ihr Verhalten machen, während ihr angeblicher Freund daneben saß.

»Oh, nein!« Beth lachte protestierend auf und schaffte es sogar, etwas verlegen zu wirken. »Zwischen uns ist es schon seit Jahren vorbei, wir sind bloß Freunde.«

Ians Lächeln vertiefte sich. Jetzt ließ er sogar kleine Grübchen erkennen. Ryan verspürte den plötzlichen Drang, sich übergeben zu müssen.

»Sehr schön«, raunte Ian zufrieden.

»Ja. Beth hat mich gebeten, sie zu begleiten«, meldete sich Ryan entschieden zu Wort, bevor sie noch Händchen zu halten begannen. »Sie wollte nicht allein herkommen, weil sie hier außer der Braut keinen kennt.« Herausfordernd schaute er den Mann auf der anderen Seite des Tisches an. Er hatte hier die älteren Rechte und außerdem stand Beth jetzt gewissermaßen in seiner Schuld.

»Das ist wirklich *nobel* von dir«, entgegnete Ian.

Ryan unterdrückte einen Fluch. Natürlich hatte der Kerl ihn sofort durchschaut. Kein Mann konnte mit Beth nur befreundet sein oder etwas völlig ohne Hintergedanken für sie tun.

»Mir geht es im Grunde ähnlich«, fuhr Ian fort, ohne ihn weiter zu beachten. »Ich kenne auch so gut wie niemanden hier. Während des Studiums bin ich mit Matt paarmal hier oben gewesen, in den letzten Jahren hat sich unser Kontakt fast nur noch auf E-Mails beschränkt. Boston liegt von hier aus ja nicht gerade um die Ecke.«

»Schön, dass du zumindest jetzt gekommen bist.« Beth schenkte ihm einen verführerischen Augenaufschlag.

Ryan fühlte sich zunehmend wie das fünfte Rad am Wagen.

»Dieses Großereignis konnte ich mir nicht entgehen lassen.« Er schmunzelte. »Ich möchte unbedingt die Frau sehen, die Matt gezähmt hat.«

»Und ich den Mann, der Liv aus der Zivilisation entführt und ihr die Wildnis schmackhaft gemacht hat.«

Ryan lehnte sich in seinem Stuhl zurück und verschränkte die Arme. Na, dann passte das ja wunderbar zusammen. War diese Beth, die ihn nun keines Blickes mehr würdigte, die gleiche Person, die ihn bekniet hatte, sie zu begleiten? Sie hatte nicht gerade lange seines Beistandes bedurft. Der großgewachsene Ingenieur schien diese Stelle bereits hervorragend auszufüllen, obwohl er bislang nichts Bedeutenderes geleistet hatte, als ganz passabel auszusehen.

Ryan schnaufte. Er war ja so dämlich. Hatte er wirklich geglaubt, diese Reise würde irgendetwas zwischen ihnen ändern? Ihr eine Seite an ihm offenbaren, die sie in den letzten zwei Jahren noch nicht wahrgenommen hatte? Nun, da sie ihn nicht mehr benötigte, war er nichts weiter als ein Statist bei einer Hochzeit, die ihn nicht das Geringste anging. Ärger flammte in ihm auf, angefeuert durch Ians wissenden Blick. Er hatte nicht übel Lust, einfach abzureisen, Beth so vor den Kopf zu stoßen, dass sie endlich mal aufwachte. Doch die bittere Wahrheit war, dass er sich den Rückflug gerade nicht leisten konnte. Und eher würde er im Wald unter einer Tanne schlafen, als irgendjemanden um Geld anzubetteln.

»Ist alles in Ordnung?« Besorgt wandte Beth sich ihm zu. Endlich schien ihr etwas aufgefallen zu sein.

»Bestens«, presste er überdeutlich hervor.

Beth runzelte die Stirn. Sie wirkte nicht überzeugt.

»BETH!«, ertönte plötzlich ein freudiger Schrei und ersparte Ryan weitere Ausflüchte. Alle Köpfe fuhren herum. Eine junge Frau in enger Jeans, weißem T-Shirt und mit nach hinten gebundenen braunen Haaren eilte strahlend durch den Speisesaal auf sie zu.

»Liv!« Beth sprang auf und lief ihrer Freundin entgegen. Lachend fielen sich die beiden Frauen in die Arme, umarmten und drückten sich.

»Ich nehme an, das ist die Braut«, bemerkte Ian amüsiert.

»Sieht ganz so aus«, stimmte Ryan ihm zu.

Nun erschienen weitere Personen im Eingang – zwei Männer, eine Frau und ein Kind. Einer der Männer trat zu Liv, die sich endlich von Beth gelöst hatte, und schlang einen Arm um ihre Taille. Das war dann wohl Matt. Das andere Pärchen und das Mädchen standen grinsend hinter ihm. Dann setzten sich alle zu ihrem Tisch in Bewegung.

Matt drückte überschwänglich Ians Arm und klopfte ihm freundschaftlich auf die Schulter.

»Und du musst Ryan sein«, wandte Liv sich an ihn.

Sie war ausgesprochen hübsch, aber das war es nicht, was ihn so an ihr faszinierte. Es war ihre Ausstrahlung, die Art, wie sie sich gab. Sie wirkte wie jemand, der vollkommen in sich ruhte, der rundum glücklich und zufrieden war. In ihrer Gegenwart fühlte er sich augenblicklich wohl. Sie musste niemandem mehr etwas beweisen, sie hatte ihren Platz im Leben gefunden.

»Ich freue mich, dass du mitgekommen bist. Beth hat mir viel von dir erzählt«, sagte sie.

»Tatsächlich?«, entfuhr es ihm überrascht, bevor er sich auf die Zunge beißen konnte.

»Sicher.« Beth knuffte ihn spielerisch in die Seite.

Er hätte sich gern eingeredet, dass da nicht nur ihr schlechtes Gewissen aus ihr sprach.

»Das sind Tom und Sarah und der kleine Sonnenschein hier heißt Isabella«, stellte Liv die anderen drei vor und knuddelte das kichernde, etwa acht Jahre alte Mädchen. »Ich habe mir gedacht, dass wir uns heute aufteilen. Wir vier machen uns einen richtig tollen Mädelstag. Isa, Sarah und Beth sind nämlich meine Brautjungfern. Als Erstes steht daher die Kleideranprobe auf dem Programm.«

35

Lautstarker Jubel folgte ihren Worten. Erwartungsvoll wandte Ryan sich Matt zu. Würden sie sich jetzt auch einen richtig schönen *Jungstag* machen müssen?

»Tom und ich wollten Ian die neuen Maschinen im Sägewerk zeigen. Du bist dabei selbstverständlich auch herzlich willkommen.« Matt sah Ryan freundlich an.

»Hm.« Er räusperte sich. Matt schien durchaus sympathisch zu sein. Aber abgesehen davon, dass er keine Lust darauf hatte, irgendwelchen Fachsimpeleien über Sägemaschinen zu lauschen, stand ein Tag in der Gesellschaft von Ian ganz unten auf seiner Prioritätenliste – besser gesagt, gar nicht. »Ihr seid den ganzen Tag unterwegs?«, wandte er sich fragend an Liv.

»Ja. Ihr werdet uns bis heute Abend weder sehen noch hören«, bestätigte sie fröhlich. »Um sechs treffen wir uns dann alle zum Abendessen in Stacy's Diner.«

Ryan nickte. Derart beruhigt, dass Ian sich in seiner Abwesenheit nicht noch mehr an Beth heranmachen würde, sah er überhaupt keinen Sinn darin, sich den Männern anzuschließen. »Ihr habt euch bestimmt eine Menge zu erzählen, da will ich nicht stören«, winkte er ab.

Beth und Liv runzelten synchron ihre Stirn.

»Bist du sicher?«, fragte Beth. Jetzt sprach eindeutig das schlechte Gewissen aus ihrem Gesicht.

Liv sah ihren Verlobten auffordernd an. »Quatsch. Du störst nicht!«, betonte Matt. »Komm mit, wird sicher lustig.«

»Da habe ich keinen Zweifel. Aber wenn ich schon mal hier bin, möchte ich mir ein bisschen die Gegend ansehen. Wer weiß, wann es mich wieder so weit nach Norden verschlägt.«

Beth biss sich unsicher auf die Lippe.

»Genieß den Tag.« Lächelnd beugte Ryan sich vor und gab ihr einen Kuss auf die Wange. Er meinte, Ians Blick wie einen Dolch in seinem Rücken spüren zu können. Die Vorstellung gefiel ihm. »Wir sehen uns heute Abend«, fügte er an die Runde gewandt hinzu.

»In Ordnung. Ich gebe dir zur Sicherheit noch meine Handynummer, damit du uns ganz sicher wiederfindest«, sagte Matt und zückte sein Handy.

Dann zogen sie alle zusammen ab.

Mit vor Aufregung zitternden Fingern riss Meg den Briefumschlag auf. Überdeutlich spürte sie die Augen ihrer Familie auf sich ruhen, als sie das Schreiben entfaltete. Sie musste nicht hinsehen, um zu wissen, welche Mienen sie trugen. Ihre Mutter schwankte irgendwo zwischen mitfühlend und beunruhigt, ihr Vater zupfte grimmig an seinem Bart und ihr Bruder Eric rutschte mit Sicherheit sensationslüstern auf seinem Stuhl herum. Ihr war es egal. Es ging um *ihre* Zukunft. Sie atmete tief durch und senkte die Augen auf den Text in ihrer Hand.

Sehr geehrte Miss Leary ...

»Was schreiben sie, Schatz?«, fragte ihre Mom ungeduldig.

Hastig las Meg weiter.

Wir würden uns sehr freuen, Sie bei einem persönlichen Gespräch kennenzulernen.

Sie ließ den Brief sinken und schaute trotzig hoch. »Sie wollen mich kennenlernen!« Ihre Stimme überschlug sich beinah vor Erleichterung. Obwohl damit ihre Probleme erst so richtig beginnen würden.

Das Kinn ihrer Mutter zitterte. »Ich bin so stolz auf dich«, presste sie hervor.

»Megan«, sagte ihr Vater beschwörend und trat näher.

»Es ist nur ein Gespräch, okay?«, brauste sie auf, bevor er noch etwas hinzufügen konnte. »Vermutlich kann ich das sogar über Skype erledigen.«

Er seufzte tief. »Und was dann? Wenn sie dich nehmen? Denn das werden sie!« Stolz sprach aus seiner Stimme. Zumindest darüber konnte sie sich nicht beschweren. Ihre Eltern waren toll – hilfsbereit, liebevoll, unterstützend. Nur in der einen Sache nicht, auf die es ihr so sehr ankam.

»Willst du wirklich von hier fort?«, sprach er weiter. »Ganz allein in die Ferne ziehen? Ohne Geld, ohne Rückhalt?«

»Ich habe genügend beisammen, um die Gebühren fürs erste Jahr zu bezahlen. Und wenn das rum ist, habe ich auch genug für das zweite.« Nicht umsonst riss sie sich seit vier Jahren in diversen Nebenjobs ihren Hintern auf. Außerdem nahm ihr Blog gerade erst Fahrt auf. Und schon jetzt spielte er mehr ein als das Catering und die Kellnerei zusammen. Geld war nicht das Problem, zumindest nicht mehr. Wenn sie fortging, wäre sie nicht auf die finanzielle Unterstützung ihrer Eltern angewiesen.

»Du hast schon so viel erreicht«, versuchte ihre Mom es noch einmal. »Reicht dir das denn nicht?«

Nein, tat es nicht. Aber das würden sie niemals verstehen. Sie waren glücklich hier, in diesem kleinen, kalten Kaff am Rande der Welt. Vor beinah drei Jahrzehnten war ihre Mutter aus Seattle nach North Pole geflüchtet, nachdem ihr ein paar Kerle ganz übel mitgespielt hatten. Erst vor Kurzem hatte Meg erfahren, wie übel es wirklich war – diese Geschichte war der letzte Versuch ihrer Eltern gewesen, sie an North Pole zu binden. Für sie kam die Welt südlich von Anchorage einer gefährlichen Höllengrube gleich. Um nichts in der Welt wollten sie ihr kleines Mädchen dorthin ziehen lassen. Nur, dass sie mit ihren zweiundzwanzig schon längst kein kleines Mädchen mehr war. Und sie war auch nicht ihre Mutter. Sie konnte auf sich selbst aufpassen. Dafür hatte ihr Vater gesorgt. Sie würde sich von ihm jetzt nicht ihren Traum verbieten lassen.

Seit sie sich erinnern konnte, wollte sie Sterneköchin werden. Sie hatte in den letzten beiden Jahren ihren eigenen, kleinen Cateringbetrieb aus dem Boden gestampft. Ihr Koch-Blog fand mittlerweile national Beachtung. Weiter würde sie aus eigener Kraft jedoch nicht kommen, denn Sternerestaurants waren in North Pole und Umgebung nicht gerade dicht gesät. Es war für sie immer klar, dass sie diesen Ort eines Tages verlassen würde, nur ihre Eltern hatten das nicht wahrhaben wollen.

»Welche Schule ist es denn?«, fragte Mom zögerlich.

»Als ob es eine Rolle spielt«, brummte Dad.

»Boston«, sagte sie und wusste, dass er recht hatte. Egal, wo es war, sie würden es ihr niemals erlauben. »Ich werde mit ihnen skypen«, verkündete sie entschlossen. Sie brauchte die Einwilligung ihrer Eltern nicht.

»Sei doch vernünftig, Meg«, setzte ihr Vater noch einmal an.

Abwehrend hob sie ihre Hand. »Ich bin vernünftig. *Ihr* reagiert völlig irrational.« Sie schnappte sich ihre Handtasche. »Wenn Ihr mich bitte entschuldigen würdet, ich muss zur Arbeit!«

»Aber wir wollen frühstücken«, sagte Mom überrascht.

»Mir ist der Appetit vergangen«, zischte Meg.

»Das Frühstück ist die wichtigste Mahlzeit des Tages.«

Als ob sie das nicht selber wüsste. »Da, zufrieden?« Sie nahm sich demonstrativ einen Apfel und rauschte zur Tür.

»Nicht in dem Ton, junge Dame!«, rief ihr Dad ihr verärgert hinterher.

Sie reagierte nicht darauf. Wütend und enttäuscht stürmte sie aus dem Haus. Das eben war die erste Schule, die sich bei ihr zurückgemeldet hatte. Und gleich so positiv. Sie hätte darüber überglücklich sein sollen, sich gemeinsam mit ihrer Familie freuen. Stattdessen fühlte sie sich nun so unglaublich mies. Als wäre es ein Verbrechen, ein anderes Leben führen zu wollen als ihre Eltern. Als würde sie nur weggehen, um ihrer Mutter wehzutun, um sie für immer ihres Schlafes zu berauben. Als wäre es undankbar und verwerflich, wenn sie ihren Traum verfolgte.

Es war immerhin *ihr* Leben! Hatte sie nicht auch ein Recht darauf?

✳ ✳ ✳

Aufmerksam sah Ryan sich um, dann setzte er sich aufs Geratewohl in Bewegung. Das vertraute Gewicht der Kamera auf seiner Schulter gab ihm zumindest das Gefühl, nicht sinnlos durch die Gegend zu irren. Wobei, streng genommen war hier der Weg schon das Ziel. Zu seiner Rechten lagen die Wohnviertel von North Pole – ein- bis zweistöckige Wohnhäuser mit großzügigen Vorgärten, die durch hohe Bäume von den Nachbarn abgegrenzt waren. Links von ihm verlief die Landstraße, die von Fairbanks kommend durch den Ort führte. Und im Hintergrund konnte er in drei Himmelsrichtungen Berge und Wald erkennen.

Irgendwo, weit über ihm, ließ ein Raubvogel einen schrillen Schrei ertönen. Ryan hob den Kopf und sah ihn, weit oben, knapp unterhalb der vereinzelten Wolken im blauen Himmel majestätisch seine Kreise ziehen.

Der Boden war feucht – es musste in der Nacht geschauert haben –, nun war die Luft jedoch völlig klar und es roch würzig nach Tannen.

Einem plötzlichen Impuls folgend, bog Ryan in eine schmale Seitenstraße ab, weg von der Hauptstraße. Die ganze Siedlung schien in den Wald hinein gehauen zu sein, also müsste er, wenn er nur weit genug ging, die Häuser irgendwann hinter sich lassen. Plötzlich sehnte er sich nach der Einsamkeit und der Stille des Waldes.

Früher, als Kind, war er mit seinem Vater oft in die Natur hinausgefahren, sie hatten geangelt, Lagerfeuer gemacht, geredet, gelacht oder einfach nur geschwiegen. Nie hatte er sich seinem Vater näher gefühlt. Jetzt war er fort. Entschieden verdrängte Ryan diese düsteren Gedanken, er war nicht hier, um Trübsal zu blasen.

Das Ende der Siedlung kam immer näher. Nur noch zwei mal vier Häuser trennten ihn von etwas, das wie das abrupte

Ende der Straße aussah. Sie mündete einfach in den Wald. Ryan lächelte erwartungsvoll. Früher hatte die Natur es immer geschafft, ihn zu erden und zu beruhigen. Schon jetzt spürte er ihre entschleunigende Wirkung, fühlte, wie die Hektik und der Ärger von ihm abfielen, hörte das Rauschen des Windes und das Zwitschern der Vögel. Er blieb stehen und schaute an einer besonders hohen, buschigen Tanne empor, die in einem der Vorgärten aufragte. Irgendwie half es ihm, alles in der richtigen Perspektive und Relation zu sehen, wenn er mit so einer Allmacht konfrontiert wurde, wie die, die alles um ihn herum erschaffen hatte. Unabhängig davon, was ihn gerade bedrücken mochte – seine Geldsorgen, seine Karriere, die unerwiderten Gefühle für Beth –, es würde sich alles fügen, irgendwie. Die Welt war groß und voller Wunder, also gab es auch für ihn irgendwo einen Platz.

Langsam ging Ryan wieder los. Nur noch wenige Häuser trennten ihn von dem Wald. Plötzlich nahm er aus dem Augenwinkel eine Bewegung wahr. Bevor er reagieren konnte, stürmte etwas aus den Büschen.

»Ah, verdammt!« Eine junge Frau hielt im letzten Moment, bevor sie gegen ihn prallte, abrupt inne. Sie strauchelte und kämpfte um ihr Gleichgewicht. Ein angebissener Apfel segelte aus ihrer Hand auf den Boden.

»Ui, Vorsicht!« Hilfsbereit packte Ryan ihren Arm und hielt sie fest, bis sie sich wieder gefangen hatte.

»Wo kommst du denn so plötzlich her?« Sie zog sich ihre Kopfhörer aus den Ohren und funkelte ihn verärgert an. Dann runzelte sie konzentriert die Stirn und tippte hastig auf dem Display ihres Smartphones herum.

Neugierig beäugte er sie. Sie war ziemlich jung, gerade mal Anfang zwanzig, hatte etwa kinnlange, leicht verwuschelte braune Haare und Augen in der Farbe dunklen Bernsteins. Sie war hübsch, wenn auch eine Spur zu mollig, um dem gängigen Hungerhakenschönheitsideal zu entsprechen. Sie trug eine

Dreiviertel-Leggings und ein graues Shirtkleid, das ihr knapp über die Knie reichte und durch seinen asymmetrischen Schnitt eine schön gerundete, weiße Schulter offenbarte.

Schnaufend steckte sie ihr Telefon weg und fuhr sich aufgelöst durch die Haare. Diese Geste hatte etwas Trotziges und Hilfloses an sich.

»Kann ich dir irgendwie helfen?«, fragte Ryan, ohne weiter darüber nachzudenken. Erst im nächsten Moment fiel ihm ein, dass er derzeit nicht gerade viel zu bieten hatte. Er war fremd in dieser Gegend und praktisch mittellos.

Sie musterte ihn überrascht. »Ich denke nicht. Es sei denn, du kannst mich zu einem zehn Jahre älteren Kerl machen«, entgegnete sie schließlich trocken. »Vielleicht würden sie dann endlich Ruhe geben.«

Das war – gelinde gesagt – ein sehr ungewöhnlicher Wunsch. Verwundert starrte Ryan sie an. Entweder steckte sie in größeren Schwierigkeiten, als er dachte, war etwas durchgeknallt oder hatte einfach einen sehr speziellen Sinn für Humor.

Er sah den Schalk angesichts seiner verdatterten Miene in ihren Augen blitzen und entschied sich für die letzte Alternative. »Ich fürchte, ich kann da wirklich nichts für dich tun. Aber mit etwas Mühe lässt sich bestimmt der richtige Spezialist dafür auftreiben. Die Möglichkeiten der Medizin sind heute nahezu unbegrenzt.« Gespannt wartete er ihre Reaktion ab.

Ihre Mundwinkel zuckten. »Danke«, sagte sie. »Das habe ich echt gebraucht.«

»Immer wieder gern«, entgegnete er, auch wenn er nicht ganz sicher war, was sie meinte.

»Du bist nicht von hier, oder?«, fragte sie plötzlich.

»Nein.« Er schmunzelte. »Was hat mich verraten? Mein weltmännisches Auftreten?«

»Dein Fotoapparat.« Sie deutete auf die Tasche, die über seiner Schulter baumelte. »Und die Tatsache, dass ich dich hier noch nie gesehen hab.«

»Die Kamera gehört zur Berufsausrüstung.«

»Du bist Fotograf?« Sie legte ihren Kopf schräg.

»Journalist.«

»Wow.« Sie ließ einen anerkennenden Pfiff ertönen. »Und was verschlägt dich ausgerechnet hierher? Das geheime Liebesleben der Waldeichhörnchen?«

Er spürte, dass sie ihn auf den Arm nahm, ihn ein wenig zu provozieren versuchte. Und obwohl er keine Ahnung hatte, wohin das führen sollte, machte ihm der Schlagabtausch mit ihr irgendwie Spaß. »Nein, das wäre ein Fall für die Regenbogenpresse. Ich bin ein ernst zu nehmender Journalist.«

»Ah. So eine Art Clark Kent?«

»Nur mit besseren Klamotten.«

»Sicher. Und mit schickerer Brille.« Sie grinste. Noch bevor Ryan sich schlüssig war, ob sie das als Kompliment meinte, setzte sie ihr eigenartiges Verhör fort. »Du hast mir meine Frage noch nicht beantwortet. Was führt dich her?«

»Eine Hochzeit.«

»Deine?« Sie verzog das Gesicht, als würde ihr das nicht gefallen.

»Nein.« Er holte tief Luft. »Die Hochzeit einer Freundin von einer Freundin.« Selbst in seinen eigenen Ohren hörte sich das komplett dämlich an.

»Aha.« Ihr Ton ließ erkennen, dass sie das genauso sah.

»Ist auch nicht so wichtig«, winkte er ab. Was machte er hier überhaupt? Wieso erzählte er dieser Wildfremden das alles? Er sollte machen, dass er fortkam. Doch er rührte sich nicht vom Fleck.

»Geht mich im Grunde auch gar nichts an«, lenkte sie ein.

Genau. Trotzdem blieb er stehen, neugierig darauf, was als Nächstes aus ihrem Mund kommen würde. Er wusste noch immer nicht recht, was er von ihr halten sollte. Sie war definitiv weder langweilig noch konventionell.

»Für welche Zeitung schreibst du eigentlich, Clark?«

»Die Chicago Tribune.«

»Chicago«, wiederholte sie nachdenklich und schaute angestrengt nach oben, als würde sie im Geist irgendeine Liste durchgehen. »Müsste passen«, murmelte sie so leise, dass er nicht sicher war, ob er sich nicht verhört hatte.

»Was passt?«

Sie winkte abtuend mit der Hand und überging seine Frage. »Du schuldest mir einen Apfel«, verkündete sie plötzlich und deutete auf ihre angebissene Frucht, die in einer Pfütze gelandet war.

»Bitte?« Ryan wusste nicht, ob er protestieren oder lachen sollte. »*Du* bist in *mich* hineingerannt.«

»Wir wollen jetzt nicht zu spitzfindig werden, Clark. Ich zeig dir auch, wo es Äpfel gibt. Und dann lade ich dich auf den besten Kaffee der Stadt ein. Wie wär's?« Sie schaute ihn auffordernd an und schaffte es dabei, irgendwie unschuldig, süß und zugleich sexy zu wirken.

Ryan nickte schicksalsergeben. Die Möglichkeit, dass sie geisteskrank war, war noch immer nicht ganz vom Tisch. Andererseits war er einen ganzen Kopf größer als sie und einigermaßen gut in Form. Solange sie ihn also nicht in den finsteren Wald lockte, dürfte er auf der sicheren Seite sein.

»Wie heißt du eigentlich?«, fragte Ryan, als sie sich in Bewegung setzte. »Oder soll ich dich Lois nennen?«

Sie schoss ihm einen irritierten Blick zu. »Das hättest du wohl gern«, brummte sie. Zu spät fiel Ryan ein, dass Lois und Clark nicht nur Partner, sondern auch ein Paar waren. Dachte sie etwa, er wollte sie anmachen? Sie war doch diejenige, die diese eigenartige Bekanntschaft gerade vertiefte. Er öffnete schon den Mund, um das klarzustellen, als sie schulterzuckend weitersprach. »Meg. Mein Name ist Meg.«

»Freut mich. Ich bin Ryan.«

Sie nickte und kaute nachdenklich auf ihrer Unterlippe herum. Sie heckte eindeutig etwas aus und er hätte zu gern gewusst, was das war. Vermutlich wäre es das Klügste, wenn er einfach seines Weges gehen würde. Aber irgendwie faszinierte sie ihn. Und als Journalist gehörte Neugier zum Berufsbild. Außerdem hatte er gerade ohnehin nichts Besseres vor.

»Tadaa!« Meg blieb abrupt stehen und deutete auf einen Baum, dessen Äste aus einem Garten über die Straße ragten.

Verwundert schaute Ryan hoch. Zwischen dem dichten Laub konnte er etwa golfballgroße grüne Äpfel ausmachen. Verständnislos huschte sein Blick zu seiner Begleiterin zurück, die erwartungsvoll neben ihm stand. »*Das* ist deine Apfelquelle?«, dämmerte es ihm schließlich.

Sie nickte. »Die sind echt lecker.«

»Sie sind ja noch völlig unreif.«

»Ich weiß. So schmecken sie am besten. Später werden sie viel zu mürb. Und außerdem sehr schnell wurmig.« Sie musterte die Äste aufmerksam. »Der da sieht gut aus. Kommst du dran?« Sie deutete auf einen Apfel, der knapp über seinem Kopf hing.

Ryan runzelte die Stirn. »Soll ich den Apfel etwa stehlen?«

Meg verdrehte die Augen. »Hier sehen wir das nicht so eng. Außerdem hat Mrs. Brown eh viel mehr, als sie braucht. Na gut, dann mache ich es eben selbst«, fügte sie hinzu, da er weiterhin zögernd verharrte. Sie streckte ihren Arm hoch und sprang nach oben, kam jedoch nicht an den Apfel heran. Sie pustete sich eine Haarsträhne aus dem Gesicht und versuchte es erneut.

Ryans Mundwinkel zuckten. Sie sah richtig niedlich dabei aus. »Wie alt bist du? Zwölf?«, fragte er lachend und hoffte plötzlich sehr, dass sie zumindest über achtzehn war.

Sie gab ihre fruchtlosen Versuche auf und strich würdevoll ihr Kleid glatt. »Zweiundzwanzig. Und du? Anfang fünfzig vielleicht? So wenig, wie du von Spaß verstehst.«

Obwohl er wusste, dass sie ihn nur ärgern wollte, spürte er ihren Stachel. Wirkte er tatsächlich so alt auf sie? »Einunddreißig«, brummte er.

Sie grinste. »Da lag ich ja nicht *so* weit daneben.« Ihre Augen blitzten herausfordernd und Ryan ertappte sich dabei, wie er ihr Lächeln erwiderte. Irgendwo quietschte eine Tür. Megs Kopf zuckte in Richtung des Geräusches herum. »Mist!«, fluchte sie. »Die Witwe Brown. Schnell, pflück mir den Apfel!«

»Ich dachte, sie hat nichts dagegen?«, raunte er, als die Frau schimpfend näher kam.

»Los, los!« Meg drückte auffordernd seine Hand.

Ryan konnte selbst nicht glauben, dass er das tatsächlich tat. Er sprang hoch und pflückte die heiß begehrte Frucht vom Baum.

Meg kicherte begeistert und zog ihn hastig mit sich fort. Lachend rannten sie Hand in Hand davon.

Hinter der nächsten Straßenecke blieb Meg stehen und schnappte japsend nach Luft. »Ich hätte nicht gedacht, dass du das wirklich tust.«

»Ich auch nicht«, gab er fassungslos zu. Er schaute auf den mickrigen grünen Apfel in seiner Hand. »Hier.«

»Danke.« Sie nahm ihn entgegen, putzte ihn an ihrem Kleid ab und biss herzhaft hinein. »Ui«, sie verzog das Gesicht. »Der ist echt noch zu grün.«

»Das hätte ich dir auch gleich sagen können.«

»Ja, aber dann würden wir nicht wissen, ob du es in dir hast.«

»Was denn?«

»Die Fähigkeit, gewohnte Pfade zu verlassen. Mal etwas Verrücktes zu tun.« Plötzlich wirkte sie sehr ernst und jung zugleich.

»Das war ein Test?«

»Vielleicht.« Sie sah ihn aufmerksam an. »Falls es einer war, hast du ihn jedenfalls bestanden.«

»Da bin ich ja beruhigt«, murmelte Ryan, obwohl er sich ganz und gar nicht so fühlte. Diese Situation verwirrte ihn zutiefst. Wer war diese Frau und was wollte sie von ihm?

»Gut. Dann zeige ich dir, wo es Kaffee gibt.«

»Muss ich den etwa auch stehlen?«

»Nein.« Sie schüttelte lachend ihren Kopf. »Den gebe ich dir sogar aus.«

Kapitel 4

Verstohlen musterte Meg den Mann, der neben ihr ging. Ihr Herz wummerte vor Aufregung. Das hier konnte gewaltig nach hinten losgehen. Immerhin kannte sie ihn nicht. Und er war alt, zu alt. Das würden sie ihr niemals abkaufen. Falls er sich überhaupt darauf einließ, denn dafür hatte er gar keinen Grund. Er schien nett zu sein und hilfsbereit. Und bei der bescheuerten Apfelaktion hatte er sich ganz gut geschlagen. Sie hatte selbst keine Ahnung, was sie dabei geritten hatte – oder sie immer noch ritt. Er musste sie ja für völlig durchgeknallt halten. Und vielleicht war sie es sogar. Oder würde es zumindest bald sein, wenn sie noch ein weiteres Jahr in dieser Einöde Gläser abspülen und betrunkene Männer bedienen musste. Sie war verzweifelt – das war es, was sie antrieb. Ihr Traum war endlich in greifbarer Nähe. Sie hatte genügend Geld beisammen und zweifelte nicht daran, dass auch die anderen Schulen sie mit Kusshand nehmen würden. Nicht alle vielleicht, aber letztendlich würde eine einzige genügen. Alles, was jetzt noch zwischen ihr und ihrem Glück stand, waren die Eltern. Obwohl sie es bestimmt ganz anders sehen würden.

»Wie lange bleibst du eigentlich hier?«, fragte sie ihn. Bevor sie ernsthaft in Erwägung zog, mit ihrem verrückten Plan weiterzumachen, brauchte sie weitere Eckdaten.

Ryan schien in seinen eigenen Gedanken versunken zu sein, denn er räusperte sich überrascht. »Ich bin nicht sicher«, sagte er langsam.

»Das verstehe ich nicht«, gab sie offen zu. »Wann ist denn die Hochzeit?«

»Am Samstag. Aber ich überlege, noch etwas länger zu bleiben.«

»Wieso?«, erkundigte sie sich nervös. Einerseits passte es ihr gut, dass er nicht schon am Wochenende wieder abreiste. Andererseits hoffte sie, dass seine Entscheidung nichts mit ihr zu tun hatte. Hatte sie ihm vielleicht falsche Signale gesendet? Nein, in seinem Gesicht war nicht der Hauch eines Flirts zu sehen. Er hatte an ihr genauso wenig Interesse wie sie an ihm.

»Mein Leben ist derzeit etwas … kompliziert«, erwiderte er.

Wessen Leben war das nicht? Er führte es nicht weiter aus und sie hakte vorerst nicht nach. Sie hatte genug eigene Sorgen, da musste sie sich nicht zusätzlich mit den seinen belasten.

»Wir sind da«, verkündete sie nach einer Weile und zeigte auf die Tür des Diners.

»Den kenne ich schon«, meinte Ryan. »Hier waren wir gestern essen.«

»Du und diese Freundin?«

»Genau.« Er wirkte nicht, als ob er das Thema vertiefen wollte. Offenbar hatte er da einen wunden Punkt. »Das Lokal ist noch geschlossen«, sagte er plötzlich und deutete auf das Schild mit den Öffnungszeiten.

»Du merkst auch alles.« Grinsend kramte sie den Schlüssel hervor. »Was für ein Glück für dich, dass ich hier arbeite.« Sie öffnete die Tür und ließ ihn herein.

Ryan zuckte zusammen und drehte sich abrupt um, als sie die Tür hinter ihnen beiden von innen wieder zuschloss.

»Was machst du da?«

»Du hast selbst gesagt, dass noch nicht offen ist. Ordnung muss sein.« Ohne ihn weiter zu beachten, umrundete sie die Theke und hängte ihre Tasche an einen Haken. »Also, was darf es sein?«

Das schien ihn ein wenig zu entspannen. Er setzte sich auf einen Barhocker und schüttelte ungläubig seinen Kopf.

»Mache ich dich nervös?« Sie grinste diabolisch.

»Nein.« Er straffte seine Schultern. »Ich werde bloß nicht schlau aus dir.«

»Vielleicht liegt das daran, dass du nicht weißt, in welche Schublade du mich stecken sollst.«

»Kann sein.« Er musterte sie aufmerksam. »In welche gehörst du denn deiner Ansicht nach?«

»Derzeit in keine. Oder vielleicht in zu viele. Ich weiß aber genau, wo ich hingehören möchte.«

»Und das wäre?«

Unsicher sah sie ihn an. Sie wusste nicht, ob es eine gute Idee wäre, das alles vor ihm auszubreiten. Ihr war nicht einmal klar, wieso sie überhaupt mit ihm darüber sprach. Normalerweise behielt sie ihre Probleme und ihre Träume für sich. Hier verstand sie ohnehin keiner. Selbst über ihren Blog wusste kaum jemand Bescheid. Alle gingen davon aus, dass sie ihr Leben lang kellnern und catern würde. Nur ein Mann fehlte ihr der gängigen Ansicht nach noch zu ihrem Glück. Ansonsten hatte sie in ihrem jungen Alter schon alles erreicht, was sie sich nur wünschen könnte.

»Ich mache dir einen Vorschlag.« Sie musterte ihn herausfordernd. »Eine Antwort für eine Antwort.« Sie hatte nicht vor, hier ganz allein seelischen Striptease zu betreiben. Wo das gemeinsam doch so viel mehr Spaß machte.

»Du machst es aber spannend.«

»Ja oder Nein?«

»Von mir aus. Vorher hätte ich allerdings wirklich gern einen Kaffee.«

»Lass mich raten. Du magst ihn schwarz, stark und süß.«

»Fast.« Ryan verschränkte amüsiert die Arme. »Stark, mit einem Schuss Milch und ohne Zucker.«

Sie gab sich ungerührt. »Okay, daran muss ich wohl noch arbeiten.«

Meg schaltete die Maschine ein. Während das Wasser heiß lief, überlegte sie, ob sie es nicht einfach bei dem Kaffee belassen sollten.

»Du wolltest mir was über dich erzählen«, erinnerte Ryan sie.

So viel dazu. »Ist es der Reporter, der aus dir spricht?«

Er runzelte die Stirn. »Siehst du hier irgendwo einen Zettel und Stift? Außerdem hast du das selbst vorgeschlagen. Und ich müsste lügen, wenn ich sagte, dass ich nicht neugierig bin. Du scheinst voller Widersprüche zu stecken.«

Sie stellte einen dampfenden Becher vor ihm ab. »Inwiefern?« Jetzt würde sich zeigen, ob er das Orakeln besser drauf hatte als sie.

»Du bist erwachsen und trotzdem noch kindlich. Tough, zielstrebig und irgendwie unsicher zugleich. Du scheinst etwas zu wollen, traust dich aber nicht ganz.«

Scheiße. Entgeistert starrte sie ihn an. Damit hatte sie nicht gerechnet. Er hatte sie in kürzester Zeit völlig durchschaut. Lernte man so was etwa auf der Journalisten-Schule?

Ryans Gesicht nahm einen betroffenen Ausdruck an. »Es tut mir leid, ich wollte dir nicht zu nahe treten oder dich beleidigen.« Sein Mund verzog sich zu einem schiefen Lächeln. »Du bist außerdem natürlich sehr hübsch und witzig und ein wenig verrückt.«

Sie schnaufte leise, dankbar für seinen Versuch, die Stimmung zu lockern. »Hast ja recht. Vor allem mit dem *hübsch und witzig*-Teil.«

Er nickte und nahm einen Schluck von seinem Kaffee. »Der ist wirklich gut.«

»Sage ich doch.«

»Verrätst du mir jetzt endlich, was das hier soll?«, fragte er behutsam. »Oder lädst du alle wildfremden Männer nach einem Apfelraubzug zu einem geheimen Kaffeetrinken ein?«

»Natürlich nicht.« Sie biss sich auf die Unterlippe. Jetzt oder nie. »Ich habe ein Problem und ich habe mich gefragt, ob du mir helfen könntest.«

»Ein Problem?«

»Ein klitzekleines, praktisch nicht der Rede wert.«

Sie spürte seinen bohrenden Blick auf sich ruhen und wusste, dass es zwecklos war. *Das* würde er mit Sicherheit niemals erraten.

»Ich möchte hier weg. Nicht aus diesem Lokal«, fügte sie schnell hinzu, als er sich fragend umschaute, »aus North Pole. Ich habe mich bei ein paar herausragenden Kochschulen beworben in Seattle, Detroit, Boston ... Chicago.« Sie verstummte abwartend, aber er schien ihr Anliegen noch nicht zu verstehen. »Ich denke, ich habe gute Chancen, angenommen zu werden.«

»Das ist schön.«

»Ja, ist es.« Sie knetete ihre Finger. »Bloß, meine Eltern sind dagegen. Sie meinen, es sei viel zu gefährlich, so ganz allein und ohne Freunde ...«

Ryan zuckte mit den Schultern. »Du findest bestimmt schnell Anschluss. Was genau ist nun das Problem?«

Meg seufzte. Wieso war er auf einmal so schwer von Begriff? »Meine Eltern.«

»Du bist erwachsen, du brauchst ihre Einwilligung nicht.«

Das konnte nur jemand behaupten, der absolut keine Ahnung hatte. »Hast du keine Familie?«

»Doch. Meine Mutter lebt in Iowa.«

»Dann weißt du sicherlich, dass es nicht so einfach ist.«

»Nein.« Er wirkte, als wüsste er tatsächlich nicht, worauf sie hinauswollte.

»Es würde meinen Eltern das Herz brechen, wenn ich fortginge. Und sie würden vermutlich keine ruhige Minute mehr haben.«

»Dann musst du dich wohl entscheiden, was dir wichtiger ist. Ihr Wohlergehen oder deins.«

Das hatte er sehr schön auf den Punkt gebracht. Nur leider half ihr das nicht weiter. Sie konnte diese Entscheidung nicht treffen. Und wollte es auch nicht. »Was ist, wenn ich beides möchte?«

»Ich wüsste nicht, wie.« Er leerte seinen Becher und

schmunzelte. »Wir haben schon vorhin festgestellt, dass wir dich weder zehn Jahre älter machen noch dein Geschlecht verändern können. Nicht ohne fremde Hilfe zumindest.«

Wow. Er hatte ihr tatsächlich zugehört.

»Aber was wäre, wenn ich nicht ganz ohne Freunde wäre? Sagen wir in ... Chicago?« Sie hielt gespannt den Atem an.

»Ho, langsam.« Er hob abwehrend beide Hände. »Ich werde auf keinen Fall gegenüber deinen Eltern die Verantwortung für dich übernehmen.«

»Musst du auch nicht«, entfuhr es ihr gekränkt. »Ich bin doch kein Kleinkind!« Glaubte er etwa, dass sie noch einen Babysitter benötigte?

»Sehr erwachsen klingt dieser Plan tatsächlich nicht«, setzte er nach. »Überhaupt sollte ich wohl lieber gehen.« Er erhob sich.

»Warte!«, hielt sie ihn erschrocken zurück. »Du müsstest nur für ein paar Tage so tun, als wärst du mein Freund. Ich stelle dich meinen Eltern vor, dann fliegst du wieder zurück und wenn du willst, brauchst du nie wieder auch nur an mich zu denken.« Es wäre zwar nett gewesen, tatsächlich jemanden in der Fremde zu kennen, doch viel wichtiger war es, dass sie überhaupt von hier fortkam.

»Und wie soll dir das weiterhelfen?«

»Nachdem du weg wärst, würde ich natürlich weiterhin so tun, als ob wir zusammen wären. Ich würde von dir erzählen, dich sichtbar vermissen und sehr unter der Entfernung zwischen uns leiden. Dann müssen meine Eltern mir einfach ihren Segen geben, zumal ich ja nicht mehr allein in der Ferne wäre, sondern mit einem sehr netten und vertrauenswürdigen jungen Mann.«

»Du würdest sie also anlügen?«

»Nur ein paar Monate, bis ich umgezogen bin. Die Ausbildung beginnt bereits im September. Und sobald ich mich ein wenig eingelebt habe, werde ich von unserer Trennung berichten. Dann können sie mich schließlich nicht mehr zurückholen.«

»Das werden sie dir nie im Leben abkaufen. Werden sie sich außerdem nicht wundern, woher wir uns auf einmal kennen?«

»Da können wir ruhig bei der Wahrheit bleiben. Wir sind uns zufällig begegnet und da hat es sofort gefunkt.«

»Aha.« Pure Skepsis sprach aus seinem Gesicht.

»Bitte.« Sie setzte ihren besten Hundeblick auf, bei dem sogar ihr Vater fast immer weich wurde. Bei Ryan verfehlte er jedoch vollkommen seine Wirkung.

»Wie kommst du überhaupt auf die Idee, dass ich noch zur Verfügung stehe?«, fragte er stattdessen. »Ich könnte ja verheiratet sein oder anderweitig liiert.«

Meg prustete los. »Ich bitte dich! Du begleitest eine Freundin zu der Hochzeit ihrer Freundin. Das tut kein Mann, der in festen Händen ist.«

Ryans Miene verdüsterte sich.

»Du hast gefragt«, verteidigte sich Meg. »Also, was ist jetzt, hilfst du mir?«

Er schüttelte den Kopf. »Es tut mir leid. Ein so guter Schauspieler bin ich nicht.«

Autsch. Fand er sie so unattraktiv, dass er nicht einmal für kurze Zeit so tun konnte, als würde er sie mögen?

»Außerdem ist es total verrückt.«

»Ich kann dich also wirklich nicht überreden? Auch nicht mit lebenslang freiem Essen in meinem Restaurant, sobald ich eins hab?« Sie bemühte sich, der Frage einen scherzhaften Klang zu verleihen. Sie war weder dumm noch naiv, sie wusste, wann sie verloren hatte.

»Nicht einmal damit.« Er lächelte bedauernd. »Du bist eine sehr interessante Person, Meg. Ich bin sicher, du findest einen Weg. Und sollte es dich tatsächlich mal nach Chicago verschlagen und du ein bekanntes Gesicht sehen wollen, ruf mich an.« Er reichte ihr eine Visitenkarte.

»Danke.« Enttäuscht steckte sie sie ein.

»Ich geh dann mal. Ich … ich wünsche dir ein schönes Leben, Meg.« Er wirkte, als ob er noch etwas sagen wollte, ihm aber nichts Gescheites einfiel.

»Man sieht sich«, erwiderte sie leichthin, um ihre Verstimmung zu überspielen, und ging zur Tür, um ihn rauszulassen.

Fassungslos starrte Ryan die helle Holztür an, die gerade hinter ihm ins Schloss gefallen war. Er hatte in seiner Karriere schon einige ungewöhnliche Dinge erlebt, die Begegnung mit Meg setzte alldem allerdings die Krone auf. Seine Gedanken summten wie ein Bienenschwarm. Selten hatte er sich so verwirrt und zugleich fasziniert gefühlt wie jetzt. Sie hatte recht, sie ließ sich wirklich nicht in eine Schublade stecken.

Wie es wohl sein musste, eine so überfürsorgliche Familie zu haben, die man einerseits wirklich liebte, andererseits anzulügen bereit war, nur um etwas Freiheit zu bekommen? Wie verzweifelt musste sie sein, um so etwas überhaupt in Erwägung zu ziehen? Sie war verrückt. Zwar auf eine äußerst sympathische Art, aber eindeutig verrückt. Nein, er war es, weil er für einen Moment tatsächlich in Betracht gezogen hatte, ihrem Wunsch zu entsprechen.

Ryan wischte sich über das Gesicht und schüttelte entschieden den Kopf. Das Ganze war nicht sein Problem, er hatte genügend eigene Sorgen. Und wenn er ehrlich war, zweifelte er nicht daran, dass Meg eine Lösung finden würde. Sie war niemand, der sich leicht unterkriegen ließ oder einfach aufgab.

Er schaute auf seine Uhr. Es war halb zwölf. Er hatte noch sechs Stunden Zeit, bevor er wieder im Hotel sein musste. Er sollte es noch einmal mit einem Waldspaziergang versuchen. Gerade jetzt konnte er die klärende, beruhigende Wirkung der Natur noch mehr gebrauchen als am Morgen.

Ryan kam, mit einem Handtuch um die Hüfte, gerade aus der Dusche, als es an seiner Zimmertür klopfte. Er war erst vor einer halben Stunde von einer ausgedehnten Wanderung zurückgekehrt. Auf seiner Speicherkarte schlummerten jetzt unzählige wunderschöne Landschaftsbilder, einer Lösung für seine Probleme war er jedoch keinen Deut näher gekommen. Zumindest hatte er beschlossen, Meg, die sich immer wieder in seine Gedanken geschlichen hatte, aus seinem Kopf zu verbannen. Das Zusammentreffen mit ihr war – um es milde auszudrücken – außergewöhnlich gewesen, jetzt musste er sich auf die wirklich wichtigen Dinge konzentrieren. Er schnappte sich seine Brille und öffnete die Zimmertür.

»Ryan!« Beth hatte die Faust erhoben, um noch einmal zu klopfen, und starrte ihn überrascht an. Er merkte, wie ihr Blick an seinem nackten Oberkörper hinabwanderte und an dem Handtuch um seine Hüfte hängen blieb.

»Komm rein.« Möglichst lässig trat er zur Seite und bemühte sich, sich seine Genugtuung über ihre Reaktion nicht anmerken zu lassen. Zumindest körperlich fand sie ihn offensichtlich nach wie vor attraktiv.

»Ähm.« Sie räusperte sich verlegen und hob ihre Augen, bis sie den seinen begegneten. »Schon gut. Ich wollte nur Bescheid geben, dass wir wieder da sind. Liv und ich warten in meinem Zimmer, bis du fertig bist. Dann gehen wir zum Dinner ins Stacy's, du weißt schon, das Lokal, wo wir gestern waren.«

Sofort dachte er an Meg. Ob sie noch immer dort sein würde? Immerhin schien sie in dem Diner zu arbeiten. Was kümmerte es ihn? Sie war fast noch ein Kind. Vor ihm stand hingegen die Frau seiner Träume. »Alles klar, gib mir zehn Minuten.«

»Lass dir Zeit.« Beth wandte sich ab.

»Warte!«, hielt er sie zurück. Sie würden vermutlich nicht oft die Gelegenheit bekommen, unter vier Augen miteinander zu sprechen.

»Ja?« Sie drehte sich wieder zu ihm um.

»Hattest du einen schönen Tag?«

»Und wie.« Sie lächelte, aber es lag auch eine Spur von Wehmut in ihren Zügen.

»Stimmt etwas nicht?«, erkundigte er sich besorgt.

»Doch. Es war wunderbar. Ich habe Liv echt vermisst.« Sie seufzte.

»Sie ist ja nicht aus der Welt.«

»Nicht ganz zumindest.« Beth gab sich einen sichtbaren Ruck. »Sie scheint hier wirklich glücklich zu sein. Auch Sarah und die kleine Isabella sind unglaublich nett. Wir hatten so einen Spaß miteinander. Und die Kleider, die Liv für uns ausgesucht hat, sind der Hammer.« Beth schmunzelte. »Sie hat es wirklich gut mit uns gemeint.«

Ryan schaute ihr tief in die Augen. »Ich kann es kaum erwarten, dich darin zu sehen«, raunte er und stellte zufrieden fest, wie sich Beths Pupillen aufgeregt weiteten.

Nachdem er die Tür wieder geschlossen hatte, lehnte Beth sich an die Wand und atmete tief durch. Sie hatte ganz vergessen, wie heiß Ryan ohne Klamotten aussah. Und er hatte eindeutig mit ihr geflirtet. Puh. Das war nicht gut. Zwischen ihnen war alles perfekt, genauso wie es war. Jede Veränderung würde nur Komplikationen bescheren. Sie wollte seine Freundschaft und Unterstützung nicht verlieren.

Außerdem war da noch Ian. Sie hatte ihn zwar bisher nur flüchtig kennengelernt, aber sie war mehr als bereit, es auf einen Versuch mit ihm ankommen zu lassen. Wenn er ihr schon nach einem gemeinsamen Frühstück derart weiche Knie bescherte, konnte da vielleicht wirklich mehr dran sein.

Ihr Gespräch mit Ryan über das Sesshaftwerden, den richtigen Partner finden, ging ihr einfach nicht aus dem Kopf. Bei

Liv hatte es ganz unverhofft so wunderbar funktioniert. Wieso sollte sie selbst nicht auch mal Glück haben?

Beth trat in ihr eigenes Zimmer.

»War er da?«, fragte ihre Freundin vergnügt. In diesen Tagen schien sie nur noch zu strahlen.

»Ja. Er macht sich eben fertig.« Beth öffnete den Kleiderschrank und holte eine langärmelige Bluse sowie eine enge Jeans hervor. »Ich ziehe mich auch eben um. Es wird schon wieder merklich frisch.«

»Wem sagst du das?« Liv lachte. »Ich gehe nur noch im Zwiebellook aus dem Haus. Was ist das eigentlich zwischen Ryan und dir?«, fügte sie nach einer kurzen Pause neugierig hinzu.

»Gar nichts«, beteuerte Beth und schlüpfte aus ihrem Kleid.

»Komm schon.« Liv, die auf ihrem Bett saß, richtete sich gerader auf. »Kein Mann begleitet eine Frau über dreitausend Meilen zu einer Hochzeit, wenn da *nichts* ist.«

»Wir sind eben Freunde. Und er ist sehr nett.«

»Wenn du das sagst.« Schmunzelnd ließ Liv das Thema auf sich beruhen, wirkte jedoch nicht überzeugt. Angesichts des Verhaltens, das Ryan plötzlich an den Tag legte, konnte Beth es ihr nicht einmal verübeln.

Wieso war das Leben auf einmal nur so kompliziert?

Ryan achtete darauf, neben Beth Platz zu nehmen, als sich alle an der langen, zusammengeschobenen Tafel im Restaurant verteilten. Beth sah mit ihren rötlich schimmernden Haaren und der raffinierten Bluse in Altrosa einfach umwerfend aus. Natürlich war er nicht der Einzige, dem das auffiel. Ian verschlang sie beinah mit seinen Augen, sobald er mit Matt und Tom zu ihnen stieß. Er setzte sich ihr gegenüber hin und ließ seinen Charme bei ihr spielen.

Ryan ertrug es mit Fassung. Beth würde schon von allein merken, was für ein Schaumschläger Ian war. Und wenn nicht, würde sich das Problem ohnehin von selbst erledigen, sobald sie zurückflog. Von Boston aus würde Ian nicht mit ihm konkurrieren können. Er musste nur dafür sorgen, dass bis dahin keine großen Gefühle ins Spiel kamen, und selbst immer präsent und in Erinnerung bleiben.

»Möchtest du etwas trinken?«, raunte er Beth leise ins Ohr und griff nach der bereitstehenden Wasserflasche.

»Sehr gerne.« Sie schenkte ihm ein wunderschönes Lächeln. »Danke.«

Verstohlen beobachtete er Ian, dessen Augen herausfordernd funkelten. Die Positionen waren nun eindeutig geklärt.

Immer mehr Menschen kamen hinzu. Ryan hatte sich schon gewundert, wieso der ganze Raum anscheinend nur für sie reserviert war. »Wer ist das?«, wandte er sich neugierig an Beth, die einer jungen Frau zuwinkte. »Das ist Livs Schwester mit ihrem Verlobten und dahinter steht ihre Mutter.«

»Und gleich daneben die von Matt«, warf Ian hilfsbereit ein.

Ryan ließ seinen Blick über die Neuankömmlinge schweifen. Inzwischen waren an die zwanzig Personen versammelt, die sich freudig begrüßten und aufgeregt plauderten. Als alle sich endlich hingesetzt hatten, erschien der Kellner, der Beth und ihn schon am Vorabend bedient hatte. Dieses Mal behielt der Kerl seine Augen allerdings brav bei sich. Ryan schaute ihm zu, wie er die Getränkewünsche der Gäste notierte, und fragte sich, wieso ihn seine Gegenwart heute immer noch störte. Immerhin saß gerade ein viel größeres Übel als ein harmloser flirtender Kellner Beth direkt gegenüber.

Er verschluckte sich fast an seinem Wasser, als es ihm dämmerte. Er war enttäuscht, dass Meg nicht mehr hier war. Seine Mundwinkel kräuselten sich unwillkürlich. Sie hätte diese noch etwas steife Veranstaltung sicherlich aufgemischt.

Sobald alle mit Getränken versorgt waren, erhob sich Matt und klopfte mit einer Gabel an sein Glas. »Wir freuen uns sehr, dass ihr jetzt hier seid und keinen – noch so weiten – Weg gescheut habt, um mit uns schon bald den wichtigsten Tag unseres Lebens zu feiern.« Er warf seiner Verlobten einen glücklichen Blick zu. »Aber jetzt wollen wir erst einmal essen«, schloss er grinsend unter allgemeinen Beifallrufen.

Als wäre das ein Kommando gewesen, erschien der Kellner mit einem großen Tablett und begann, den ersten Gang zu servieren. Gleich danach tauchte Meg mit einem ähnlichen Tablett aus dem Durchgang zur Küche auf. Ryan blinzelte, um ganz sicherzugehen, dass sie es tatsächlich war, denn sie sah ganz anders aus als am Morgen. Die enge schwarze Hose ließ sie viel schlanker und die weiße Bluse ihr Dekolleté deutlich üppiger erscheinen, als es das schlabberige Kleid am Morgen hatte vermuten lassen. Hatte er sie wirklich für etwas mollig gehalten? Kurvenreich traf es wohl besser. Ryan riss sich zusammen, um sie nicht unverhohlen anzustarren. Sie wirkte professionell und effizient, wie sie – mit streng nach vorne gerichtetem Blick – die Teller mit der Vorspeise vor den Gästen platzierte. Ryan verspürte einen Stich der Enttäuschung. Hatte sie ihn womöglich gar nicht erkannt? War ihre merkwürdige Begegnung so eindruckslos an ihr vorbeigegangen? Er schaute zu ihr hoch, als sie sich neben ihm aufbaute, weil er an der Reihe war. Und da endlich wandte sie leicht ihren Kopf und grinste ihn auf ihre spitzbübische, herausfordernde Art an.

»Hi Ryan. So schnell sieht man sich in Alaska wieder.«

»Hey.« Bevor er etwas Intelligenteres hinzufügen konnte, stellte sie seinen Teller vor ihm ab und zog weiter.

»Woher kennst du sie?«, flüsterte Beth unverzüglich neben ihm.

Ein Kribbeln durchfuhr Ryans Körper. War das etwa Eifersucht in ihrer Stimme? Es klang eindeutig nach mehr als bloßer Neugier. »Wir sind heute praktisch ineinandergerannt und haben einen Kaffee zusammen getrunken.« Er bemühte sich um eine undurchdringliche Miene und genoss den überraschten Ausdruck auf Beths Gesicht.

»Oh«, sagte sie bloß. Sie wirkte nicht erfreut.

»Und was hast du heute so gemacht?«, riss Ian das Gespräch abrupt an sich.

Ryan hätte ihn erwürgen können. Missmutig wandte er sich seinem Teller zu, dessen Inhalt zugegebenermaßen deutlich exquisiter war, als er es in dieser Umgebung jemals vermutet hätte. Es gab knusprig warme Blätterteigröllchen mit einer cremigen Frischkäsefüllung, würzig eingelegte Antipasti und ein paar hauchdünne Scheiben Rindercarpaccio auf Thunfischmousse. Selten hatte Ryan etwas so Leckeres gegessen und er war sich sicher, dass das gestern nicht auf der Speisekarte gestanden hatte.

Als Meg mit dem zweiten Gang auftauchte, ging ihr Blick neugierig zwischen Ryan und Beth hin und her. Nicht, dass es da etwas zu sehen gäbe. Ian nahm sie mit irgendwelchen Anekdoten über seine früheren Besuche in Alaska voll in Beschlag. Ryan hätte gern auch etwas zum Gespräch beigetragen, aber leider kannte Beth die besten seiner Geschichten bereits.

Gelangweilt ließ er seinen Blick durch den Raum schweifen und fühlte sich zunehmend wie das sprichwörtliche fünfte Rad am Wagen. Neben ihm saß ein weiteres, wildfremdes Pärchen, und er verspürte keine Lust auf belanglosen Small Talk mit Leuten, die er nach diesem Wochenende nie mehr wiedersehen würde. Welche Ironie, dass Beth ihn nur mitgeschleppt hatte, um einem ähnlichen Schicksal zu entgehen. Blöd nur, dass sie ihn gar nicht mehr brauchte und dieses Los stattdessen ihn ereilte.

Leider schaffte es auch der Hauptgang nicht, seine Stimmung zu heben, denn er hielt nicht, was die Vorspeise versprochen hatte. Der Braten war gut, keine Frage, jedoch kein Vergleich zu dem vorherigen Gang. Ryan bestellte sich noch ein

Bier. Es musste bereits sein drittes sein und der Abend wurde immer noch nicht lustiger.

Nach dem Essen lockerte sich die Sitzordnung ein wenig auf. Die Gäste tauschten ihre Plätze, es formten sich kleine Grüppchen, nur Beth hing noch immer wie gebannt an Ians Lippen. Ryan biss die Zähne zusammen, als er sah, dass sich ihre Fingerspitzen auf dem Tisch mittlerweile berührten. Es fiel ihm einfach nichts ein, was er dagegen tun könnte, außer sie gewaltsam von ihm fortzureißen oder auf irgendeine andere Höhlenmenschenart seine Besitzansprüche geltend zu machen. Dafür war er allerdings noch nicht betrunken genug. Gott sei Dank.

Er hob die Hand, um sich noch ein Bier zu bestellen, als ihm auffiel, dass Meg hinter der Bar Aufstellung bezogen hatte. Ihr Kollege war derzeit nicht in Sicht. Schulterzuckend stand Ryan auf. Dann würde er es sich eben selber holen.

»Ich habe dich gegoogelt«, sagte Meg beiläufig und schob ihm ein volles Glas über den Tresen.

»Was?«, entfuhr es ihm überrascht.

»Ja. Ich musste schließlich wissen, ob diese Clark-Kent-Geschichte nicht bloß erfunden war.«

»Glaub mir, wenn ich mir eine Identität erfinden würde, dann bestimmt nicht die von Clark.«

»Wieso? Der ist doch cool.«

Ja, wenn man zwölf ist, wollte er schon entgegnen, als ihm das amüsierte Funkeln in ihren warmen bernsteinfarbenen Augen auffiel. Sie wollte ihn mal wieder auf den Arm nehmen.

»Wieso tust du das?«

»Was denn?« Ganz unschuldig polierte sie ein Glas. »Leben? Hier arbeiten? Mit dir reden? Du musst schon konkreter werden.«

»Letzteres.«

Sie beugte sich näher zu ihm heran und senkte ihre Stimme.
»Weil es Spaß macht«, raunte sie, als wäre es ein Geheimnis.
»Außerdem habe ich nachgedacht«, fügte sie etwas lauter hinzu.

»Worüber denn?«

»Über dich. Und mich. Und meine Idee.«

»Ich dachte, meine Antwort wäre klar. Ich mach da nicht mit«, sagte er entschiedener, als er sich fühlte.

»Willst du nicht mal wissen, was ich dir zu bieten habe?« Unwillkürlich heftete sich sein Blick auf ihren verlockenden Ausschnitt.

»Nicht das«, beschied sie ihm kühl. Ihr Gesicht nahm einen enttäuschten, abweisenden Ausdruck an. »Vergiss es. Ich habe mich geirrt.«

»Wobei denn?« Er verstand nur Bahnhof. Entweder war er betrunkener, als er dachte, oder ihre Gedanken sprangen mit einer schwindelerregenden Geschwindigkeit umher.

»Über dich. Ich dachte, du wärst ein anständiger Kerl.«

»Wie kommst du darauf?«

»Zuerst war es nur ein Bauchgefühl nach unserer Begegnung heute Morgen. Und dann habe ich recherchiert.«

»Und was hast du gefunden?«, fragte Ryan neugierig. Allzu viel dürfte es über ihn eigentlich nicht im Internet geben. Er hatte ja nicht mal ein Facebook-Profil.

»Deine Story ist heute auf der Titelseite der Tribune. Und anstatt dich in Chicago im Ruhm zu sonnen, bist du hier, weil eine Freundin dich darum gebeten hat.«

»Ganz so einfach ist es nicht.« Es überraschte ihn selbst, dass er ihr das plötzlich erzählte. Irgendwie wollte er nicht, dass sie ihn für besser hielt, als er war. Außerdem musste sie einsehen, dass er nicht ihre Fahrkarte in die große Welt sein konnte. Er hatte ja selbst nicht einmal genug Kohle für seinen Rückflug. Er wollte nicht riskieren, dass sie sich in irgendetwas verrannte. »Ich musste für ein paar Wochen verschwinden, da kam mir das hier ziemlich gelegen.«

»Verschwinden?« Er konnte sehen, wie es hinter ihrer Stirn zu rattern begann.

»Ja, wegen des Artikels«, sagte er eilig, bevor sie ihn noch mit wer weiß was für Verbrechen in Verbindung brachte.»Seit heute Morgen stehe ich bei dieser Bande, über die ich geschrieben habe, nicht gerade ganz oben auf der Beliebtheitsskala. Es wurde mir nachdrücklich empfohlen, mich bedeckt zu halten, bis sich die Lage wieder beruhigt hat.«

»Das ist noch so eine Sache, die mir bei dir aufgefallen ist«, sagte sie, ohne wegen seiner Enthüllung auch nur mit der Wimper zu zucken.»Du schreibst über bedeutsame Themen, die auch mal anecken. Das zeugt von Anstand.«

»Oder Blödheit«, warf er ein, um die plötzlich ernste Stimmung zu lockern.

Sie grinste.»Das eine schließt das andere nicht aus.«

»Na, vielen Dank auch.«

»Hey, das waren deine Worte, nicht meine.«

Er lächelte und merkte, wie er sich in ihren Augen verlor.

»Wie auch immer. Das ändert nichts daran, dass deine Idee völlig absurd ist.«

»Und da kämen wir zu meinem Angebot.« Sie schaute demonstrativ an ihm vorbei.»Ist das diese *Freundin*, wegen der du hergekommen bist?«, fragte sie süffisant.

Ryan drehte sich um und sah Beth an. Ian hatte sich mittlerweile neben sie gesetzt. Sein Arm lag auf ihrer Stuhllehne.»Ja«, brummte er. Er hätte mit seinem Bier sofort zurückgehen sollen, anstatt mit Meg zu palavern.

»Sieht nicht gut für dich aus«, stellte sie nüchtern fest.

»Wie meinst du das?«, fragte er abwehrend.

»Komm schon.« Sie schnaufte.»Du willst mir doch nicht erzählen, du wärst nicht bis über beide Ohren in sie verknallt.«

Ryan presste die Lippen zusammen. War das so offensichtlich?

»Selbst bevor ich gesehen habe, wie du sie anschaust, war mir das klar. Kein Mann fliegt Tausende von Meilen nach Alaska, um eine Frau zu begleiten, von der er nichts will. Das war übrigens gleichermaßen süß wie dämlich von dir.«

»Bitte?«

Sie deutete auf das ins Gespräch vertiefte Paar.»Beweisführung abgeschlossen.«

»Und inwiefern wäre das anders gelaufen, wenn ich nicht hier gewesen wäre?«

»Vermutlich gar nicht. Allerdings hast du so auch nichts davon. Sie nimmt dich einfach als zu selbstverständlich. Vermutlich bist du immer da, wenn sie dich ruft. Sie weiß gar nicht, wie es ohne dich wäre. Das ist dein Problem. Und da komme ich ins Spiel.«

Verdammt. Sie hatte so was von recht. Trotzdem konnte er ihr nicht folgen.»Du willst mir Beziehungstipps geben?«, fragte er skeptisch. Sie war erst zweiundzwanzig.»Warst du überhaupt schon mal verliebt?«

»Erstens: Nein. Und zweitens: das geht dich überhaupt nichts an.« Ihre Augen blitzten.

Mist. Er hatte sie verstimmt.»Keine Beziehungstipps?«, versuchte er, den relevanten Teil ihrer Antwort zu entschlüsseln.

»Wir reduzieren deine Verfügbarkeit und machen sie eifersüchtig.«

»Mit dir?« Er lachte unsicher auf.»Das glaubt sie uns niemals.«

»Du bist auch nicht gerade mein Typ«, stellte sie eisig klar. »Du wirst dich höllisch anstrengen müssen, um meine Eltern zu überzeugen, dass ich auf einen so alten Knacker abfahren könnte.«

»Es tut mir leid«, murmelte Ryan zerknirscht. Er war geistig gerade nicht auf der Höhe.»Ich habe das nicht so gemeint, wie es geklungen hat. Du bist ein wunderhübsches, leicht durchgeknalltes Mädchen ...« Verdammt! Hatte er das Letzte wirklich gesagt?

»Ich *habe* es so gemeint«, betonte sie.

Verdattert hielt Ryan inne.»So alt bin ich nun auch wieder nicht.«

Sie verdrehte die Augen. »Darum geht es gar nicht. Ich möchte nur klarstellen, dass zwischen uns nichts laufen wird. Ich mache das nur, um von hier wegzukommen.«

»Beziehungsweise gar nicht.«

»Wie meinst du das?«, fragte sie alarmiert.

»Ich spiele da immer noch nicht mit.« Es kratzte an seinem Ego, dass sie ihn aus purer Verzweiflung gefragt hatte, ohne ihn auch nur ansatzweise anziehend zu finden. Außerdem glaubte er nach wie vor nicht, dass Beth so leicht zu manipulieren war.

»Das werden wir ja noch sehen.« Meg schien zu allem entschlossen. »Showtime«, raunte sie.

Ryan schaute sich um und sah Beth auf sich zukommen. »Hi.« Sie stellte sich neben ihn. »Magst du uns vorstellen?«, fügte sie neugierig hinzu und deutete auf Meg.

»Sicher.« Ryan räusperte sich. Wie zum Teufel war er in diese Situation geraten? Andererseits hatte er endlich Beths ungeteilte Aufmerksamkeit. »Beth, das ist Meg. Meg, das ist Beth, eine Freundin. Wo ist eigentlich Ian?« Er reckte seinen Hals, konnte den Mann aber nirgends entdecken.

»Der ist kurz um die Ecke«, erklärte Beth. War ja klar, dass sie Ryan ihm nicht plötzlich vorzog. »Ihr habt euch heute Morgen kennengelernt?«

»Ja.« Ein verzückter Ausdruck trat auf Megs Gesicht. Ryan konnte nicht umhin, ihre schauspielerische Leistung zu bewundern. *So* hatte sie ihn mit Sicherheit noch nie angesehen. »Ich war ganz in Gedanken und bin praktisch in ihn hineingerannt.« Sie zuckte mit den Schultern. »Und dann ergab eins irgendwie das andere.«

»Was meinst du damit?«

Ryan wünschte sich, der Boden würde sich auftun und ihn – oder noch besser – Meg verschlingen. Beth würde ihr das nie im Leben abkaufen. Er machte sich damit zur absoluten Lachnummer.

»Er war so großartig«, schwärmte Meg. »Wir haben uns unterhalten und sind dann noch einen Kaffee trinken gegangen. Er hat mir sogar meinen Apfel ersetzt.«

»Welchen Apfel?«

»Der mir bei dem Zusammenstoß in eine Pfütze gefallen ist.«

»Ein Apfel?«, wiederholte Beth und musterte ihn stirnrunzelnd.

Irgendwie stachelte ihre skeptische Reaktion ihn an. »Hey. Die spannendsten Geschichten der Menschheit haben mit einem Apfel begonnen.«

Megs Mundwinkel zuckten und er hoffte sehr, dass es Beth nicht auffiel.

»Das hört sich ja … vielversprechend an«, murmelte Beth.

»Es war definitiv ein interessanter Vormittag.« Das war nicht einmal gelogen.

»Ähm.« Beth schaute sich um. Hinter ihr setzte allgemeine Aufbruchstimmung ein. »Wir wollen jetzt auch los.«

»Wir?«

Leichte Röte stieg ihr in die Wangen. »Ja, Ian und ich. Ich bin ziemlich müde. Kommst du auch?«

»Er kommt später nach«, antwortete Meg an seiner Stelle. »Ich muss hier noch aufräumen und abschließen. Und Ryan hat angeboten, mich nach Hause zu begleiten. Du weißt ja, wie fürsorglich und hilfsbereit er ist.«

»Ja, sicher weiß ich das«, sagte Beth mit einem gekünstelten Lächeln. »So ist unser Ryan. Viel Spaß noch euch beiden.«

»Danke und schönen Abend.« Meg strahlte sie voller Unschuld an.

»Wir sehen uns morgen.« Es klang fast wie eine Frage.

»Auf jeden Fall.« Ryan zog sie zum Abschied flüchtig an sich. Es fühlte sich falsch an, sie mit Ian davonziehen zu lassen. »Was sollte das?«, zischte er Meg zu, sobald Beth außer Hörweite war. »Sie wird jetzt den Rest des Abends und womöglich noch die ganze Nacht mit dem Typen verbringen!«

»Und wie genau hättest du das verhindern wollen? Hättest du dich an sie geklammert oder wärst vor ihrem Zimmer auf und ab marschiert? Du hattest jetzt wie lange Zeit, es auf deine Art zu versuchen?«

»Zwei Jahre«, gab er missmutig zu.

»Das treue Hündchen zu spielen, scheint also nicht ganz der richtige Weg zu sein, um sie zu erobern, oder? Wird mal Zeit, dass du Zähne zeigst.«

»Das ist doch Blödsinn. Ich gehe häufig mit anderen Frauen weg, ich bin weder zahm noch kastriert.«

Meg biss sich prustend auf die Lippe und hielt sich eine Hand vor die Stirn. »Ob ich dieses Bild jemals wieder loswerde?«

»Mir reicht's«, schnaufte Ryan. Das hatte alles keinen Sinn.

»Sie hat dich nie mit diesen Frauen gesehen, oder?«, hielt ihre Stimme ihn zurück. »Und du hast sie mit Sicherheit noch nie wegen einer davon versetzt.«

»Nein.«

»Na, siehst du.« Sie tat, als wäre damit alles gesagt.

»Danke.« Er trommelte mit den Fingern auf den glatt polierten Tresen. »Ich werde deinen Hinweis berücksichtigen. Ich wünschte, ich könnte mich irgendwie revanchieren. Aber dieser Plan von dir ist einfach nicht mein Ding.«

»Wie hat dir das Essen gefallen?«

»Ganz gut?«, sagte er unsicher, während er ihrem Themenwechsel gedanklich zu folgen versuchte.

»Das ist eine doofe Antwort. Sei ehrlich.«

»Die Vorspeise war grandios, der Rest so lala.«

Sie nickte zufrieden. »Der erste Gang war von mir.«

»Im Ernst?«

»Ja. Überrascht dich das? Ich habe doch gesagt, dass ich eines Tages ein Sternerestaurant eröffnen möchte.«

»Schon, aber ...«

»Aber du hast es nicht ernst genommen?«

Er zuckte mit den Schultern. Sein Alkoholpegel war für solche Gespräche eindeutig zu hoch.

»Du hättest mich eben auch googlen sollen.« Sie reichte ihm eine Karte.

»Megan Leary«, las er leise vor. »Catering, Showcooking & more.«

»Das *more* steht für meinen Blog, auf dem ich meine Eigenkreationen vorstelle und Tipps und Tricks verrate. Hier im Ort interessieren sich die Leute nicht so sehr dafür, deswegen habe ihn auf meiner Karte nicht drauf.«

Plötzlich sah Ryan sie mit anderen Augen. »Du hast wirklich ein einzigartiges Talent.«

»Ich weiß. Deshalb möchte ich ja hier weg. Hier weiß das kaum jemand zu schätzen. Ich durfte heute nur deswegen in die Küche, weil Liv das extra angefragt hat. Sie hätte es gern gesehen, wenn ich das ganze Essen geliefert hätte. Aber da ich schon für die Hochzeit catere, wäre das zu viel für mich.«

Ryan starrte sie fassungslos an. Was sie in ihrem jungen Leben bereits erreicht hatte, war wahrlich beeindruckend.

»Möchtest du deine Entscheidung noch mal überdenken?« Sie nutzte die Gunst des Augenblicks so zielsicher, als könnte sie in seinen Kopf hineinsehen. »Ich helfe dir, deine Beth zu bekommen.« Sie hielt aufzählend ihren Daumen hoch. »Ich mache dir so viele Frischkäse-Blätterteigröllchen, wie du nur essen kannst.« Ihr Zeigefinger folgte. »Und sollte es mich tatsächlich nach Chicago verschlagen, bist du in meiner Küche immer willkommen.« Der Mittelfinger schnellte hoch. »Und für all das müsstest du nur ein paar Tage lang so tun, als würdest du mich mögen.«

Dafür müsste er sich nicht einmal anstrengen. Er mochte sie wirklich, irgendwie. Dennoch … »Es tut mir leid, Meg. Für so etwas bin vermutlich schon zu alt.« Er schenkte ihr ein schiefes Lächeln, um seiner Absage den Stachel zu nehmen.

»Was soll's.« Sie zuckte mit den Schultern, konnte ihre Enttäuschung aber nicht vor ihm verbergen. »Wahrscheinlich hätte es ohnehin nicht funktioniert.« Sie schaute sich suchend um, holte ein zweites Geschirrtuch hervor und legte es vor ihm auf den Tresen. »Wenigstens kannst du mir gleich beim Aufräumen helfen. Die Feier ist vorbei.«

Ryan drehte sich um und erkannte, dass sie recht hatte. Matt half seiner Mutter gerade in ihre Jacke, sonst war niemand mehr zu sehen.

»Kann ich dich irgendwohin mitnehmen … Ryan?« Matt sprach den Namen aus, als wäre er sich nicht sicher, ob er ihn richtig in Erinnerung hatte. Wie denn auch? Sie hatten schließlich keine zwei Worte miteinander gewechselt.

»Danke, ich komme schon klar.«

»Wie du meinst. Wir sehen uns dann morgen?«

»Sicher«, erwiderte er, obwohl er keine Ahnung von dem geplanten Programm hatte. Er würde Beth morgen fragen, wie und wo es weiterging. Und dann würde er sich nicht mehr von ihrer Seite drängen lassen. Meg hatte recht, es war Zeit, Zähne zu zeigen.

»Bis dann.« Matt winkte ihm zum Abschied zu und verschwand durch die Tür.

»Hier.« Meg stellte einen kleinen Schnaps vor ihm ab. »Damit putzt es sich lustiger.«

»Und was ist mit dir?«

»Ich bin noch im Dienst.«

»Na, dann cheers.« Er prostete ihr zu und kippte die scharfe Flüssigkeit schwungvoll hinunter.

Kapitel 5

Ryans Kopf hämmerte, seine Zunge fühlte sich ekelhaft pelzig an und er schaffte es kaum, seine Augen zu öffnen. Viel zu helles Licht drang in das Zimmer, er stöhnte und legte sich den Unterarm vors Gesicht.

Wie viel zum Teufel hatte er getrunken? Er konnte sich nicht mal daran erinnern, wie er in das Hotel zurückgekommen war. Langsam nahm er seinen Arm wieder herunter und blinzelte vorsichtig. Es war noch noch immer unerträglich hell, die Vögel zwitscherten viel zu laut und das Bett war so verlockend warm und kuschelig weich. Vielleicht sollte er einfach liegen bleiben? Ein angenehmer Duft nach Kräutern und einem Hauch Vanille stieg ihm in die Nase und durchschnitt den Schleier der Benommenheit.

So hatte sein Hotelbett nicht geduftet.

Er fuhr mit der Hand über die mit kleinen Cupcakes gemusterte Bettwäsche. Ruckartig setzte Ryan sich auf. Sein Kopf dankte es ihm mit einem stechenden Schmerz. Er stöhnte und tastete nach seiner Brille.

Verdammt. Er war definitiv nicht in seinem Hotel. Zarte helle Vorhänge bauschten sich vor dem gekippten Fenster, die Möbel waren weiß und romantisch verschnörkelt, frische Blumen standen auf dem Frisiertisch. Verzweifelt kramte Ryan in seiner Erinnerung. Es gab nur eine mögliche Erklärung für seinen Aufenthaltsort – Meg.

Das Bett roch sogar nach ihr. Aber wie kam er in ihre Wohnung? Und ihr Bett? Wieso wusste er überhaupt, wie sie riecht?

Oh Gott! Schockiert blickte Ryan an sich herab. Zumindest trug er noch seine Boxershorts – was natürlich auch nicht viel heißen musste. Hatten sie etwa …?

Sein Blick fiel auf seine Kleidung, die ordentlich zusammengefaltet auf einem Stuhl lag. Das sah nicht nach einer heißen Liebesnacht aus. Er presste sich die Hand vor die Stirn, in dem Versuch, sich die Ereignisse des Abends wieder bewusst zu machen. Er hatte ihr in dem Restaurant geholfen. Danach hatten sie noch geredet. Er hatte dabei ein paar Drinks gekippt – oder auch ein paar mehr, wie sich jetzt schmerzhaft herausstellte. Sie hatten gelacht. Er konnte sich noch genau an ihr glockenhelles, fröhliches Lachen erinnern. Und dann? Hatte er sie geküsst? Er wusste es nicht mehr.

Puh. Ryan vergrub das Gesicht in den Händen und atmete laut aus.

Eine Tür quietschte leise. Er blickte auf und sah Meg, nur in ein Handtuch gewickelt, in das Zimmer huschen. Sie hatte offensichtlich geduscht. Ihre feuchten Haarspitzen kitzelten ihre wunderschön gerundeten Schultern, ihre Haut schimmerte so cremig wie frische Sahne. Oben ließ das flauschige gelbe Handtuch den Ansatz ihrer Brüste frei, unten reichte es ihr gerade mal bis zur Mitte der Oberschenkel, an denen noch vereinzelte Tropfen glänzten. Ryans Kehle wurde plötzlich eng und sein Körper reagierte ganz offenkundig auf ihre Erscheinung. So ein Mist. Hastig schlug er die Beine übereinander.

»Oh, du bist wach.« Leichte Röte breitete sich über ihre Wangen aus. Sie räusperte sich. »Macht es dir etwas aus, dich wegzudrehen, während ich mich schnell anziehe?«

Erleichtert sackte Ryan zusammen. Das machte nicht den Eindruck, als hätten sie miteinander geschlafen. Trotzdem wollte er lieber auf Nummer sicher gehen. »Wir haben doch nicht etwa …?« Er ließ seine Stimme bedeutungsvoll ausklingen.

»Oh, Gott, nein!«

So angewidert und empört brauchte sie nun auch wieder nicht zu klingen.

»Und was mache ich dann hier?« Anklagend deutete er auf das Bett.

»Ich konnte dich wohl kaum am Tresen liegen lassen. Und da ich nicht weiß, wo genau du abgestiegen bist, habe ich dich einfach mitgenommen.«

»Und es ist wirklich nichts passiert? Wir haben uns nicht geküsst oder so?« Er konnte nämlich schwören, dass er genau wusste, wie sie schmeckte und sich anfühlte – warm, weich, einfach köstlich. Falscher Gedanke, völlig falscher Gedanke.

»In deinen Träumen vielleicht.« Ihr nüchterner Ton holte ihn auf den Boden der Tatsachen zurück. »Ich stehe wirklich nicht darauf, von angetrunkenen Männern begrabbelt zu werden.« Sie deutete demonstrativ auf den Wall aus Kissen und Decke, der ihr Bett in der Mitte teilte.

Ryan runzelte die Stirn. »Was ist das?« Das war ihm noch gar nicht aufgefallen.

»Eine kleine Vorkehrung, damit du nicht auf falsche Gedanken kommst.«

So etwas hatte noch nie eine Frau mit ihm gemacht. Meg hatte *wirklich* kein Interesse. Irgendwie versetzte die Erkenntnis ihm einen leichten Stich. Sein Ego war durch die Sache mit Beth ohnehin bereits angekratzt.

»Drehst du dich jetzt endlich um? Mir ist kalt.«

»Tut mir leid«, sagte er, machte allerdings keine Anstalten, ihrer Bitte Folge zu leisten. Er wollte bestimmt nicht in einem Raum mit ihr sein, während sie sich auszog. Dann würde er seine Erektion auf keinen Fall mehr verbergen können. Und irgendwie hatte er das Gefühl, dass sie das nicht sehr witzig fände. Er angelte nach seiner Hose und schlüpfte schnell hinein. Schon besser. Ryan stand auf und machte den Reißverschluss zu. »Ich brauche dringend einen Kaffee. Wieso ziehst du dich nicht in Ruhe um und ich gehe schon mal in die Küche?«

»Nein, warte!«, rief sie erschrocken, doch da öffnete er bereits die Tür. »Komm zurück!«, zischte sie.

»Schon okay. Ich kann Kaffee kochen.« Vielleicht nicht ganz so gut wie sie, aber für den Anfang würde es genügen. Er zog die Schlafzimmertür hinter sich zu. Schräg gegenüber führte eine Holztreppe nach unten. Eine Diele knarzte unter seinem Gewicht. Leise Stimmen drangen an sein Ohr. Meg musste vergessen haben, das Radio auszuschalten. Barfuß hastete Ryan nach unten.

»Meg, da bist du ja …« Die Frau, die gesprochen hatte, erstarrte, als sie ihren Irrtum bemerkte.

Ryan blieb wie festgefroren stehen. Eine Frau, ein Mann und ein Teenager saßen an einem gedeckten Esstisch. Überdeutlich konnte er spüren, wie sich ihre Blicke an seine Füße, seinen nackten Oberkörper und die mit Sicherheit verwuschelten Haare hefteten. »Hallo«, sagte er zögernd. Sein Verstand raste. Mist! Sie wohnte noch bei ihren Eltern! Und es war allen klar, wie das hier aussah.

Die Gesichtsfarbe des Mannes nahm eine bedrohliche Rotfärbung an. »MEGAN!«, brüllte er laut. Seine Augen verengten sich und richteten sich auf Ryans Gesicht.

Erschrocken erkannte Ryan den Mann. Das war der Taxifahrer, der Beth und ihn vom Flughafen abgeholt hatte. Der wusste, dass Ryan erst vorgestern angekommen war. Und der sofort gemerkt hatte, dass Ryan mehr von Beth wollte als ihre Freundschaft. Konnte es noch schlimmer kommen?

Bevor er etwas sagen konnte, spürte er eine Hand auf seiner Schulter. »Mom, Dad, das ist Ryan«, sagte Meg schnell und zog ihn zurück nach oben. »Kommst du mal bitte?«, raunte sie nachdrücklich in sein Ohr.

Plötzlich fiel es ihm wie Schuppen von den Augen. Diese kleine Schlange. Sie hatte ihn mit Absicht abgefüllt und hierhergeschleppt. Sie hatte ihn einfach vor vollendete Tatsachen gestellt, obwohl er mehrmals Nein gesagt hatte.

Sie zerrte ihn in ihr Zimmer und machte die Tür hinter sich zu.

»Was fällt dir ein?«, zischten sie beide wie aus einem Mund und funkelten sich wutentbrannt an. Zumindest hatte sie die

Zeit genutzt, sich etwas Vernünftiges anzuziehen. Auch wenn sie in der eng anliegenden Tunika und der Leggings für seinen Geschmack noch immer viel zu sexy aussah.

»Ich bin nicht einfach halb nackt herausgerannt!«, empörte sie sich.

»Als ob ein T-Shirt irgendeinen Unterschied gemacht hätte!« Ihre Unverfrorenheit verschlug ihm die Sprache. »Du hast mich mit voller Absicht in diese Situation gebracht. Aber wenn du meinst, damit hättest du irgendwas gewonnen, irrst du dich gewaltig. Ich werde gleich da runtergehen und die Situation richtigstellen.«

»Was?« Einen Moment lang wirkte sie aufrichtig verwirrt. Dann verhärteten sich ihre Züge. »Hältst du mich wirklich für so hinterhältig?«

»Nein, für so verzweifelt.«

»Na, vielen Dank auch.« In ihrem Gesicht arbeitete es, während sie sich darum bemühte, ihre Miene in den Griff zu bekommen. »So nötig habe ich es auch wieder nicht. Ich könnte an jeder Hand zehn Kerle haben.«

Ryan verzog skeptisch den Mund. Das war jetzt etwas zu dick aufgetragen. Er hielt es jedoch für ratsam, es ihr nicht unter die Nase zu reiben. Es spielte ohnehin keine Rolle. »Bestimmt keinen aus einer Großstadt.«

Das nahm ihr den Wind aus den Segeln. Trotzig verschränkte sie die Arme vor der Brust. »Es kann mir eigentlich egal sein, was du von mir denkst. Dennoch habe ich das hier nicht so geplant. Ich habe versucht, dich rechtzeitig aufzuwecken, aber du warst zu weggetreten.«

»Weil du mich abgefüllt hast.«

»Wenn du meinst.« Sie wirkte abweisend und verletzt.

Tat er ihr gerade womöglich unrecht? Wenn er sich nur erinnern könnte.

Verständnisvolle, goldbraune Augen tauchten in seinem Geist auf. Meg, die ihm aufmerksam und ernst zuhörte. Hatte er ihr im Suff etwa sein Herz ausgeschüttet? Konnte ein Mann noch tiefer sinken? Das mit Beth und Ian ging ihm viel zu nah, sonst hätte er sich bestimmt nicht so hinreißen lassen.

»Die Mühe, es meiner Familie zu erklären, kannst du dir übrigens sparen. Das übernehme ich schon selbst. Ich schätze, du findest allein raus.«

»Es tut mir leid«, sagte er leise. »Irgendwie ist die ganze Situation aus dem Ruder gelaufen. Ich wollte dich nicht beleidigen.«

»Ja, schon gut.« Meg seufzte. »Du bist ein anständiger Kerl, Ryan.« Sie streckte ihm die Hand entgegen.

Zögernd ergriff er ihre Finger und war sich der Berührung überdeutlich bewusst. Es wurde höchste Zeit für ihn, von hier zu verschwinden.

»Weißt du schon, wo du die nächsten Tage bleiben wirst?«, fragte sie plötzlich.

»Wieso?« Ryan senkte seinen Arm. Eine böse Vorahnung kribbelte in seinem Nacken.

»Als du gestern deine Zeche bezahlt hast, hast du etwas davon gemurmelt, dass du nur noch für zwei Nächte Geld hast. Und davor hattest du erwähnt, dass du – ich zitiere – drei verfluchte Wochen in dieser Einöde bleiben musst.«

Ryan kniff die Augen zusammen. Seine verzwickte Situation tat ihm fast körperlich weh. Darüber hinaus hatte er einen furchtbaren Kater und noch immer keinen Kaffee im Blut. Müde ließ er sich auf das Bett fallen. »Was genau habe ich denn sonst noch erzählt?«

»Du weißt es wirklich nicht mehr?« Sie schien enttäuscht, dann zuckte sie mit den Schultern. »War ja klar«, fügte sie mehr zu sich selbst gewandt hinzu. »Nur, dass du pleite bist, wegen deines Artikels untertauchen musst und deine Beth abgöttisch liebst.«

Ryan seufzte. Er hatte sein ganzes verdammtes Leben vor ihr ausgebreitet.

»Also, was ist jetzt?« Sie sah ihn abschätzend an. »Soll ich runtergehen und meinen Eltern erzählen, dass du nur ein Betrunkener und bald Obdachloser bist, den ich aus purer Freundlichkeit zu mir nach Hause geschleppt habe? Oder wählst du Option B mit drei Wochen Kost und Logis und der netten Dreingabe, dass es deine Beth rasend vor Eifersucht machen wird, wenn du hier meinen Freund mimst?«

Ryan rieb sich die Stirn. So wie sie das ausdrückte, hatte er nicht wirklich eine Wahl.

»Also gut, du hast gewonnen«, murmelte er.

Sie schnaufte. »Das wird sich noch zeigen. Im Moment erscheint mir mein Angebot eher als Akt reinster Menschengüte.«

Mit gemischten Gefühlen beobachtete Meg ihn. Es war fast schon süß, wie zerknirscht und bedröppelt Ryan wirkte. Wobei süß nicht das richtige Wort für einen Mann wie ihn war. Jungs waren süß, er hingegen … Ihr Blick wanderte über seinen wohldefinierten Bizeps und den seitlichen Muskelstrang seines Rückens. Ein Junge war er wahrlich nicht. Nur gut, dass er viel zu alt für sie war und dass sie mit ihrem Kopf dachte und nicht mit diversen anderen Körperteilen, die sein Anblick definitiv nicht kalt ließ. Ihre Augen klebten schon wieder an seiner nackten Haut. Konnte er sich nicht endlich etwas anziehen?

Entschlossen ging sie an ihm vorbei, nahm sein Hemd vom Stuhl und warf es ihm an den Kopf.

Nicht zu fassen, dass er sich an den gestrigen Abend nicht mehr erinnerte. Er hatte ihr von seinem Leben erzählt und sie ihm von ihrem. Sie hatten bis weit nach Mitternacht geredet. Und irgendwie waren sie trotz aller Unterschiede auf einer Wellenlänge gewesen. Deshalb hatte er sich schließlich bereit erklärt, ihr zu helfen. Vielleicht war sein Alkoholpegel tatsächlich nicht ganz unschuldig daran. Es wurmte sie, dass er das nicht mehr wusste. Dass er sie für so abgebrüht – und so dämlich – hielt, ihn gegen seinen Willen in ihr Haus zu schleppen.

Sie atmete tief durch und zog nachdenklich die Unterlippe zwischen die Zähne. Vielleicht war das wirklich keine gute Idee. Wie sollte er ihre Eltern überzeugen, wenn er es im Grunde überhaupt nicht wollte? Es fühlte sich falsch an, sie zu belügen, auch wenn es nur zu ihrem eigenen Besten geschah.

Versonnen schaute sie zu, wie Ryan sich das Hemd zuknöpfte. Dabei spielten die Gedanken Pingpong in ihrem Kopf. Ja, nein, ja, nein, vielleicht …

… Vielleicht musste sie das alles pragmatischer sehen. Gut genug sah Ryan ja aus, um es nicht abwegig erscheinen zu lassen, dass sie sich in ihn verguckt hatte. Er war intelligent, witzig und ein klein bisschen draufgängerisch. Wenn auch überhaupt nicht ihr Typ. Na ja, eigentlich hatte sie gar nicht so etwas wie *einen Typ*. Sie war bisher nur mit Christopher sechs Monate lang zusammen gewesen und das war schon drei Jahre her. Irgendwie fehlte ihr einfach die Zeit, sich damit zu befassen. Außerdem hatte sie keine Lust, ihr Herz an irgendwen aus North Pole zu verlieren, da sie fest entschlossen war, hier so bald wie möglich zu verschwinden. Was sie wieder zu Ryan brachte. Er war ihre Fahrkarte nach draußen. Das Schicksal hatte ihn ihr direkt vor die Füße gefegt, sie würde auf diese Chance nicht wegen irgendwelcher Zweifel oder Skrupel verzichten.

»Und nun?« Ryan stand vollständig angezogen vor ihr und sah sie erwartungsvoll an.

»Wir machen das nach meinen Regeln«, verkündete sie fest.

»Und die wären?«

»Du schläfst auf dem Boden.« Sie deutete auf die Stelle neben ihrem Bett, als wären ihre Worte nicht eindeutig genug.

Wie dämlich war das denn? Diese Situation überforderte sie irgendwie. Vielleicht hätte sie alles im Vorfeld besser durchdenken sollen.

Seine Mundwinkel zuckten. »Das macht dir am meisten Sorgen?«

»Natürlich nicht. Ich möchte nur für klare Verhältnisse sorgen.«

»Keine Bange.« Er hob abwehrend die Arme hoch. »Ich rühre dich nicht an.«

Dieses Zugeständnis schien ihm nicht das Geringste auszumachen. Selbstverständlich nicht, er war schließlich in diese Beth verknallt.

»Gut. Dann gehen wir gleich runter zu meinen Eltern und spielen ihnen das verliebte Pärchen vor.«

»Zuerst sollten wir noch unsere Geschichte abstimmen.«

»Was soll man da groß abstimmen? Wir haben uns vor ein paar Tagen zufällig getroffen, es hat gefunkt, wir haben geredet und gestern habe ich dich eben mit nach Hause gebracht.«

»Das mit den mehreren Tagen haut nicht hin. Dein Vater – zumindest gehe ich davon aus, dass der Bärtige dein Vater ist?«

Sie nickte unsicher. »Was ist mit ihm?«

»Er hat mich vorgestern vom Flughafen abgeholt. Zusammen mit Beth.« Er wirkte fast, als hätte Ryan Spaß daran, ihr das unter die Nase zu reiben.

»Wieso hast du mir das nicht sofort gesagt?« Anklagend funkelte sie ihn an. Dad würde nie glauben, dass Ryan auf Meg abfuhr, wenn er ihn zuvor mit Beth gesehen hatte. Die Frau war perfekt. Zumindest oberflächlich betrachtet. Über den Rest konnte Meg sich noch kein Urteil anmaßen, aber die inneren Werte zählten bei den Männern ja auch nicht so viel.

»Entschuldige mal. Woher sollte ich wissen, dass er dein Vater ist?«, hielt Ryan dagegen.

Hinter Megs Stirn begann es zu pochen und sie hielt die Hand daran. Kopfschmerzen hatten ihr gerade noch gefehlt.

»Schon gut«, wiegelte sie ab, bevor sie sich wieder zu streiten begannen. »Dann haben wir uns eben erst gestern getroffen.

Liebe auf den ersten Blick. So was soll's geben.« Auch wenn sie nicht daran glaubte.

»Ist das nicht etwas zu dick aufgetragen?«, fragte er skeptisch. Er war wohl auch kein Romantiker. »Können wir uns nicht einfach mögen?«

»Immerhin hast du die Nacht in meinem Zimmer verbracht!«

»Na und?« Er schien nichts Außergewöhnliches daran zu finden.

Sie hingegen lief leuchtend rot an. So ein Mist! Für ihn war es vermutlich gang und gäbe, mit Unbekannten ins Bett zu hüpfen. Jetzt würde er sie für ein völlig unerfahrenes Landei halten. Was sie im Grunde auch war, doch das brauchte er ja nicht zu wissen.

»Ich schleppe meine Männerbekanntschaften in der Regel nicht direkt in mein Elternhaus«, versuchte sie zu retten, was zu retten war.

Er zuckte mit den Schultern. Falls er ihren Bluff durchschaute, war er rücksichtsvoll genug, nicht darauf herumzureiten. »Dann eben Liebe«, lenkte er ein. »Können wir jetzt endlich runter?« Sein Gesicht nahm einen leidenden Gesichtsausdruck an. »Ich brauche dringend einen Kaffee.«

»Natürlich.« Meg rührte sich nicht vom Fleck. Die Vorstellung, gleich mit Ryan an ihrer Seite der Familie gegenüberzutreten, machte sie mehr als nervös, sie lähmte sie geradezu. Sie schluckte und atmete prustend aus. »Ich glaube, ich kann das nicht«, fiepte sie.

Aufmerksam studierte Ryan ihr Gesicht und sie konnte sich denken, was ihm dabei durch den Kopf ging. Dass diese ganze blödsinnige Idee auf ihrem Mist gewachsen war. Dass sie ihn halb gegen seinen Willen hierhergeschleppt hatte. Und dass sie nun, wo es an die Umsetzung ging, einfach kniff. Sie war eine feige Versagerin. So würde sie sich niemals ihren Traum von einem eigenen Restaurant erfüllen.

Er streckte seinen Arm aus und berührte vorsichtig ihre Schulter. Es fühlte sich tröstend an. »Hey«, sagte Ryan leise und beugte sich ein wenig herunter, um ihr besser in die Augen sehen zu können. »Du musst das nicht tun. Ist schon okay. Aber wenn du es wirklich möchtest, ziehen wir es durch.«

Ihre Augen hefteten sich auf seinen Daumen, der langsam über ihre Haut strich. Meg schluckte und versuchte, die Empfindungen zu sortieren, die diese kleine Berührung in ihr auslöste. Sie versteifte sich und wusste nicht, ob sie ihn in seine Schranken weisen oder das aufregende Kribbeln genießen sollte, das sich in ihrem Körper ausbreitete.

»Tut mir leid!« Ertappt zog Ryan seine Hand zurück. Offensichtlich war er sich gar nicht bewusst gewesen, was er da tat.

»Schon gut.« Meg räusperte sich verlegen und straffte ihre Schultern. »Sollen wir dann?«, fragte sie viel mutiger, als sie sich fühlte.

»Warte.« Er streckte seinen Arm aus und trat näher an sie heran.

»Was hast du vor?« Misstrauisch beäugte sie seine Bewegung und zuckte zusammen, als er sie vorsichtig an sich zog. »Was soll das werden?« Automatisch stemmte sie die Hände gegen seine Brust und versuchte, ihn von sich wegzudrücken. Mann, war er stark. Er sollte sich nicht so gut anfühlen, während er hier eindeutig ein paar Grenzen überschritt. Aus weit aufgerissenen Augen starrte Meg ihn an. Würde er sie jetzt etwa küssen?

So unvermittelt, wie er sich ihr genähert hatte, ließ er auch wieder von ihr ab. »Du musst lockerer werden. Wenn du jedes Mal eine Panikattacke kriegst, nur weil ich den Arm um dich lege, werden uns deine Eltern niemals glauben, dass wir *vertraut* miteinander sind.«

Mist. Daran hatte sie nicht gedacht. Dad würde Ryan den Kopf abreißen, wenn er das Gefühl bekam, dass sie sich nicht ganz wohl mit ihm fühlte. Wobei, vermutlich würde er das ohnehin tun.

»Okay.« Meg straffte die Schultern und sah ihn entschlossen an. »Tu es noch einmal.«

Er zog belustigt die Augenbrauen hoch. Sie war vermutlich die erste Frau, die es üben musste, von ihm angefasst zu werden.

»Wie du willst.« Ryan legte ihr die Arme um die Hüfte und ließ eine Hand langsam ihren Rücken hinaufwandern. Er schien es auch noch zu genießen. Ein Schauer rieselte ihre Wirbelsäule hinab.

»Okay, das reicht.« Hastig schälte sie sich aus seiner Umarmung und brachte einen Schritt Sicherheitsabstand zwischen sich und ihn.

Er war zu alt, rief sie sich nachdrücklich in Erinnerung. Und in eine andere Frau verliebt. Außerdem ging es hierbei um Wichtigeres. Er war nur ihr Mittel zum Zweck.

»Sollten wir nicht lieber noch ein wenig üben?«, fragte er und ihr entging nicht das amüsierte Funkeln in seinen Augen. Er schien genau zu wissen, was er in ihr auslöste. Darauf sollte er sich bloß nichts einbilden. Er war schlichtweg seit Jahren der erste Mann, der ihr so nahe kam. Beziehungsweise der erste überhaupt. Christopher war kaum mehr als ein unbeholfener Junge gewesen.

»Wir kommen schon klar«, erklärte sie selbstbewusst. »Immerhin habe ich nicht vor, mich in Gegenwart meiner Eltern von dir befummeln zu lassen. Oder sonst wann«, fügte sie hastig mit knallrotem Kopf hinzu. »Lass uns gehen!« Sie griff nach seiner Hand, bevor noch mehr zweideutige Peinlichkeiten aus ihrem Mund purzeln konnten.

Zufrieden stellte sie fest, dass Ryan nun auch etwas blass um die Nase wurde. Er mochte sich öfter in fremden Betten herumtreiben, aber Vätern wurde er gewiss nicht ganz so häufig vorgestellt.

Halb hoffte sie, dass ihre Familie den Esstisch bereits geräumt hatte – immerhin waren Ryan und sie lange genug in ihrem Zimmer geblieben. Normalerweise würde jeder bereits seiner Tagesbeschäftigung nachgehen.

Natürlich nicht heute. Drei Augenpaare hefteten sich erwartungsvoll auf sie, als sie die Treppe hinunterstiegen. Ihr entging nicht, dass Moms Hand auf der Schulter ihres Vaters lag, als müsste sie ihn zurückhalten. Wahrscheinlich war sie der einzige Grund, wieso er nicht schon längst Megs Zimmer gestürmt hatte. Normalerweise war er ein sehr umgänglicher und netter Mensch, aber bei seiner Tochter hörte der Spaß für ihn auf.

»Musst du nicht längst in der Schule sein?«, wandte Meg sich an Eric. Wenn ihren Eltern auffiel, dass er schwänzte, würde es ihre Aufmerksamkeit bestimmt von ihr ablenken.

»Nö.« Grinsend verschränkte er die Arme. »Ich habe heute die ersten beiden Stunden frei.« Sein Gesichtsausdruck ließ vermuten, dass ihn auch sonst keine zehn Pferde von hier fortgekriegt hätten. Es kam schließlich nicht alle Tage vor, dass seine Schwester einen gut zehn Jahre älteren Kerl mit nach Hause brachte.

Meg spürte, wie Ryan beruhigend ihre Finger drückte. Er hatte sich wieder voll im Griff und irgendwie löste das ihre Starre. Was er konnte, konnte sie schon lange.

»Mom, Dad, das ist Ryan.« Laut und deutlich hallte ihre Stimme durch die gespannte Stille.

»Was soll das, Meg?«, fuhr ihr Vater sie an und wirkte, als wollte er sich Ryan ihn stürzen. Von dem gutmütigen Taxifahrer, den er bei seiner Ankunft kennengelernt hatte, schien nichts mehr übrig zu sein. Ryan schluckte. Jetzt verstand er, wieso Meg so nervös gewesen war.

Der Griff, mit dem seine zierliche Frau seinen Oberarm umfasste, schien alles zu sein, was Megs Dad noch zurückhielt. Ryan fragte sich, ob er ihm zur Begrüßung die Hand reichen sollte, überlegte es sich unter seinem mörderischen Blick aber anders.

»Glaubst du, du musst dich nur unmöglich genug aufführen, damit wir dich ziehen lassen? Ist es das?«, fragte ihr Dad aufgebracht und verächtlich zugleich. Es war bemerkenswert, wie schnell er den Kern der Situation erfasste.

Ein Ruck ging durch Megs Körper. Ryan spürte deutlich, wie sehr diese Worte sie trafen. Er löste seine Hand aus der ihren und schlang den Arm tröstend um ihre Taille. Überrascht schaute sie zu ihm hoch. Er wusste, dass ihre Leute jede ihrer Bewegungen beobachteten. Wenn sie sich jetzt verriet, war alles vorbei. Hastig drückte er seine Lippen auf ihren Scheitel. »Du schaffst das«, raunte er leise. Er hatte noch nie verstanden, wie Eltern, die ihre Kinder offensichtlich liebten, sie so unglücklich machen konnten. Sie selbst hatten Meg schließlich erst zu dieser Scharade getrieben.

»Es tut mir leid, dass wir Sie so überfallen, Mrs. ... Leary.« Mit Meg im Schlepptau setzte er sich in Richtung ihrer Mutter in Bewegung. Zum Glück war ihm im letzten Moment noch der Nachname eingefallen, der auf Megs Visitenkarte stand. »Sie haben bestimmt eine Menge Fragen.« Er lächelte ihr charmant zu und bemerkte erleichtert, wie sie zögernd zurücklächelte. Sie schien ein nicht ganz so harter Brocken zu sein wie ihr Mann. Wenn es ihnen gelang, sie auf ihre Seite zu ziehen, würde sie sicherlich auch auf ihn einwirken.

»Nun ja. Wir sind etwas ... überrascht«, gab sie vorsichtig zu.

»Meg hat noch nie einen Kerl mitgebracht«, warf der etwa sechzehnjährige Junge neben ihr hilfsbereit ein.

»Eric!«, zischten Meg und ihre Mutter wie aus einem Mund.

»Wo er recht hat ...«, brummte ihr Vater nun. Er lehnte sich vor und fixierte Ryan grimmig mit seinem Blick. Seine Augen verengten sich. »Warten Sie, ich kenne Sie. Habe ich Sie nicht erst kürzlich vom Flughafen abgeholt? Mit dieser Rothaarigen.« Er sprang empört auf. »Finger weg von meiner Tochter!«

»Dad!« Meg ballte die Fäuste und funkelte ihn an.

Ryan zog sie demonstrativ noch enger an sich. Herausfordernd starrte er den wütenden Mann an. »Wir werden Ihnen sehr gerne alles erklären, Sir«, sagte er ruhig und würdevoll. »Vielleicht könnte ich vorher bloß einen Kaffee bekommen?«, fügte er an Megs Mutter gewandt hoffnungsvoll hinzu.

»Sicher, wo bleiben nur meine Manieren?« Sie sprang auf.

»Nichts da«, hielt ihr Mann sie zurück. »Ich habe keine Ahnung, wo du ihn aufgetrieben hast, Meg, oder was du damit bezweckst. Ich will auch nicht wissen, wie er dich rumkriegen konnte. Aber ich werde mich nicht seelenruhig an einen Tisch mit diesem Kerl setzen.«

»Doch, das wirst du«, kam es plötzlich entschieden von Megs Mom.

Überraschte Stille senkte sich über den Raum. Offenbar kam es nicht oft vor, dass sie ihrem Mann so vehement widersprach. »Das ist Megans Zuhause und hier ist jeder willkommen, den sie da haben will«, fuhr sie ungerührt fort. »Bitte, setzt euch.« Sie deutete einladend auf zwei freie Stühle.

Ryan atmete langsam aus. Die erste Hürde war geschafft. Das größte Problem saß ihm jedoch direkt gegenüber.

»Hast du mir nicht zugehört, Meg?« Ihr Vater bemühte sich um einen versöhnlichen Tonfall. »Er hat bereits eine andere.«

»Hat er nicht«, erklärte sie, bevor Ryan selbst etwas sagen konnte. Traute sie ihm etwa nicht zu, seine Gefühle für Beth erfolgreich leugnen zu können? »Ihr Name ist Beth und sie ist nur eine Freundin.«

»Eine Freundin, die er Tausende von Meilen zu einer Hochzeit begleitet?«

Ryan stöhnte innerlich auf. Wieso hackten alle bloß immer darauf herum?

»Er ist eben nett.« Ryan merkte, wie Meg ins Schwimmen geriet.

»Ich musste ohnehin Urlaub abbauen, da passte es eigentlich ganz gut.« Er lächelte und hoffte, dass er es nicht übertrieb, als er seine Finger erneut mit den ihren verflocht. »Wer weiß, vielleicht war es Schicksal.« Er schaute Meg tief in die wunderschönen honigfarbenen Augen. »Ich möchte mich auf jeden Fall nicht beschweren.«

»Uh«, protestierte ihr Bruder angewidert. »Nehmt euch ein Zimmer.« Er stand auf. »Ein Glück, dass ich los muss. Bis später, Schwesterherz. Und ich nehme an, dich sehe ich nachher auch noch«, fügte er an Ryan gewandt kopfschüttelnd hinzu.

Megs Mutter stellte zwei dampfende Kaffeetassen vor ihnen ab. Zuckerdose und Milchkännchen folgten. »Habt ihr Hunger?«, fragte sie und wirkte nun, da die erste Schlacht gewonnen war, ein wenig ratlos.

Meg brachte wohl wirklich nicht oft Männer mit. Er warf ihr einen verstohlenen Seitenblick zu. Ob sie es überhaupt jemals getan hatte? Ihre Familie wirkte mit der Situation regelrecht überfordert. Irgendwie gefiel ihm dieser Gedanke.

»Nein, danke, Mom.« Meg kippte einen ordentlichen Schluck Milch in ihre Tasse und schloss ihre Finger darum, als müsste sie sich festhalten.

Ryans Magen knurrte leise, doch er wollte die Geduld ihres Dads nicht überstrapazieren.

»Sie mussten also Urlaub abbauen, Mr. …?«, nahm ihr Vater den unterbrochenen Gesprächsfaden wieder auf.

»Miller, Ryan Miller. Sie können aber ruhig Ryan zu mir sagen. Sir«, fügte er sicherheitshalber hinzu. »Und ja. Ich habe jetzt ein paar Tage frei.«

»Und wovon genau?«

»Er ist Reporter, Dad«, warf Meg ein mit genau der richtigen Mischung aus Bewunderung und Stolz. Ryan hatte schon am Vortag gemerkt, was für eine gute Schauspielerin sie war.

Schade eigentlich. Er hätte gern gewusst, was sie wirklich von ihm hielt.

»Freelancer?« Die Stimme drückte seine ganze Missbilligung aus und beschwor ein Bild von Elend, Verzweiflung und dem Wunsch, endlich einen Abnehmer für die nächste Story zu finden.

Ryan verzog keine Miene. »Festangestellt bei der Chicago Tribune.«

»Sein Artikel war gestern auf der Titelseite.« Meg strahlte übers ganze Gesicht. Sie war wirklich gut.

»Hmm.« Ihr Vater brummte. »Du scheinst ja gut informiert zu sein.«

»Natürlich.« Sie lachte auf. »Du glaubst doch nicht, ich bringe einen Wildfremden hierher?«

»Wie dumm von mir. Immerhin kennst du ihn schon ganze zwei Tage. Ist ja fast so etwas wie eine Ewigkeit.«

»Immerhin genügt es mir, um zu erkennen, was für eine wundervolle Frau Ihre Tochter ist.«

Diese Antwort schien ihrem Vater nicht zu gefallen. Sein Kiefer mahlte, seine Augenbrauen glichen zwei dicken Balken, aber er konnte schwerlich etwas dagegen sagen. Die Ader an seiner Schläfe begann, bedrohlich zu pochen. Fast schon fürchtete Ryan, er würde ihn, ungeachtet des Einspruchs seiner Frau, hochkant rauswerfen.

Ein Klingeln ertönte in die angespannte Stille hinein.

Überrascht fuhr Megs Vater herum. Dann stand er auf und hielt sich das Telefon ans Ohr. »Gus hier. Ja, ich mache mich sofort auf den Weg. Bis gleich.« Er legte auf. »Ich muss los«, erklärte er überflüssigerweise. »Das hier«, er deutete auf Ryan, »ist noch nicht vorbei. Sollte er hier sein, wenn ich wiederkomme, werden wir ein ernstes Wort miteinander reden.«

Er schnappte sich seinen Schlüssel und verschwand in den Flur.

»Was genau meint er damit?«, fragte Ryan besorgt.

»Keine Ahnung.« Meg zuckte unglücklich mit den Schultern. »Mom?«, entfuhr es ihr fragend.

Die zierliche, dunkelhaarige und noch immer sehr hübsche Frau atmete vernehmlich durch. »Lass ihm einfach etwas Zeit, er wird sich schon beruhigen. Du hättest vielleicht nicht so ganz mit der Tür ins Haus fallen müssen«, sagte sie tadelnd. »Hättest du uns Ryan nicht erst in Ruhe vorstellen können? Wir waren nicht gerade darauf vorbereitet, einen fremden Mann halb nackt aus deinem Zimmer kommen zu sehen. Nichts für ungut«, fügte sie an ihn gewandt hinzu.

»Es tut mir leid«, murmelte Ryan. »Ich wusste nicht, dass Meg noch bei Ihnen wohnt.« Erst als Meg ihm einen bösen Blick zuschoss, merkte er, dass er sich verplappert hatte.

»Ganz so gut scheint ihr euch doch nicht zu kennen«, sagte ihre Mutter ernst.

»Nur weil ich meine Wohnungssituation nicht sofort vor ihm ausgebreitet habe?«, schnappte Meg.

»Ich meine ja nur, dass es etwas schnell geht. Zumindest für deinen Vater und mich.«

»Für mich nicht.« Meg stand auf und griff entschieden nach seiner Hand. »Komm mit.« Sie zerrte ihn regelrecht in die Höhe.

Ryan warf ihrer Mutter ein entschuldigendes Lächeln zu. »Bis später, Mrs. Leary.«

»Oh Gott, es tut mir so leid.« Draußen lehnte Meg sich an die Hauswand. »Ich weiß nicht, was in sie gefahren ist. Bei Christopher haben sie sich bei Weitem nicht so angestellt.«

»Christopher?«, fragte Ryan irritiert. Wer zur Hölle war Christopher?

»Ja, mein Ex.« Sie winkte ab.

Ein ganz so unbeschriebenes Blatt schien sie also doch nicht zu sein. Es war auch utopisch anzunehmen, dass eine so lebenslustige, energische und überdies wunderhübsche Frau keine Erfahrungen gesammelt hatte, nur weil sie so jung und unschuldig aussah.

»Was hast du jetzt vor?«, fragte sie plötzlich.

Ryan brauchte einen Moment, um zu begreifen, dass sie den Rest des Tages natürlich nicht miteinander verbringen würden. Sie musste bestimmt zur Arbeit und er … Mist! Wie spät war es eigentlich? Er suchte die Taschen nach seinem Handy ab. »Wieso ist es aus?«, fragte er verwundert, als er in der Gesäßtasche endlich fündig wurde. Eigenartig, da steckte er es nie hin.

Meg verzog schuldbewusst das Gesicht. »Es hatte gestern spät noch ein paarmal gesummt. Du hast es nicht gehört, weil du so fest geschlafen hast, also habe ich es ausgemacht. Und dann vergessen, es dir zu sagen. Es tut mir leid.«

»Schon gut.« Er runzelte konzentriert die Stirn, während er die entgangenen Nachrichten durchging. Bis auf eine waren alle von Beth. Wie konnte es sein, dass er den ganzen Morgen nicht an sie gedacht hatte? Die letzten Nachrichten klangen fast panisch und ziemlich verärgert. WO STECKST DU?!

»Ist es schlimm?«, fragte Meg zerknirscht.

»Wie man's nimmt.« Er zeigte ihr die Nachricht.

»Immerhin hat sie dich vermisst.« Sie grinste. »Du bist also auf dem richtigen Weg.«

»Sieht so aus.« Er wählte ihre Nummer.

Meg nahm seinen Arm und zog ihn aus dem Vorgarten auf den Bürgersteig. Sie hatte recht. Dieses Gespräch sollte ihre Mutter nicht unbedingt mitkriegen.

»Ryan?«, rief Beth atemlos in das Telefon. »Geht es dir gut?«

»Alles bestens«, beruhigte er sie. Sein Hirn ratterte fieberhaft, während er darüber nachdachte, was er ihr überhaupt erzählen sollte.

»Du bist gestern nicht ins Hotel gekommen.« Es klang wie ein Vorwurf.

»Woher weißt du das?«

»Ian und ich haben noch ziemlich lange an der Bar gesessen

und uns unterhalten.« Wäre auch zu schön gewesen, wenn sie sich vor Sehnsucht nach ihm verzehrt und sich schlaflos in ihrem Bett herumgewälzt hätte. »Und heute Morgen hast du nicht reagiert, als ich an deine Zimmertür geklopft hab. Dabei müssen wir gleich los.«

»Wohin denn?«

»Liv hat uns zum Brunch eingeladen.«

»Mich auch?« Er hatte nichts davon mitbekommen.

»Natürlich auch dich. Wir sind alle eingeladen. Also, wo bist du?«

»Ähm.« Er räusperte sich und schaute sich suchend um, als würde ein Straßenname Beth irgendwie weiterhelfen.

Meg wedelte mit ihren Händen energisch vor seinem Gesicht herum und zeigte dann auf sich.

»Ich bin bei Meg«, sagte er langsam und hielt gespannt die Luft an. Das würde gewaltig nach hinten losgehen, er spürte es ganz genau.

Irritiertes Schweigen folgte seinen Worten. »Ist das diese Bedienung?«, fragte Beth langsam.

Ihr abfälliger Ton schnitt Ryan unangenehm ins Ohr. »Sie ist mehr als nur das.«

Ein kleines Lächeln erschien auf Megs Lippen und er wandte sich ab, um sich auf Beth konzentrieren zu können.

»Warst du etwa die ganze Nacht bei ihr?«

»Ja.« Es brachte nichts, das zu leugnen.

»Oh«, sie klang verstimmt. »Du lässt ja nichts anbrennen.« Musste sie gerade sagen. Wer hatte gestern den ganzen Abend wie wild mit Ian geflirtet? »Wie auch immer, kannst du in zehn Minuten hier sein? Wir müssen nämlich los.«

»Zum Brunch?«, wiederholte Ryan und verspürte nicht die geringste Lust dazu. Er brauchte dringend eine Dusche, frische Kleidung und etwas Zeit, um seine wirbelnden Gedanken zu beruhigen.

»Ja«, sagte sie gereizt. »Also, was ist jetzt?«

»Kommt Ian auch mit?«

»Natürlich. Alle werden da sein.«

Es behagte ihm nicht, sie mit Ian allein zu lassen. Andererseits wären sie in einem Raum voller Menschen wohl kaum unter sich. Und auf so eine Veranstaltung wie gestern Abend konnte er getrost verzichten. Dieses Mal hätte er nicht einmal Meg dabei, um ihn abzulenken. »Sei mir nicht böse, ich muss passen.«

»Was soll das heißen?«

»Ich bin ziemlich geschafft.«

»War wohl eine aufregende Nacht.« Er hörte deutlich die Anspannung in ihrer Stimme. Als gäbe sie sich alle Mühe, unvoreingenommen zu klingen.

»So ungefähr.« Ihm machte eher der Vormittag zu schaffen. »Was steht denn anschließend auf dem Plan?«, fragte er begierig, damit sie nicht auf die Idee kam, er hätte gänzlich das Interesse an ihrer Gesellschaft verloren. Denn so war es nicht. Ganz und gar nicht.

»Eigentlich hatten Matt und Liv vor, uns ein wenig die Gegend zu zeigen. Aber leider gibt es ein Problem im Sägewerk. Eine Maschine sägt nicht ganz richtig oder so. Matt muss sich darum kümmern. Und Ian meinte, wir sollten Liv etwas Zeit mit ihrer Familie gönnen, sie sieht sie ja so selten. Er kennt sich von den Semesterferien noch ein bisschen in dieser Gegend aus. Also hat er mir angeboten, mich herumzufahren. Matt hat eine sehr schöne Hütte im Wald, die möchten wir uns ansehen.«

»Wäre es nicht besser, er würde Matt mit der kaputten Maschine helfen?«, fragte Ryan spitz.

»Nein. Er ist Elektroingenieur, mit solchen Dingen kennt er sich nicht aus.«

Sie schien ja bereits bestens über ihn Bescheid zu wissen. »Stattdessen will er mit dir zu einer Hütte fahren?« Das klang für ihn nicht gerade nach einer bemerkenswerten Sehenswürdigkeit.

Plötzlich drängte sich Meg in sein Sichtfeld und wedelte hektisch mit den Armen. Fragend starrte Ryan sie an.

»Ja, eine Art Jagdhütte. Sie soll sehr malerisch gelegen sein«, erklärte Beth schwärmerisch, die davon natürlich nichts mitbekam.

Megs Finger zeigte in schneller Folge immer wieder auf Ryan und sie. »Wir kommen mit«, formte sie lautlos mit ihren Lippen.

Ryan zuckte mit den Schultern. Er verstand nicht, was sie gerade ritt, doch er vertraute ihr. »Das hört sich großartig an. Meg und ich würden uns euch gerne anschließen.«

»Ähm, sicher«, sagte sie überrumpelt. »Ist ja genug Platz im Auto.«

»Sehr schön. Wann geht es los?«

»Um halb drei am Hotel?«

»Wir werden da sein. Ich freue mich schon. Bis dann.«

»Bis dann, Ryan.« Sie legte auf und er versuchte einzuordnen, wie ihre Stimme zum Schluss geklungen hatte. War sie verstimmt, überrumpelt, eifersüchtig oder widerwillig gewesen? Er schüttelte seinen Kopf. Vermutlich war es eine Mischung aus allem.

»Was sollte das eben?«, wandte er sich neugierig an Meg, die neben ihm ausharrte.

»Diese *Jagdhütten*«, sie malte mit ihren Fingern kleine Anführungszeichen in die Luft, »haben heutzutage fast nur noch einen Zweck – und zwar Frauen rumzukriegen.« Sie errötete leicht. »Es wäre bestimmt nicht in deinem Sinne, wenn dieser Aufreißer dort mit Beth alleine ist. Und als dritter im Bunde wäre es für dich auch nicht so toll.«

»Also kommst du mit?« Dankbar nahm er ihre Hand. Sie kniete sich in diese Sache wirklich rein.

Meg entzog ihm ihre Finger. »Eigentlich dachte ich, dass ich euch wirklich die Gegend zeige und wir einen großen Bogen um diese Hütte machen.«

Enttäuschung machte sich in ihm breit. »Wieso?«

Sie schnaufte entrüstet. »Wenn du so scharf darauf bist, kannst du dir anschließend ein Zimmer mit Beth nehmen. Aber glaubst du nicht, es wäre total krampfig, zu viert auf engsten Raum eingepfercht zu sein, wobei zwei Männer am liebsten über die gleiche Frau herfallen würden? Also ich kann auf diese Erfahrung gern verzichten.«

»Du hast recht, es tut mir leid«, murmelte Ryan. Sie hatte nicht einen Moment daran gedacht, ihm näherzukommen. Natürlich nicht. Ihre Positionen waren klar. Sie half ihm, die Frau seiner Träume zu bekommen, er ihr, ihr Lebensziel zu verwirklichen. Es war eine reine Win-Win-Situation.

»Musst du heute nicht arbeiten?«, fiel es ihm verspätet ein.

»Schon. Aber ich mache früher Schluss. Mike springt sicher gern für mich ein.«

»Dann sehen wir uns nachher?« Ryan musterte sie unsicher. Es fühlte sich eigenartig an, sich jetzt nüchtern und kühl von ihr zu verabschieden. Sollte er ihr die Hand drücken? Sie kurz in den Arm nehmen? Ihr einen Kuss geben?

Sie lächelte leicht. »Bis später, Ryan.« Sie nahm ihm die Entscheidung ab, indem sie grüßend die Hand hob, sich dann auf dem Absatz umdrehte und zielstrebig davonging.

Aufgewühlt sah er ihr nach. Sie war ganz unverhofft in sein Leben geschlittert und stellte es seitdem gehörig auf den Kopf.

Kapitel 6

Nach einer ausgiebigen Dusche fühlte Ryan sich wie ausgewechselt. Er hatte das kühle Wasser so lange über seinen Kopf laufen lassen, bis die Gedanken darin endlich zur Ruhe gekommen waren. Er würde die Sache mit Meg durchziehen, er würde Beth seine Gefühle gestehen, nach Chicago zurückkehren und mit ihr bis ans Ende seiner Tage glücklich sein.

Und Meg würde sich ihren Traum erfüllen.

Sein Handy summte und bewahrte ihn davor, weiter über diese unkonventionelle junge Frau zu grübeln.

Er warf einen Blick auf das Display. Es war Phil. Stimmt, sein Chefredakteur hatte ihm eine Nachricht geschickt, aber in dem ganzen Durcheinander mit Beth und Meg hatte er sie noch gar nicht gelesen.

»Hi Phil. Was gibt's?«, fragte er, als er ranging.

»Hey. Ich wollte mal hören, wie es ausschaut, und dir ein kleines Update zur Lage geben. Bist du noch immer in Alaska?«

»Klar.« Wo sollte er auch sonst sein?

»Das ist gut. Ich hoffe, du spannst ein wenig aus.«

Ryan gab einen undefinierbaren Brummlaut von sich. Besonders entspannend kam es ihm hier gerade nicht vor. »Wann kann ich zurück?«

Phil druckste herum. »Ein paar Tage würde ich an deiner Stelle schon noch warten. Andererseits, wenn dir die Decke auf den Kopf fallen sollte, hätte ich vielleicht einen anderen Vorschlag für dich.«

»Und der wäre?«

»Du könntest aus Washington über die bevorstehende Senatswahl berichten.«

»Ich dachte, das wäre Sharons Job.«

»Ist es auch.« Er seufzte. »Sie hatte ein kleines Missgeschick und fällt erst mal aus.«

»Was ist passiert?«

Phil schnaubte abfällig. »Sie ist über ihre eigenen Füße gestolpert und hat sich ein Bein gebrochen. Wenn du also einspringen könntest, wäre das echt toll.«

Ryan zögerte.

»Ich weiß, du hast Urlaub. Ich habe dich ja selbst dazu gedrängt. Und es ist auch nicht ganz dein Thema.« Das konnte er laut sagen. »Zusätzlich zu Flug und Unterkunft bekommst du auch ein schönes Spesenkonto.« Phil musste wirklich verzweifelt sein.

»Kann das denn niemand sonst übernehmen?«

»Ich könnte Gregson abziehen, aber er wäre nicht meine erste Wahl.«

Ryan runzelte nachdenklich die Stirn. Wenn er ehrlich war, verspürte er nicht die geringste Lust dazu. Andererseits würde das seine Geldprobleme mit einem Schlag lösen. Die Zeitung käme für seinen Rückflug auf und spendierte ihm darüber hinaus Unterkunft und Verpflegung für die nächste Zeit. Danach könnte er in aller Ruhe nach Hause zurückkehren. »Wann müsste ich los?«

Phil atmete erleichtert auf. »Am Montag.«

»Das war keine Zusage«, stellte Ryan klar. »Ich überlege es mir.« Er wollte Meg nicht einfach im Stich lassen, falls ihre Eltern bis dahin noch nicht überzeugt waren.

»Wie soll ich das verstehen?«

»Ich melde mich am Sonntag bei dir. Bis dann, Phil.« Er legte auf, bevor sein Chefredakteur ihn noch weiter bearbeiten konnte. Er wusste, dass sein Verhalten gerade total untypisch für ihn war. Normalerweise ertrug er keine Untätigkeit und hätte sich unter anderen Umständen mit Freuden auf diese Gelegenheit gestürzt.

Sein Magen grummelte laut und erinnerte ihn daran, dass er heute außer einem Becher Kaffee noch nichts bekommen hatte. Vielleicht war es doch nicht so klug gewesen, die Einladung zum Brunch auszuschlagen. Ryan erhob sich und schlüpfte in frische Klamotten. Er musste dringend etwas essen.

Automatisch wandte er sich nach rechts, sobald er das Hotel hinter sich gelassen hatte. Erst als das Schild von Stacy's Diner in Sicht kam, blieb er wie angewurzelt stehen. Was machte er da eigentlich? Er hatte Meg erst vor rund einer Stunde verlassen und jetzt war er schon wieder auf dem Weg zu ihr. Entschieden machte er auf dem Absatz kehrt. Es tat ihrem Verhältnis nicht gut, wenn er sich zu viel in ihrer Nähe herumtrieb. Am Ende würde sie noch denken, er hätte was für sie übrig. Und das würde alles nur unnötig verkomplizieren. Sie war ein nettes Mädchen. Er wollte ihr nicht wehtun.

Die beiden goldenen Bögen einer großen Fast-Food-Kette kamen in Sicht. Obwohl er keine Lust auf Burger und Fritten verspürte, lenkte Ryan seine Schritte entschlossen in diese Richtung.

Prüfend schaute Meg an sich herab und überlegte, ob sie sich noch einmal umziehen sollte. Die schwarze Dreiviertelleggings und die schmal geschnittene, großflächig rot-weiß gemusterte Tunika waren für einen Ausflug in die Natur nicht ganz die richtige Kleiderwahl. Andererseits würden sie sich nicht allzu weit in die Wildnis hineinwagen und sie wollte neben Beth, die bestimmt ganz umwerfend aussah, nicht wie eine graue Maus wirken. Immerhin musste es glaubwürdig sein, dass sich Ryan für sie interessierte. Zum Glück hatte sie sich heute Morgen gegen Sandalen und für Sneaker entschieden. Sie konnte also tatsächlich direkt zum Hotel. Sie winkte Mike, der nach einigem Murren bereit gewesen war, eine Stunde früher zu kommen, zum Abschied zu und verschwand noch einmal im Badezimmer.

Sorgfältig tupfte sie sich eine frische Schicht rosa schimmernden Lipgloss auf die Lippen. Wieso war sie plötzlich so aufgeregt? Wenn ihre Eltern ihr das mit Ryan zumindest halbwegs abgekauft hatten, würde diese Beth es erst recht tun. Immerhin hatte sie keinen Grund, an Ryans Worten zu zweifeln. Und so, wie sie ihn verstanden hatte, war es auch nicht ungewöhnlich für ihn, die Nacht in einem fremden Bett zu verbringen.

Sie schnaufte selbstironisch. Für ihn war das hier nicht halb so außergewöhnlich wie für sie. Sie tat gut daran, das nicht zu vergessen.

Obwohl sie noch gut eine Viertelstunde zu früh war, wartete Ryan bereits vor dem Hotel auf sie. Ihr Herz machte einen albernen, kleinen Hüpfer, als sie seine hochgewachsene, schlanke Gestalt erkannte. Erstaunlich, wie schnell man sich an jemanden gewöhnen konnte.

»Hallo Meg.« Er lächelte sie freundlich an. Bevor sie irgendwie reagieren konnte, beugte er sich zu ihr herunter und sie spürte seine Lippen warm und weich auf ihrer Wange.

Meg wurde augenblicklich stocksteif und verfluchte sich selbst für diese unreife Reaktion. Es war nur ein freundschaftlicher Wangenkuss, kein Grund, nervös zu werden.

Abrupt ließ Ryan von ihr ab. »Es tut mir leid«, murmelte er und wischte sich verlegen über die Lippen. »Ich habe nicht nachgedacht.«

Toll. Es war also reine Gewohnheit gewesen. Vermutlich knutschte er jede Frau ab, die in seine Reichweite kam. »Kein Problem.« Sie zwang sich zu einem Lächeln. Dann atmete sie tief durch und rückte näher an ihn heran. Es würde wohl nicht besonders authentisch wirken, wenn sie einen halben Meter entfernt voneinander standen.

»Ist das okay?« Vorsichtig legte Ryan ihr den Arm um die Hüfte und sie musste dem Impuls widerstehen, sich an ihn zu schmiegen. Was war nur auf einmal mit ihrem Körper los? Es war bloß Show, nichts als Show.

»Sicher.« Sie griff ihrerseits um ihn herum und steckte in einem Anflug von Übermut die Hand in seine Gesäßtasche.

Ryan schluckte und schaute sie fast erschrocken an.

Meg grinste unschuldig. »Beth wird gleich hier sein.«

Er nickte und zog sie noch ein bisschen enger an sich. Sein Körper fühlte sich hart und sehnig an, durch ihre Kleidung hindurch konnte sie seine Wärme spüren. Sein Duft stieg ihr in die Nase und ließ ihre Knie weich werden. Sie schloss für einen Moment die Augen und bemühte sich, seine Gegenwart nicht zu sehr zu genießen.

»Was ist los?«, fragte Ryan, der sie beobachtet haben musste.

»Ich dachte gerade bloß, dass du für einen alten Knacker gar nicht so übel bist.«

»Na, vielen Dank auch.« Er schnaufte. Sein Kopf zuckte, als wollte er seine Lippen in ihrem Haar vergraben. Doch im letzten Moment hielt er sich zurück. »Da kommen sie ja.« Er deutete auf einen grünen Jeep, der gerade auf den Hotelparkplatz fuhr.

Beth sah wahrlich atemberaubend aus. Die enge dunkelrote Hose und die luftige smaragdgrüne Bluse passten perfekt zu ihrem langen rötlichen Haar und dem goldenen Teint. Sie lächelte fröhlich und eilte auf sie zu.

Aus dem Augenwinkel beobachtete Meg Ryans Reaktion. Dass ihm der Mund nicht offen stehen blieb, war auch schon alles. Vergessen war das lockere Geplänkel mit ihr selbst, seine Aufmerksamkeit galt voll und ganz der Frau, die auf ihn zukam. Sie beugte sich vor und hauchte Ryan einen Kuss auf die Wange. Ihr blumiges Parfüm umhüllte Meg wie eine warme Sommerbrise. Kein Wunder, dass er so auf sie abfuhr. Vermutlich würde kein Mann ihr widerstehen können.

»Und du bist also Meg?« Neugierig und aufmerksam betrachtete Beth sie von oben bis unten. Ihr Lächeln blieb freundlich, keine Regung verriet, was sie von dieser so plötzlich unerwartet aufgetauchten Konkurrenz hielt – oder ob sie sie überhaupt als solche wahrnahm.

Hinter ihrem Rücken reichte Ian Ryan grüßend die Hand. »Hi«, wandte er sich anschließend an Meg. Seine Augen glitten deutlich wohlwollender als die von Beth über ihre Gestalt. »Bereit zum Aufbruch?«

Er sah gut aus, doch sein Lächeln wirkte eine Spur zu schmalzig für ihren Geschmack, als konnte er es kaum erwarten, in diese Hütte zu kommen. Zumindest schien ihre Anwesenheit nichts an seinen Plänen geändert zu haben.

»Woher habt ihr den Wagen?«, fragte Ryan und sie bekam das Gefühl, dass er bloß Zeit schinden wollte.

»Matt hat uns den geliehen. Er braucht ihn heute nicht.«

»Ryan sagte, ihr wollt zu einer Waldhütte«, kam Meg auf ihr Anliegen zu sprechen.

»Ja. Ich war früher ein paarmal dort«, erwiderte Ian, »die Gegend da oben ist wirklich schön.«

Das glaubte sie ihm aufs Wort, also, dass er da oben gewesen war. Sie bezweifelte allerdings, dass er dabei besonders viel von der Umgebung mitbekommen hatte. Ohne ihn näher zu kennen, wirkte Ian wie der typische Aufreißer auf sie. Erstaunlich, dass Beth das nicht auffiel. Ryan war da ganz anders. Sie machte sich nichts vor, er war mit Sicherheit auch kein Kostverächter, dennoch schien er bei einer Frau mehr wahrzunehmen als nur ihr Äußeres. Davon abgesehen, wirkten Beth und Ian wie das perfekte Paar, wie eine farbenfrohere Version von Barbie und Ken. Sie schmunzelte und schob diese gehässigen Gedanken beiseite. Die Partnerwahl der hier Versammelten ging sie absolut nichts an.

»Die Hütte ist bestimmt nett«, meldete Ryan sich zu Wort. »Aber wollen wir bei dem tollen Wetter nicht lieber mehr von der Landschaft sehen? Meg kann uns bestimmt ein paar gute Orte zeigen. Immerhin ist sie hier aufgewachsen.«

»Wir könnten zum Cremer's Field rausfahren. Das liegt gleich hinter Fairbanks. Dort ist es um diese Jahreszeit wunderschön. Die Berge spiegeln sich im Wasser des Sees und man kann wunderbar am Ufer sitzen oder entlanggehen. Und es ist nicht so voll wie beim Chena Lake.« Sie schaute Beth direkt an. »Wenn man schon mal hier ist, sollte man sich das nicht entgehen lassen.«

»Von mir aus gern, was meinst du, Ian?«

Er verzog skeptisch das Gesicht.

Ryan stupste ihn kameradschaftlich mit dem Ellbogen an. »Die Hütte läuft dir ja nicht weg.«

»Dann ist es abgemacht.« Meg klatschte enthusiastisch in die Hände. »Am besten sitze ich vorn bei dir«, wandte sie sich an Ian, »dann kann ich dich besser navigieren.«

»Sollte nicht Ryan lieber fahren …?«

»Der hat's nicht so mit der Gangschaltung.«

Ryan warf ihr einen entrüsteten Blick zu, den sie so nachdrücklich und unauffällig wie möglich erwiderte. Sein Gesicht hellte sich auf, als er es endlich verstand.

Meg eilte zum Wagen. Sie musste nicht hinsehen, um zu wissen, dass er Beth seinen Arm anbot. Sie hatte gerade dafür gesorgt, dass er die ganze Fahrt neben seiner Angebeteten auf dem Rücksitz verbringen konnte.

Ian setzte sich ans Steuer und startete den Wagen. Über das Geräusch des Motors hinweg hörte sie, wie Ryan und Beth leise redeten. Sie spitzte die Ohren, in dem Versuch, etwas von ihrem Gespräch mitzukriegen.

»Du kommst also aus North Pole?«, fragte Ian.

»Ja. Hier geboren und aufgewachsen.« Hoffentlich ließ er sie jetzt in Ruhe.

»Es ist eine schöne Gegend, aber auf Dauer wäre das nichts für mich.«

»Jedem das seine«, entgegnete sie einsilbig. Sie hatte kein Interesse an belanglosem Small Talk, während in ihrem Rücken eine viel spannendere Unterhaltung stattfand, zumindest wenn Ryan sich nicht allzu ungeschickt anstellte.

»Hat es dich nie von hier fortgezogen?« Ian ließ leider nicht locker.

»Doch.« Sie ergab sich in ihr Schicksal. Dafür hatte sie bei Ryan eindeutig etwas gut. »Eines Tages werde ich auf jeden Fall weggehen.« Und vielleicht war dieser Tag gar nicht mehr so weit weg.

»Du siehst gut aus«, sagte Ryan. Er wusste selbst, dass das eine äußerst lahme Gesprächseröffnung war, leider fiel ihm keine bessere ein.

»Danke.« Beth lächelte leicht. »Du auch. Hast du dich von deiner anstrengenden Nacht erholt?«

Er spürte die Neugier in ihrer Stimme, die unausgesprochene Frage, die zwischen den Zeilen mitschwang. »So ziemlich. Ich hatte gestern etwas zu viel getrunken.« Er wusste selbst nicht genau, weshalb er das sagte. Wollte er verhindern, dass sie die Sache mit Meg und ihm für bare Münze nahm?

»Sie scheint ein interessantes Mädchen zu sein … junge Frau, meine ich«, korrigierte Beth sich hastig.

Ryan blickte nach vorn und sah, wie Meg die Augen verdrehte, als Ian gerade nicht hinschaute. »Ja, das ist sie«, gab er schmunzelnd zu.

»Und, ist es mit euch etwas Ernstes?«

»Keine Ahnung. Wir kennen uns schließlich kaum. Ich mag sie. Sie ist hilfsbereit, zielstrebig, unkonventionell und irgendwie … echt«, schloss er hilflos. »Ergibt das irgendeinen Sinn?«

Beth nickte langsam. »Du scheinst sie jedenfalls sehr gern zu haben.«

Das tat er, stellte er überrascht fest. Das tat er wirklich.

Beth schaute auf ihre ineinander verschränkten Hände und Ryan zermarterte sich das Hirn darüber, wie er das Gespräch auf sie beide bringen könnte. »Stört dich das?«, fragte er behutsam. »Was?« Sie blickte hastig hoch. »Nein, natürlich nicht. Ich freue mich, dass du jemand Besonderen getroffen hast.« Sie zuckte leicht mit den Achseln. »Wurde ja auch langsam Zeit. Du sagtest selbst, dass du des Single-Daseins überdrüssig wurdest.«

»Ja«, stimmte er ihr zögernd zu. Das Gespräch entwickelte sich nicht ganz in die erhoffte Richtung.

»Dabei hatte ich dich eigentlich so verstanden, dass du bereits jemand anderen hast«, fiel es ihr ein. Neugierig musterte sie ihn.

»Ach das.« Er zuckte mit den Schultern. »Da habe eher allgemein gesprochen.«

»Schon verrückt, wie das Leben so spielt«, fuhr sie sinnend fort. »Da unterhalten wir uns einen Abend lang darüber und am nächsten Tag triffst du Meg und ich Ian.«

Alarmiert zuckte Ryan zusammen. »Du meinst, es ist mehr als ein Flirt?«

»Wäre möglich.« Sie lächelte leicht. »Mal sehen, wohin das noch führt. Ich muss schließlich auch irgendwann einmal sesshaft werden. Erst Liv, dann du, ihr beide habt mir die Augen geöffnet.« Sie presste ihre Lippen zusammen. »Ich werde schließlich auch nicht jünger«, schloss sie leise.

Ryan griff nach ihrer Hand. »Das heißt aber nicht, dass du den Ersten nehmen musst, der dir über den Weg läuft.«

Sie hob ihre Augen und sah ihn forschend an. Ihr Blick ging ihm durch Mark und Bein, ihm war, als würde sie bis in die Tiefe seiner Seele schauen können. »Kennst du einen besseren Kandidaten?«, wisperte sie. Ihre Lippen glänzten verführerisch. Sie sah so wunderschön und so liebesbedürftig aus. Wie von selbst hob sich Ryans Hand und legte sich an ihre Wange.

»Ja«, raunte er. Sein Daumen strich über ihre samtige Haut. Ihre Pupillen weiteten sich. Ryan beugte sich näher zu ihr heran. Nur noch wenige Zentimeter trennten seine Lippen von den ihren. Im nächsten Moment wurde er scharf in seinem Sicherheitsgurt herumgerissen, fort von ihr. Beth schrie erschrocken auf.

»Tut mir leid.« Grinsend wandte Ian sich zu ihnen um. »Ich habe die Kurve wohl unterschätzt.«

Ja, sicher. Das konnte er seiner Großmutter erzählen. »Alles in Ordnung?« Ryan wandte sich besorgt Beth zu.

»Ja.« Sie ordnete hektisch die Haare. Der magische Augenblick war vorbei.

»Da vorne ist es«, verkündete Meg und Ian bog auf einen mit Schotter bedeckten Parkplatz ein.

Beth schaute angestrengt aus dem Fenster. Ihn konnte sie damit nicht täuschen. Sie hatte es auch gespürt, dieses Knistern zwischen ihnen beiden. Ryan grinste zufrieden. Trotz Ians Störung war er auf dem richtigen Weg.

Meg hatte nicht übertrieben. Die Landschaft, die sich vor ihnen ausbreitete, war atemberaubend schön. Etwa zwanzig Schritte trennten sie von einem spiegelglatten, lang gezogenen See, in dem sich der strahlend blaue Himmel und flauschige Wolken spiegelten. Der Uferstreifen vor ihnen war mit Heidekraut und niedrigen Büschen bewachsen. Auf der gegenüberliegenden Seite reckten sich zusätzlich einzelne schlanke Tannen empor. Und darüber konnte er hinter grün bewachsenen Hängen die schneebedeckten, blendend weißen Spitzen der hohen Berge erkennen. Die Luft war würzig, frisch und kristallklar. Und die Sonne tauchte die ganze Szenerie in ihr warmes, goldenes Licht und ließ alle Farben erstrahlen.

Ein überwältigtes Lächeln erschien auf Beths Gesicht. Triumphierend schaute Ryan zu Ian hinüber. Das hätte der ihr sicher nicht bieten können.

»Kommt mit!« Meg winkte einladend mit der Hand und setzte sich leichtfüßig in Bewegung.

Ryan eilte zu Beth, deren Riemchensandalen nicht gerade ideal für die Bodenbeschaffenheit waren. Doch Ian kam ihm zuvor und bot Beth galant seinen Arm. Dankbar hakte sie sich bei ihm unter.

»Wo bleibt ihr denn?« Meg lachte ausgelassen und suchte sich zielsicher ihren Weg zwischen den niedrigen Büschen.

Ryan entging nicht der bewundernde Blick, mit dem Ian ihre Gestalt bedachte und der sich schließlich auf Megs wohlgeformtem Hintern, den ihre Tunika nur zu Hälfte verbarg, praktisch festsog.

Ryan ballte die Fäuste. Dieser Mistkerl! Wie konnte er es wagen, Meg mit den Augen zu verschlingen, während er Beth im Arm hielt? Leider bekam sie davon nichts mit, weil sie sich ganz auf ihre Füße konzentrieren musste.

»Möchtest du umkehren?«, fragte Ryan besorgt. Er hatte nicht daran gedacht, dass ihre Schuhe nicht für Wanderungen in der Natur ausgelegt waren.

»Nein!«, winkte sie energisch ab. »Um nichts in der Welt möchte ich mir das hier entgehen lassen.«

»Wir könnten zusammen im Auto warten«, schlug Ian vor. »Von dort ist die Aussicht auch sehr schön.«

Ryan konnte sich gut vorstellen, welche Aussicht er damit meinte. Schon jetzt konnte der Kerl seine Hände kaum von Beth lassen. Er hatte einen Arm um ihre Mitte geschlungen und seine Finger strichen unablässig über ihre Rippen. Dabei schaffte er es irgendwie, auch Meg im Blick zu behalten.

»Ja, sie ist eine wahre Augenweide«, bemerkte Ryan scharf.

Überrascht schaute Beth ihn an.

Ian grinste schadenfroh. »Jedem das seine.« Er zog Beth noch enger an sich.

Wütend stampfte Ryan davon. Dabei konnte er gar nicht sagen, was ihn mehr aufregte. Ians Verhalten gegenüber Beth.

Oder gegenüber Meg. Oder beides. Er konnte den Typen einfach nicht leiden.

Er schloss zu Meg auf und legte ihr den Arm um die Schultern. Sie stockte, doch er rückte nicht von ihr ab. »Dieser Mistkerl verschlingt dich mit seinen Blicken!«, zischte er, als wäre das Erklärung genug.

Sie gluckste. »Also hast du beschlossen, dein Gebiet zu markieren?«

»Nein, natürlich nicht«, brummte Ryan ernüchtert. »Sein Benehmen geht mir einfach gegen den Strich.«

»Wieso denn? Dir spielt das nur in die Hände. Sobald Beth es bemerkt, schickt sie ihn in die Wüste und du hast freie Bahn.«

»Hm.« Ryan gab einen undefinierten Laut von sich. Sie hatte ja recht, trotzdem störte es ihn. Er legte ihr seine Hand auf die Hüfte, als könnte sie das vor Ians schmierigen Blicken beschützen.

Meg wartete, bis Beth und Ian zu ihnen aufschlossen. »Hier müsst ihr aufpassen«, warnte sie. »Der Boden wird feucht, es gibt immer wieder kleine Pfützen und Schlammlöcher. Am besten, ihr folgt meinen Spuren.« Sie schaute skeptisch auf Beths Füße. »Oder ihr geht schon mal zurück. Es dauert nicht mehr lange.«

»Was hast du denn vor?«, fragte Ryan. Vielleicht sollten sie alle umkehren.

»Hinter der nächsten Biegung gibt es einen kleinen Kiesstrand. Er ist einer meiner liebsten Orte. Man kann die Beine ins Wasser strecken und zusehen, wie sich die vorüberziehenden Wolken im Wasser spiegeln. Am anderen Ufer reicht der Wald fast bis zum Fluss und darüber hat man eine besonders schöne Sicht auf die Schneekuppen. Manchmal, wenn es ganz windstill ist, kann man gar nicht sagen, was Himmel und was Wasser ist.«

»Das hört sich toll an«, sagte Beth eine Spur zu herausfordernd. Wollte sie sich neben Meg keine Blöße geben? Die junge Frau zuckte mit den Schultern. »Auf geht's.« Sie hüpfte geschickt von einer kleinen Erhebung auf die nächste. Immerhin drosselte sie ihr Tempo so weit, dass Beth den Anschluss nicht verlor. Ryan blickte sich immer wieder besorgt nach hinten um, aber Ian schien alles im Griff zu haben.

Sie hatten den Strand bereits fast erreicht, als sich eine große Pfütze vor ihnen ausbreitete. Ryan wechselte automatisch die Richtung, um dem Wasser auszuweichen, Meg hingegen blieb abschätzend stehen.

»Was hast du vor?«, fragte er in dem Moment, als sie schon ein paar Schritte Anlauf nahm und in einem eleganten Bogen hinübersetzte.

Laut lachend kam Meg auf der anderen Seite an und wandte sich um. Ihre Haare waren zerzaust, ihre Wangen rosig und ihr Gesicht strahlte vor purer Lebenslust. Der Atem verfing sich in Ryans Brust. Sie war so wunderschön.

Ein spitzer Schrei ließ ihn herumfahren. Beth ging mit schmerzverzerrtem Gesicht in die Knie. Mit einem Satz war er bei ihr und schob Ian unsanft beiseite.

»Was ist passiert?«

»Ah.« Sie rieb sich ihren Knöchel. »Ich bin ausgerutscht und umgeknickt.«

»Kannst du den Fuß bewegen?«, fragte Ian. Er wirkte besorgt und schuldbewusst.

»Konntest du nicht besser aufpassen?«, fuhr Ryan ihn an. Er hätte selbst bei Beth bleiben sollen. Vermutlich hatte Ian wieder einen Moment zu lang auf Megs Hintern gestarrt.

»*Ich* habe sie nicht in diese Wildnis geschleppt!«, hielt Ian dagegen. »Wäre es nach mir gegangen, säßen wir jetzt alle gemütlich in einer Hütte.«

»Rum*sitzen* gehörte bestimmt nicht zu deinem Plan!«

»Hey!«, ging Meg entschieden dazwischen, bevor sie sich

aufeinanderstürzten. Viel fehlte, zumindest auf Ryans Seite, dafür nicht. Sie fixierte die beiden Männer streng mit ihrem Blick, bevor sie sich abwandte. »Kannst du gehen?«, fragte sie Beth, wobei sie nicht allzu mitfühlend klang.

»Ich denke schon.«

Ryan und Ian streckten beide gleichzeitig einen Arm aus, um ihr beim Aufstehen zu helfen. Meg verdrehte die Augen und packte beherzt zu. »Versuch, den Fuß ganz vorsichtig zu belasten.«

Beth biss die Zähne zusammen und trat leicht auf. »Es geht schon«, murmelte sie. Erst da schien ihr aufzufallen, in welch desolatem Zustand ihre Kleidung war. Vom Knöchel bis zur Wade war ihre dunkelrote Hose dreckverschmiert und auf ihrem Hintern prangten ebenfalls zwei runde Abdrücke.

Sie lächelte gequält. »Ich schätze, ich warte lieber hier.«

»Es tut mir leid, dass das so geendet hat«, sagte Meg. »Ich wollte euch wirklich nur etwas Schönes zeigen. Natürlich gehen wir alle zurück. Mit Ryan kann ich schließlich noch ein anderes Mal wieder herkommen«, fügte sie nach einer kurzen Pause hinzu.

Ryan sah, wie Beth ihre Lippen zusammenpresste, und schoss Meg einen bösen Blick zu. Musste das jetzt wirklich sein? Sie schien davon jedoch völlig unbeeindruckt.

»Soll ich dich tragen?«, bot Ian Beth an.

»Wenn es so schlimm ist, sollten wir ins Krankenhaus fahren oder Sarah bitten, es sich mal anzusehen«, warf Meg ein.

»Das wird nicht nötig sein«, winkte Beth ab und beantwortete damit beide Vorschläge. Versuchshalber ließ sie ihren Fuß kreisen.

»Welche Sarah?«, fragte Ryan. Vielleicht wäre es nicht verkehrt, einen Arzt draufschauen zu lassen.

»Livs Freundin«, erklärte Beth. »Du weißt schon, die mit dem kleinen Mädchen da war. Sie ist Chirurgin drüben in Fairbanks.«

»Und eine sehr gute, wie man hört«, fügte Meg hinzu.

»Wenn es schlimmer wird, kann ich heute Abend oder morgen immer noch zu ihr gehen.«

»Wie du meinst.« Meg zuckte mit den Achseln. »Dann kommt.«

Ryan hielt Beth seinen Arm hin, den sie dankbar ergriff. Im nächsten Moment riss Ian sie von den Beinen.

»Das ist wirklich nicht nötig!«, rief sie lachend, als sie sich auf seinen Armen wiederfand.

»Keine Widerrede.« Er ließ ein verführerisches Grinsen aufblitzen. »Und im Hotel versorge ich als Erstes deinen Knöchel. Ich kenne da ein Quarkwickelrezept noch aus meiner Football-Zeit, das wirkt wahre Wunder.«

Beth schmiegte ihren Kopf an seine Brust. Ryan hätte dem Typen am liebsten den Hals umgedreht.

Kapitel 7

»Was ist es nur, was Alaska mit allen macht?«, murmelte Beth versonnen. Sie verstand das wirklich nicht.

»Was meinst du?« Ian, der behutsam einen Verband um ihren lädierten Knöchel wickelte, schaute fragend auf.

»Liv ist vor einem Jahr hergekommen. Sie wollte es nicht einmal. Trotzdem ist sie geblieben. Für immer, wie es nun aussieht. Und diese Sarah wollte, wie ich gehört habe, auch nur die Feiertage in North Pole verbringen, jetzt hat sie eine leitende Stelle in der Chirurgie und scheint rundum glücklich. Und nun hat es auch Ryan erwischt.« Das machte ihr besonders zu schaffen.

Wie konnte es sein, dass er sich Hals über Kopf in dieses Mädchen verliebte? Er, der ihr niemals eine seiner Bekanntschaften vorgestellt hatte. Der noch nie auch nur einen Namen erwähnt hatte, schleppte Meg nach nur einer gemeinsamen Nacht mit auf einen Ausflug und schwärmte von ihr in den höchsten Tönen.

Überhaupt zeigte er sich ihr in den letzten Tagen von einer Seite, die sie an ihm bisher gar nicht kannte. Irgendwie draufgängerischer und unnahbarer zugleich. Im Auto hatte sie sogar einen Moment lang geglaubt, dass er mehr in ihr sah als nur eine Freundin. Seine Stimme, sein Blick, sie gingen ihr einfach nicht aus dem Sinn. Doch dann hatte er seinen Arm um Meg geschlungen und sie so liebevoll an sich gezogen, dass ihre aufsteigende Seifenblase augenblicklich zerplatzte. Sollte sie ihn etwa auch verlieren? Was, wenn er ebenfalls nach North Pole zog? Zu dieser Meg.

Sie würde ganz allein zurückbleiben.

Ians Finger wanderten langsam ihren nackten Unterschenkel

hinauf. Sie hatte ihre verdreckte Hose vorhin gegen ein paar gemütliche Shorts eingetauscht, damit Ian ihren Fuß in Ruhe versorgen konnte. »Wenn ich ehrlich bin, möchte ich jetzt weder über Ryan noch über Alaska reden«, raunte er.

Ein Schauer rieselte über Beths Körper. Sie beugte sich ein wenig zurück und musterte ihn lächelnd. »Und worüber dann?« Er hob ihr Bein und hauchte einen kleinen Kuss darauf. »Eigentlich möchte ich gar nicht reden.« Seine Lippen wanderten hoch bis zu ihrem Knie.

Beth schloss genussvoll die Lider. Ihr Knöchel pochte noch ganz leicht, doch Ian schaffte gerade eine hervorragende Ablenkung gegen diesen Schmerz.

Seine Hände arbeiteten sich weiter hoch. Er strich über ihre Hüften und ihre Rippen. So flüchtig, dass es schon zufällig wirkte, streifte er ihre Brüste, dennoch genügte es, damit sich ihre Brustwarzen erwartungsvoll aufrichteten. Das Bett, auf dem sie lag, knarzte leise, als er sich direkt neben ihr niederließ. Sie öffnete die Augen. Sein Gesicht war dem ihren so nah, dass ihre Nasenspitzen sich beinah berührten.

»Du bist wunderschön«, sagte er und strich ihr eine verirrte Strähne von der Wange.

Dieser Mann hier hatte ganz eindeutig Interesse an ihr. Er sah so unglaublich gut aus, dass es ihr noch immer den Atem verschlug und ihre Knie ganz weich werden ließ. Als er sie gestern zum Abschied geküsst hatte, hatte es ihr ihre ganze Selbstbeherrschung abverlangt, ihn nicht in ihr Hotelzimmer hineinzuziehen. Nur das Gespräch mit Ryan hatte sie davon abgehalten. Er hatte recht. Sie *war* es leid, immer wieder neben verschiedenen Männern aufzuwachen. Nun, vielleicht würde Ian das endlich ändern. Er war nicht nur unglaublich attraktiv, sondern auch charmant, intelligent, humorvoll und sexy. Zugegeben, Boston lag nicht gerade um die Ecke, aber wenn es hinhaute, konnte er mit seiner Qualifikation überall problemlos eine Stelle finden. Oder sie würde zu ihm ziehen. Schließlich hing sie nicht besonders an ihrem Job. Und ohne Liv und Ryan gab es nichts, was sie in Chicago hielt.

»Woran denkst du?«, fragte Ian. Seine Finger zogen träge Kreise über ihren Oberarm.

Beth errötete. Um nichts in der Welt würde sie ihm ihre Gedanken verraten. Es war schon peinlich genug, dass sie sie überhaupt in ihrem Kopf zuließ. War sie wirklich schon so verzweifelt?

Sie biss sich kokett auf die Unterlippe. »Ich wüsste nicht, was dich das angeht.«

»Oh, so unanständig?« Besitzergreifend zog Ian sie enger an sich.

Durch den Stoff ihrer Kleidung spürte sie deutlich seine Erregung. Ihre Lippen prickelten erwartungsvoll. Sie wünschte, er würde sie endlich küssen und alle überflüssigen Grübeleien und Zweifel aus ihrem Kopf verbannen. Um sie herum schienen alle glücklich zu sein und sie war auch mehr als bereit dafür.

»Tut mir leid, wie das heute geendet hat«, sagte Meg, nachdem sie sich von Beth und Ian am Hotel verabschiedet hatten.

Ryan wischte sich über die Stirn. Schlechter hätte es für ihn kaum laufen können. Auf dem Rückweg hatte er sich ans Steuer setzen und Beth wohl oder übel Ians Fürsorge überlassen müssen. Wenigstens waren die beiden so mit sich beschäftigt gewesen, dass sich keiner darüber gewundert hatte, wieso er keinerlei Schwierigkeiten mit der Gangschaltung gehabt hatte. Meg hatte die ganze Zeit schuldbewusst und still neben ihm gesessen, sodass ihm kaum etwas von der leisen Unterhaltung zwischen Beth und Ian entgangen war. Ian hatte sich ganz rührend um sie bemüht, hatte ihren Fuß gehalten und es ihr so bequem wie möglich gemacht. Vermutlich hatte dieser Ausflug die beiden noch enger zusammengeschweißt und Ryan war sich sicher, dass Ian gerade dabei war, Beth sehr intensiv zu trösten.

»Sag doch was«, bat Meg leise. Sie wirkte aufrichtig besorgt.

»Es war nicht deine Schuld«, murmelte er. »Hätte Ian besser auf Beth aufgepasst, statt dich pausenlos anzuglotzen, wäre das nicht passiert.« Welch Ironie, dass er vom Schicksal dafür auch noch belohnt wurde.

»Wenn du willst, mache ich mich morgen an ihn ran. Damit Beth sieht, wie er in Wahrheit ist.«

»Das würdest du tun?«, fragte Ryan erstaunt.

»Solange ich mich von ihm nicht anfassen lassen muss.« Sie schüttelte sich und er schätzte, dass es nur zum Teil gespielt war.

»Wieso?«

»Weil ich nicht darauf stehe, von Lüstlingen begrabbelt zu werden?«

Ihre Entrüstung ließ ihn schmunzeln. »Das meinte ich nicht. Sondern, warum du das überhaupt tun würdest.«

Sie schaute geradeaus. »Ich habe es dir versprochen. Du weißt doch – du kriegst deine Beth und ich meinen Fahrschein in die Freiheit.« Sie atmete tief durch und reckte ihr Kinn. »Also, soll ich?«

»Nein.« Er schüttelte entschieden den Kopf. »Auf gar keinen Fall.« Der Gedanke, dass sie sich in Ians Nähe begab, bereitete ihm mehr als nur Unbehagen. Überhaupt spürte er einen bemerkenswerten Beschützerinstinkt Meg gegenüber in sich aufsteigen. Vermutlich weil sie – so tough sie sich auch gab – noch sehr jung und irgendwie rein war.

»Ich verstehe gar nicht, was sie an ihm findet«, sagte sie, als wollte sie seine Einschätzung bestätigen.

Ryan schnaufte. »Selbst ich muss zugeben, dass er sehr gut aussieht.«

»Ja, schon. Wenn man auf Aufreißer steht. Ich wette, der hat noch nie einen Korb gekriegt. Das würde ihm mal richtig guttun.« Sie grinste boshaft. »Außerdem ist Aussehen nicht alles.«

»Ach wirklich?« Interessiert sah Ryan sie an. »Was darf es für dich denn noch sein?«

Leichte Röte überzog Megs Wangen. Sie schaute nach unten, als bereute sie ihren Ausspruch bereits. »Er sollte … anständig sein«, sagte sie langsam. »Einer Frau in die Augen sehen, wenn er mit ihr spricht. Werte haben und danach leben, gleichzeitig bereit sein, über seinen Schatten zu springen. Er sollte humorvoll, fürsorglich und treu sein.« Sie zuckte mit den Schultern und sah ihn unsicher an. »Das Übliche eben. Wenn auch rein theoretisch.« Ihre Stimme wurde fester. »Denn im Moment kann ich wirklich keinen Mann gebrauchen.«

Ihre letzten Worte ließen ein schales Gefühl in ihm aufsteigen. »Außer, um deine Eltern zu überzeugen«, sagte er spitz.

»Das ist ja nicht echt. Und nur für wenige Tage.«

»Hmpf.« Die Vorstellung, sie danach einfach gehen zu lassen, versetzte ihm einen Stich. »Wir können ja trotzdem Freunde bleiben.«

Sie grinste frech. »Wenn Beth dann nichts dagegen hat.«

»Wieso sollte sie? Zwischen uns ist doch alles rein platonisch.« Entschieden verdrängte er die Tatsache, dass das nicht hundertprozentig stimmte. Er war schließlich ein Mann und sie eine überaus reizende junge Frau. Da war es ganz natürlich, dass sie seine Hormone ein wenig in Wallung brachte.

»Was liebst du eigentlich an ihr?« Neugierig sah Meg ihn an.

Die Frage erwischte ihn unvorbereitet. »Wieso willst du das wissen?«

»Du hast mich ja auch gefragt, was mir wichtig ist. Außerdem …« Sie musterte ihn abschätzend.

»Was?«

»Sei mir nicht böse, ich finde nicht, dass ihr wirklich zusammenpasst.«

»Ach, und weshalb?«, entfuhr es ihm scharf. Sie hatte Beth vorhin zum ersten Mal richtig getroffen, wie konnte sie sich anmaßen, ein Urteil über sie zu fällen?

»Sie wirkt mir zu oberflächlich und flatterhaft.«

»Du kennst sie doch gar nicht!«

»Daran könnte es auch liegen«, lenkte Meg ein, aber er spürte, dass sie bei ihrer Meinung blieb.

Das wurmte ihn. Als würde sie ihm unterstellen, dass seine Gefühle nicht echt oder falsch waren.

»Außerdem hast du meine Frage nicht beantwortet«, erinnerte ihn Meg.

»Welche Frage?«

»Warum du sie liebst.«

Ryan holte tief Luft, fest entschlossen, Meg zu beweisen, dass sie mit ihrer Ansicht so was von auf dem Holzweg war. »Beth ist atemberaubend, wunderschön, sexy.« Ihm fiel selbst auf, dass das im Grunde Umschreibungen für ein und dasselbe waren. »Außerdem ist sie hilfsbereit, loyal und sehr nett«, schloss er lahm.

Megs Augenbrauen fuhren nach oben. Sie sagte nichts, doch auch so spürte er, dass es keine besonders flammende Liebeserklärung war. »Sie ist einfach Beth«, setzte er nach.

»Schon gut.« Sie hob abwehrend die Hände. »Mich geht das alles nichts an.«

Ryan musterte sie misstrauisch. Irgendwie glaubte er ihrer Unschuldsmiene nicht. Ihre Fragerei und die unausgesprochenen Andeutungen hatten ihn aufgewühlt und seine Laune nicht gerade verbessert. Außerdem hatte er Hunger. Das Junkfood, das er am Vormittag verdrückt hatte, hatte nicht besonders lange vorgehalten.

»Und was machen wir nun?« Er hatte sich noch keine Gedanken darüber gemacht, wie der Abend weiter verlaufen würde. Und da Beth nun nicht seufzend in seinen Armen – sondern vermutlich in denen von Ian –lag, hatte er heute nichts weiter vor.

»Du kommst mit zu mir«, entgegnete Meg, als wäre es das Selbstverständlichste auf der Welt. »Immerhin hast du auch einen Teil der Abmachung zu erfüllen. Dad wartet bestimmt schon sehnsüchtig auf dich.« Sie wirkte, als würde ihr die Vorstellung, dass ihr Vater ihn durch die Mangel zu drehen gedachte, eine perfide Freude bereiten.

Ryan verzog gequält das Gesicht. »Bitte nicht. Kann ich nicht einfach in mein Hotel gehen?«

»Und wie möchtest du Beth erklären, dass du nicht mehr bei mir bist?«

»Ja, schon gut«, brummte er.

»Sehr schön.« Gut gelaunt hakte sie sich bei ihm unter und tätschelte seinen Oberarm. Sie schien kein Problem mehr mit seiner Nähe zu haben. »Ich koche dir auch was Tolles.«

Seine Laune besserte sich ein Stück. »Dann sollte ich wohl meine Sachen aus dem Hotel holen.« Und am besten gleich auschecken. Wenn er sowieso bei Meg bleiben würde, gab es keinen Grund, weiterhin Geld für ein ungenutztes Hotelzimmer zu bezahlen.

Es fühlte sich eigenartig an, seinen Koffer neben Megs hübschem weißem Bett abzustellen. Als würde er wirklich bei ihr einziehen. Als wäre zwischen ihnen etwas Ernstes. Bisher hatte er höchstens eine Zahnbürste und ein Set frischer Wäsche bei einer Frau gehabt.

»Wenn du magst, kannst du deinen Anzug hier aufhängen.« Meg machte ihren Kleiderschrank auf und schob energisch ein paar Bügel beiseite. Falls ihr diese Situation ebenfalls komisch vorkam, ließ sie es sich zumindest nicht anmerken.

Ryan gab sich einen Ruck. Sie waren beide erwachsen. Und die Tatsache, dass er ein paar Klamotten in ihrem Zimmer ließ, bedeutete absolut gar nichts. Das bewies nicht zuletzt die zusammengefaltete Decke, die auf ihrem Bett lag und vermutlich seine Matratze für die nächsten Tage darstellen würde.

Unten ging eine Tür.

»Das wird Dad sein«, murmelte Meg und wirkte nun doch etwas nervös. »Bist du bereit?«

»Können wir nicht hier oben bleiben?«

Sie schüttelte bedauernd ihren Kopf. »Nicht, wenn du heute noch was essen willst. Ich muss in die Küche. Und spätestens beim Abendessen seht ihr euch eh. Da wäre es besser, das Gespräch schon vorher hinter dir zu haben.«

»Auch wieder wahr. Dann auf ins Gefecht.«

»Und vergiss nicht«, sie klimperte übertrieben mit ihren Wimpern, »ich bin die Frau deiner Träume.«

»Da seid ihr ja schon«, begrüßte ihr Dad sie, als sie nach unten kamen. Er saß am Esstisch und blätterte in einer Zeitung, die er sofort beiseitelegte. »Wart ihr etwa die ganze Zeit oben auf dem Zimmer?«

»Natürlich nicht«, beeilte Ryan sich zu sagen. Es würde ihm nicht gerade Pluspunkte einbringen, wenn ihr Vater davon ausging, dass sie sich ausgiebig im Bett vergnügt hätten. »Sir«, fügte er hastig hinzu.

Megs Vater seufzte und wischte sich resigniert über den dichten Bart. »Geht mich im Grunde ja auch nichts an«, brummte er müde. »Und lass diese Förmlichkeiten, ich bin schließlich kein Armeeoffizier. Mein Name ist immer noch Gus.«

»Und ich bin Ryan.« Erleichtert streckte Ryan ihm die Hand hin. Eine Sekunde angespannten Schweigens folgte und Ryan glaubte schon, dass diese Geste doch zu viel war, als Gus schließlich einschlug.

»Lass uns nach draußen gehen«, sagte er dann.

Ryan warf Meg einen alarmierten Blick zu. Würden sie das

jetzt etwa wie Männer miteinander klären? Erwartete ihr Vater, dass er sich mit ihm prügelte?

Meg zuckte bloß mit den Schultern und lächelte ihm aufmunternd zu. Na super.

Gus führte ihn in einen geräumigen Hof und schloss nachdrücklich die Tür hinter sich. Vermutlich wollte er nicht, dass Meg das mitbekam, was auch immer gleich passieren würde. Ryan machte sich auf alles gefasst.

»Was ist das eigentlich zwischen meiner Tochter und dir?«, fragte Gus und ging zu einem Autoanhänger, der mit dicken Baumstammstücken beladen war.

»Wir sind …«

»Und komm mir jetzt bloß nicht mit Liebe«, unterbrach ihn Gus, bevor Ryan etwas in der Richtung sagen konnte. »Ich habe mir den ganzen Tag den Kopf über euch zerbrochen.« Er kletterte ächzend auf den Anhänger. »Es ergibt einfach keinen Sinn.«

Ryan schwieg, weil er keine Ahnung hatte, was er sagen sollte. Vielleicht hatte er Glück und Gus sprach einfach weiter.

Megs Vater hockte sich hin und schob einen der Baumstämme zur Ladekante. »Wenn du schon mal hier bist, kannst du zumindest mit anpacken«, meinte er pragmatisch. »Mein Rücken ist auch nicht mehr das, was er mal war.« Zusammen hievten sie das schwere Stück auf eine bereitstehende Schubkarre und Ryan begann zu hoffen, dass Gus das Thema Meg einfach fallen ließ.

Natürlich tat er ihm nicht den Gefallen. »Was du an meiner Tochter findest, ist mir klar. Ihr Großstadttouristen legt es immer wieder darauf an, den Mädchen hier den Kopf zu verdrehen. Es ist quasi Bestandteil des Abenteuers.«

»Nein, ist es nicht!«, widersprach Ryan entschieden. »Meg ist kein Abenteuer und auch kein Urlaubsflirt.« Allein diese Vorstellung war absurd. Sie war keine Frau für eine Nacht. Das spürte man direkt, wenn man ihr begegnete.

»Ach ja?« Gus hob spöttisch eine Augenbraue. »Ihr denkt also langfristig? Für die ganzen fünf oder zehn Tage deines Aufenthalts?«

Ryan atmete verärgert durch und straffte seine Schultern. Gus ließ ihn ja kaum zu Wort kommen. »Mag sein, dass es nicht einfach wird. Aber wir finden einen Weg. Deine Tochter ist eine ganz wunderbare junge Frau, die jede Mühe und Schwierigkeit wert ist!«

Gus schluckte. Ryan kam es vor, als würde er ihn zum ersten Mal richtig ansehen, oder betrachtete er ihn nun mit anderen Augen? Er räusperte sich und erwiderte herausfordernd Gus' Blick. Jetzt bloß nicht einknicken. Konnte sein, dass er etwas über das Ziel hinausgeschossen war, zu dick aufgetragen hatte. Doch er hatte es ehrlich gemeint. Meg *war* etwas Besonderes. Und der Mann, der sie eines Tages eroberte, würde sich verdammt glücklich schätzen können.

Gus schüttelte langsam seinen Kopf. »Trotzdem ist sie niemand, der sich Hals über Kopf verliebt.« Er machte sich am nächsten Baumstamm zu schaffen. »Sie ist starrköpfig, impulsiv und unabhängig, aber nicht leichtsinnig. Sie hat ein Ziel, eins, das mir nicht unbedingt gefällt, dennoch verfolgt sie es äußerst verbissen.« Er musterte Ryan forschend.

»Sie hat mir von ihrem Traum erzählt«, erwiderte dieser. Wenn er jetzt nicht darauf einging, würde Gus ihm nicht abkaufen, dass er Meg auch nur ansatzweise kannte. »Und nach dem, was ich bisher von ihren Kochkünsten gekostet habe, hat sie in der Tat das Zeug zur Sterneköchin.«

»Hm.« Gus brummte unwillig, doch es schwang auch ein gewisser Stolz darin. Plötzlich zuckte Erkenntnis über sein Gesicht. »Das steckt also dahinter«, murmelte er und klang beinah erleichtert. »Sie benutzt dich.«

Oh, oh. Das hörte sich überhaupt nicht gut an. »Was soll das heißen?« Ryan hoffte, dass er die richtige Mischung aus Empörung und Unverständnis hinbekam und dass Gus ihm seine Panik und sein schlechtes Gewissen nicht ansah. Der Mann kannte seine Tochter wirklich gut.

Megs Vater klopfte ihm freundschaftlich auf die Schulter. »Hast du wirklich geglaubt, sie wäre deinem Charme erlegen? Sie hält dich für ihre Fahrkarte nach draußen, nicht weniger und nicht mehr.«

Ryan starrte ihn fassungslos an.

»Es tut mir leid, mein Freund.« Gus ließ seine Pranke noch einmal schwer auf Ryans Schulter sinken. »Ich schätze, sie wird diesen verrückten Plan aufgeben, sobald sie merkt, dass sie durchschaut ist.«

Ryan verschränkte die Arme vor seiner Brust. »Wenn du ihr das wirklich zutraust, musst du sie für sehr unglücklich, ja schon verzweifelt halten.«

Ein betroffener Ausdruck huschte über Gus' Gesicht. »Na, ganz so schlimm wird es nicht sein. Sie hat sich da einfach in was verrannt. Sie ist nicht für die Großstadt geschaffen, sie würde dort niemals glücklich werden.«

»Wäre es nicht an ihr, das herauszufinden?«

Gus' Kiefer mahlte. »Lass gut sein«, sagte er schließlich unwirsch. »Du brauchst dich nicht so ins Zeug für sie zu legen. Ihr Plan ist aufgeflogen und sie wird dich nun fallen lassen wie eine heiße Kartoffel.«

»Nein, wird sie nicht«, entgegnete Ryan ruhig und wuchtete den nächsten Holzklotz auf die Schubkarre. Er würde nicht klein beigeben. »Das Essen wird bestimmt bald fertig sein. Wir sollten uns beeilen.«

Verwunderung legte sich auf Gus' Gesicht. Und etwas, das stark nach Beunruhigung aussah.

Meg schaute hoch, als Ryan und ihr Dad wieder ins Haus kamen. Beide wirkten erschöpft, durchgeschwitzt und grimmig.

Unsicher lächelte sie ihnen zu. Was zur Hölle hatten die beiden draußen getrieben?

Ryan schritt entschieden auf sie zu und zog sie – ohne ein Wort zu sagen – energisch in seine Arme. Meg hatte keine Gelegenheit, zu reagieren, dann legten sich schon seine Lippen fest auf die ihren.

Sie versteifte sich instinktiv, doch Ryan ließ sich davon nicht beirren. Seine Lippen waren so unglaublich weich, warm und verlockend und sein herber Duft – verschwitzt, aber nicht unangenehm – brachte ihre Knie zum Zittern. Es fühlte sich verdammt gut an, von ihm gehalten und geküsst zu werden. Ein Kribbeln breitete sich in ihrem ganzen Körper aus und ihr Mund öffnete sich wie von selbst, um seinen Kuss zu erwidern.

»Hmhm«, erklang das missbilligende Räuspern ihres Vaters neben ihnen.

Meg zuckte ertappt zusammen und versuchte, sich von Ryan zu lösen.

»Sehr schön.« Dad klatschte langsam in die Hände.

Irritiert schaute Meg ihn an. So sarkastisch hatte sie ihn bisher selten erlebt.

»Ihr könnt diese Vorstellung jetzt beenden. Ich weiß, was Sache ist.«

Meg erstarrte. Ihr war, als hätte er ihr damit den Boden unter den Füßen weggezogen. Panisch suchte sie in Ryans Gesicht nach der Bestätigung dieser Worte und wusste zugleich, dass es wahr war. Sie hatte ihre Eltern noch niemals anlügen können. Es war utopisch zu glauben, dass sie damit durchkommen würde. Am besten, sie beendeten gleich jetzt und hier die ganze Farce, bevor es noch unangenehmer und peinlicher wurde. Sie schluckte und befreite sich aus Ryans Griff. Zumindest hatte sie das vorgehabt, denn er ließ sie nicht los. Beruhigend und stark lagen seine Arme um ihren Körper, sein Blick ruhte beschwörend auf ihrem Gesicht.

»Dein Vater meint, dass du mich nur benutzt, um von hier wegzukommen«, sagte er leise und streichelte mit seinem Daumen sanft ihre Wange. Megs Herz klopfte bis zum Hals, ihr Verstand raste, trotzdem fiel ihr das Denken unsagbar schwer. Ryans Nähe verwirrte sie und brachte sie total durcheinander. »Bitte sag ihm, dass das nicht wahr ist«, raunte er.

Sie nickte, zu mehr war sie nicht in der Lage. Wie hypnotisiert starrte sie seinen Mund an, der dem ihren schon wieder viel zu nah war. Doch das war noch immer besser, als in seinen ausdrucksstarken Augen zu versinken.

»Meg?«, fragte Ryan und leichte Verunsicherung lag in seiner Stimme.

»Lass es gut sein, Schatz«, mischte ihr Dad sich wieder ein. »Das führt eh zu nichts.«

Die Sorge und amüsierte Nachsicht, die in seinen Worten klangen, gaben den Ausschlag. Wenn sie jetzt kniff, würde er sie niemals ernst nehmen, sie nie als erwachsene Frau betrachten, die auf eigenen Beinen stand und selbst über ihr Leben bestimmte.

»Es tut mir leid, Ryan«, sagte sie. Dann hob sie ihren Kopf und streifte seine Lippen leicht mit den ihren – mehr traute sie sich nicht, denn ihr Körper reagierte überaus verräterisch auf seine Gegenwart. Sie hörte, wie ihr Vater erleichtert schnaufte. Er glaubte wohl, er hätte gewonnen. »Mein Dad hatte kein Recht dazu, so etwas zu behaupten«, sagte sie laut und deutlich. »Bitte halte dich in Zukunft also daraus«, fügte sie an ihren Vater gewandt gepresst hinzu.

Schock und Ärger zeichneten Dads Gesicht, doch sie wartete nicht ab, was er darauf erwidern würde. Sie drehte sich auf dem Absatz um und floh auf ihr Zimmer.

Zitternd ließ Meg sich auf ihr Bett sinken und vergrub das Gesicht in den Händen. Das Blut rauschte in ihren Ohren, ihr Herz hämmerte und in ihrem Bauch kämpfte ein Schmetterlingsschwarm gegen einen ausgewachsenen Schneesturm. Jetzt gab es kein Zurück. Sie hatte ihrem Vater Paroli geboten, hatte Ryan zu ihrem … ihrem … Was-auch-immer erklärt.

Die Erinnerung an seinen Kuss flutete ihren Körper. Es sollte verboten sein, so gut zu küssen, wenn man es nicht … wenn man es nicht so meinte. Er hatte das nur getan, um ihren Vater zu täuschen.

Ernüchterung machte sich in ihr breit, brachte das letzte Kribbeln zum Schweigen. Es war nur Show. Und Ryan offenbar ein begnadeter Schauspieler. Von wegen, er könnte so etwas nicht. Für einen Moment hatte er sogar sie getäuscht. Es hatte sich so echt angefühlt, als er sie in seinen Armen gehalten hatte, so schön.

Meg schüttelte den Kopf. Er hielt sich nur an ihre Abmachung. Sein Herz gehörte Beth, auch wenn die Frau es weder zu schätzen wusste noch verdiente. Außerdem war er zu alt. Viel zu alt, um von ernsthaftem Interesse für sie selbst zu sein. Deshalb küsste er auch so gut. Reine Erfahrung.

Die Tür ging auf. Sie musste nicht nachsehen, um zu wissen, dass es Ryan war. Sie hatte ihn an seinen Schritten erkannt. Das Bett knarzte leise, als er sich neben sie setzte.

»Alles in Ordnung?« Er legte einen Arm vorsichtig auf ihren Rücken und sie widerstand der Versuchung, seinen Duft ganz tief einzuatmen. Das war doch nicht normal. Nie zuvor hatte sie den Impuls verspürt, an einem verschwitzten Mann zu schnuppern. Und jetzt hätte sie sich am liebsten an ihn geschmiegt.

»Bestens«, krächzte sie mühsam.

»Das mit deinem Vater vorhin war echt knapp, aber ich denke, wir haben die Kurve gut hingekriegt.«

»Ja, du warst klasse.« Sie klang bitterer, als sie wollte. »Eine echt bühnenreife Vorführung.«

»Ich dachte, das wäre in deinem Sinne …« Er strich ihr eine Strähne hinter das Ohr und beugte sich näher zu ihr heran, als sie weiterhin starr geradeaus schaute. »Was ist los, Meg?«

»Nichts.« Sie zwang sich zu einem Lächeln. Wieso nur klang er so besorgt, so sanft? Als würde ihm tatsächlich etwas an ihr liegen. »Du solltest allerdings dringend duschen.«

Augenblicklich rückte er ein gutes Stück von ihr ab. »Tut mir leid«, murmelte er verlegen. Die Stelle, an der sein Arm bis eben noch geruht hatte, fühlte sich kalt und nackt an. Er stand auf und öffnete seinen Koffer. »Hast du vielleicht ein Handtuch für mich?«

»Sicher. Im Bad liegt ein ganzer Stapel.«

»Danke.« Er lächelte sie an und verschwand aus dem Zimmer.

Ryan ließ das warme Wasser über seinen Körper rinnen und wartete auf die beruhigende, klärende Wirkung. War er vorhin tatsächlich drauf und dran gewesen, Meg zu küssen? Noch einmal? Obwohl niemand dabei war, den es zu täuschen oder zu überzeugen galt? Und obwohl er wie ein ausgewachsener Büffel stank? Was hatte er sich nur dabei gedacht?

Es hatte sich erstaunlich gut angefühlt, sie zu küssen, ihre Wärme zu spüren, ihren weichen, verführerischen Körper, der sich an den seinen schmiegte. Zwischen seinen Beinen zuckte es begehrlich und Ryan stellte das Wasser ein paar Grad kühler. Nein, auf diesen Pfad würde er sich sicher nicht begeben.

Er hatte sie geküsst, weil ihm sonst nichts eingefallen war. Weil er nicht wollte, dass ihr Vater schlecht von ihr dachte, weil sie es verdient hatte, ihren Traum zu leben. Weil er wollte, dass sie glücklich war.

Sie hatte den Kuss erwidert.

Natürlich hatte sie das. Immerhin hätte es verdächtig ausgesehen, wenn sie wie ein toter Fisch in seinen Armen gehangen hätte. Sie hatte lediglich mitgespielt. So wie er. Sie hatten beide einen Plan, ein Ziel.

Beth. Richtig. Er machte das, um Beth zu erobern. Deswegen war er hier, in Alaska. Nur deswegen hatte er Meg kennengelernt, sich nur deswegen auf ihren Vorschlag eingelassen.

Er stellte sich Beth vor, die mit ihm Hand in Hand durch die Straßen von Chicago schlenderte, aber irgendwie verblasste das Bild. Stattdessen hörte er Megs perlendes Lachen, sah den Schalk in ihren Augen blitzen, als er den grünen Apfel für sie pflückte. Er sah ihr Lächeln und die Leichtigkeit, mit der sie sich ihren Weg zwischen Steinen und Gestrüpp hindurch bahnte, ihre natürliche, lässige Anmut.

Er wusste, dass er sich weit mehr für sie ins Zeug legte, als er es musste. Vorhin, als Gus ihn zur Rede stellte, hätte er einknicken können. Sie selbst hatte es fast getan. Doch er wollte nicht dafür verantwortlich sein, dass das Feuer in ihr eines Tages erlosch, dass sie aufgab und resignierte. Und das würde unweigerlich geschehen, wenn sie gegen ihren Willen in North Pole blieb.

Außerdem hätte sie dann keinen Grund mehr, ihm wegen Beth zu helfen. Und darum ging es ihm letztlich hier. Ausschließlich darum.

Als Ryan aus der Dusche kam, war Meg nicht mehr in ihrem Zimmer. Er war nicht sicher, ob er enttäuscht oder erleichtert darüber war. Vermutlich war es besser so. Zu viel Nähe tat ihrer Beziehung, die sich irgendwo zwischen Zweckgemeinschaft und Freundschaft bewegte, definitiv nicht gut. Sein Körper spielte in ihrer Gegenwart verrückt, was angesichts ihrer kurvenreichen Figur und ihrer herausfordernden Ausstrahlung wahrlich kein Wunder war. Sie allerdings sah das mit Sicherheit anders. Er wollte nicht riskieren, dass sie ihn aus dem Haus warf, wenn er ihr – ob beabsichtigt oder nicht – zu nahe kam.

Ryan streifte sich ein frisches Hemd über. Hier im Haus schien es nicht allzu förmlich zuzugehen, dennoch wollte er zum Familienabendessen nicht in einem T-Shirt erscheinen. Er trat vor den Spiegel und stockte. Beth hatte ihm dieses Hemd geschenkt, letztes Jahr zum Geburtstag. Sie hatte gemeint, dass das helle Blau gut zu seinen Augen passe. Er hatte es deswegen eingepackt, hatte sich darauf gefreut, einige ungestörte Tage mit ihr zu verbringen. Stattdessen bekam er sie kaum noch zu Gesicht.

Entschlossen tastete Ryan nach seinem Handy und wählte ihre Nummer. Meg und ihre Familie konnten warten. Er musste sich erst mal um das kümmern, was wirklich zählte, was wichtig für ihn war.

Es tutete so lange, bis die Mailbox ansprang. Ryan drückte aus und wählte erneut. War sie vielleicht doch ins Krankenhaus gefahren? War ihr Fuß schlimmer verletzt als gedacht?

Als auch beim dritten Mal niemand ranging, konnte er seine Sorge nicht länger zurückhalten. »Beth, geht es dir gut?«, sprach er aufgeregt auf das Band. »Ich kann dich nicht erreichen. Bitte melde dich, wenn du das hörst. Und auch, wenn du was brauchst. Ich bin für dich da, Ryan.« Er legte auf und starrte auf das kleine Stück Technik in seiner Hand. Trotz all seiner Möglichkeiten konnte es ihm nicht verraten, wo Beth sich befand. Er verdrängte entschieden die naheliegendste Möglichkeit – dass sie sich gerade mit Ian vergnügte und keinen Gedanken an ihn selbst verschwendete.

Heftiger als nötig steckte er es zurück in seine Hosentasche und ging hinaus. Hoffentlich hatten sich zumindest Megs Eltern inzwischen wieder eingekriegt. Noch mehr Gefühlschaos würde er heute nicht ertragen können.

Kapitel 8

Offensichtlich war Megs ganze Familie wieder im Haus. Ihr Bruder fläzte mit dem Smartphone in der Hand auf einem der Esszimmerstühle. Er schaute träge auf, als Ryan die Treppe hinunterkam.

Ryan hob grüßend die Hand, was der Junge scheinbar uninteressiert quittierte. Dennoch spürte er seinen bohrenden Blick auf sich ruhen, als er an ihm vorbeiging.

Meg saß mit dem Rücken zu ihm am Küchentresen, während ihre Mom ihr gegenüber eine Gurke in Scheiben schnitt. Nur Gus war nirgends zu sehen. Ein appetitlicher Duft nach gebratenem Schinken und geschmolzenem Käse lag in der Luft und ließ Ryans Magen vernehmlich knurren.

»Hallo.« Ihre Mutter lächelte ihn etwas unsicher an.

Meg schaute sich ebenfalls um. Ihr Kinn zitterte und ihre Augen glänzten feucht.

»Was ist los?« Alarmiert trat Ryan näher und legte ihr tröstend die Hand auf den Rücken.

Erfreut registrierte ein Teil seines Verstands, dass sie nicht länger vor seiner Berührung zurückzuckte, vielmehr lehnte sie sich vertrauensvoll an ihn.

»Es ist nichts«, murmelte sie und wischte sich fahrig über die Wangen.

»Hey.« Er legte zwei Finger unter ihr Kinn und hob es sanft in die Höhe. Er wusste, dass ihre Mutter und ihr Bruder jede seiner Bewegungen mit Argusaugen verfolgten, aber das war ihm egal. »Du kannst es mir sagen.«

»Ich habe eine Absage bekommen«, raunte sie und ihre Enttäuschung war körperlich spürbar. »Aus New York«, fügte sie leise hinzu. »Das wäre echt ein Traum gewesen.«

»Vielleicht ist es besser so«, sagte ihre Mutter vorsichtig. Die Erleichterung war ihr deutlich anzusehen.

»Denke ich auch«, warf Ryan lässig ein. Er konnte sich vorstellen, dass der Kommentar ihrer Mutter nicht sonderlich hilfreich für Meg war. »Diese Stadt wird völlig überbewertet.«

»Findest du, ja?« Meg sah ihn forschend an. Sie schien nicht sicher zu sein, was sie von seiner Bemerkung halten sollte.

Er grinste bedeutungsvoll. »Sie haben dich abgelehnt, muss ich da noch etwas hinzufügen?«

Ein scheues Lächeln huschte über ihre Lippen, dann schüttelte sie traurig ihren Kopf. »Ich bin wohl nicht gut genug.«

»Das kann ich mir – ehrlich gesagt – nicht vorstellen. Vermutlich haben die einfach keine Ahnung.« Ryan drückte aufmunternd ihre Schulter. »Außerdem, du wolltest nicht wirklich dorthin, oder?«, fügte er hinzu. Immerhin war New York sehr weit von seinem Wohnort entfernt. Für diese Stadt könnte er ihr beim besten Willen nicht mit einem Alibi dienen. »Hat Chicago nicht auch eine Kochschule?«

»Doch. Eine ziemlich gute sogar.«

»Na, dann ist ja alles in Butter.«

»Von da habe ich noch keine Antwort bekommen.«

»Das wird schon noch«, verkündete er im Brustton der Überzeugung.

»Glaubst du wirklich?« Meg lächelte ihn besänftigt an.

Er widerstand nur knapp dem Impuls, sie an sich zu ziehen und zu küssen. Das wäre in Gegenwart ihrer Mutter wohl kaum angebracht. Stattdessen hauchte er ihr einen angemessen züchtigen Kuss auf die Wange. »Daran habe ich keinen Zweifel.«

»Was soll das heißen?« Ihr Bruder lehnte sich auf Megs anderer Seite schwer gegen den Tresen. »Nimmst du sie jetzt einfach mit oder was?« Offensichtlich hatte er sich kein Wort von ihrer Unterhaltung entgehen lassen.

Und auch ihre Mutter wirkte alles andere als erfreut. »Natürlich nicht, Eric!«, widersprach sie entschieden. »Sie kennen sich schließlich erst seit zwei Tagen.«

Meg seufzte.

»Wir werden sehen, wie sich alles entwickelt.« Ryan beschloss, für sich selbst zu sprechen. »Noch reise ich ja nicht ab. Also haben Meg und ich genügend Zeit, alles in Ruhe zu bereden.«

»Wie lange wirst du denn bleiben?«, fragte ihre Mutter bemüht.

»Das weiß ich leider nicht genau. Das Wochenende auf jeden Fall«, erwiderte er zögernd. Immerhin schuldete er Phil wegen Washington noch eine Antwort. Beth reiste am Sonntag ab. Und wenn er in den nächsten zwei Tagen Megs Familie überzeugen konnte, ihm zu vertrauen, gab es für ihn eigentlich keinen Grund, noch länger zu bleiben. »Ich möchte aber keine Unannehmlichkeiten bereiten.«

Eric zuckte feixend mit den Schultern. »Passt schon. Du schläfst ja eh in Megs Zimmer.«

Meg verdrehte die Augen und knuffte ihren Bruder leicht in die Seite.

Trotz seines losen Mundwerks war Ryan insgeheim froh, dass der Junge das so locker nahm. Er schien seiner Schwester mehr zuzutrauen als seine Eltern.

»Ist es Ihnen wirklich recht, Mrs. Leary?«

»Natürlich.« Sie seufzte. »Irgendwie hat Eric ja recht. Und bitte nenn mich Katie.«

Ryan lächelte dankbar.

»Gut, dann können wir endlich essen. Ich verhungere!«, verkündete Eric.

»Der Auflauf braucht noch zehn Minuten«, beschied Meg ihm streng.

»Oh, Mann«, maulte er und ging zum Kühlschrank. »Wow!« Er blieb staunend vor der offenen Tür stehen. Der Kühlschrank war brechend voll mit Vorräten aller Art. Über

Erics Schulter konnte Ryan außerdem mehrere abgedeckte Schüsseln erkennen.

»Finger weg!«, rief Meg entschieden, bevor ihr Bruder sich daran vergreifen konnte. »Das ist für morgen.«

Eric setzte eine Leidensmiene auf. »Immer alles nur für Fremde. Nie für deinen eigenen, kleinen Bruder.« Er griff sich ans Herz. »Das tut echt weh.«

Meg kicherte. »Du wirst es verkraften. Aber wenn du es so sehr willst ...« Sie sah ihn abschätzend an. »Du könntest mir morgen ein wenig zur Hand gehen und zum Ausgleich darfst du zwischendurch auch was naschen. Ich weiß eh nicht, wie ich mit alldem fertig werden soll. Irgendwie ist der heutige Tag anders verlaufen als geplant.«

»Es tut mir leid«, sagte Ryan. Sie war nur seinetwegen den ganzen Nachmittag unterwegs gewesen.

»Schon gut«, winkte sie ab. »Dann lege ich heute eben eine Nachtschicht ein. Wäre nicht das erste Mal.«

»Ich kann dir helfen«, schlug Ryan spontan vor.

»Du?« Sie musterte ihn überrascht. »Kannst du kochen?«

»Nicht wirklich. Dafür gebe ich einen ausgezeichneten Handlanger ab.«

»Das werde ich mir merken.« Megs Augen funkelten vergnügt.

»Dann kannst du die ja schon mal auf den Tisch stellen.« Eric drückte ihm einen Stapel Teller in die Hände.

»So habe ich das nicht gemeint«, protestierte Ryan.

»Keine Bange, Jungs. Es gibt für alle genug zu tun.« Katie reichte ihrem Sohn das Besteck.

Ryan räusperte sich amüsiert und beeilte sich, zum Tisch zu kommen. Ihn hatte schon lange niemand mehr auf eine Stufe mit einem Sechzehnjährigen gestellt.

Die lockere Atmosphäre blieb zum Glück auch beim Essen weitgehend erhalten. Daran änderten auch die missmutigen Blicke nichts, die Gus ihm immer wieder zuwarf. Zumindest hielt er sich in Gegenwart seiner Frau mit weiteren Kommentaren oder Anschuldigungen zurück. Vielleicht hatten sie ihn auch wirklich überzeugt.

»Der Auflauf ist fantastisch.« Ryan schaufelte sich eine zweite Portion auf den Teller.

»Das sind im Prinzip nur Nudeln mit Käse. Da kann man nicht viel falsch machen«, sagte Meg.

»Sicher. Und der Schinken. Und das Gemüse. Und diese wirklich leckere Soße, die das alles durchzieht.«

Sie rollte mit den Augen, konnte jedoch nicht verbergen, wie geschmeichelt sie war.

»Du bekommst wohl nicht oft was Anständiges zu essen, was?«, fragte Eric kopfschüttelnd.

»So weit würde ich nicht gehen. Aber so verwöhnt wie ihr hier bin ich natürlich nicht.«

»Noch nicht«, entgegnete der Junge kauend. »Wenn Meg zu dir zieht, wird sich das schlagartig ändern. Dann sitzen wir hier auf dem Trockenen.«

»Eric!«

»Nichts für ungut, Mom. Mit Megs Kochkünsten kannst du leider nicht konkurrieren.«

Der Gedanke, dass es nicht wirklich dazu kommen würde, versetzte Ryan einen Stich. Er bemühte sich, sich nichts anmerken zu lassen, während er Erics gutmütigen Frotzeleien lauschte. Sein Blick fiel auf Gus, der ebenfalls nicht belustigt wirkte. Er fixierte Ryan nachdenklich unter seinen buschigen Augenbrauen.

»Ganz so viel wirst du davon nicht haben, habe ich recht?«

»Bitte?« Ryan verschluckte sich und hustete erschrocken. »Wie meinst du das?« Was sollte er denn noch tun, um diesen Mann zu überzeugen – vor seinen Augen über Meg herfallen?

»Nun, als Reporter bist du bestimmt kaum zu Hause.«

Puh. Ryan schaffte es gerade so, sich seine Erleichterung

nicht anmerken zu lassen.»So schlimm ist es zum Glück nicht. Immerhin schreibe ich für eine Regionalzeitung. Meist geschieht genug direkt vor unserer Haustür, sodass wir nicht lange suchen müssen.«

»So wie dieser Bericht über die Bandenkriminalität?«

Ryan verzog das Gesicht. Dieses Thema trug gewiss nicht dazu bei, dass Megs Eltern sie ruhigen Gewissens in eine Großstadt ziehen ließen.»Ja, das war meine letzte große Story«, gab er zu, da Leugnen völlig sinnlos wäre.»Das ist aber eher eine Ausnahme, ein großer Fisch, der einem nur ein- oder zweimal im Leben unterkommt.«

»Du hast den Höhepunkt deiner Karriere also bereits hinter dir? Keine weiteren Ambitionen?«

Die Verschnaufpause war offensichtlich vorbei und das Gefecht ging in die zweite Runde.»So würde ich es nicht sehen. Jeder Tag birgt eine neue Chance. Ich denke also, dass noch einige davon auf mich warten.«

»Besonders ehrgeizig klingt das nicht«, bemerkte Gus abfällig.

Ryan atmete tief durch. Er wollte sich nicht provozieren lassen.»Ich gehöre in der Tat nicht zu denjenigen, die auf Teufel komm raus vorankommen wollen und dafür über Leichen gehen. Solange das, was ich tue, einen Sinn hat und mich fordert, bin ich zufrieden.«

»Hmpf.« Dem hatte Gus offenbar nichts entgegenzusetzen. Er zupfte an seinem Bart herum, während er den nächsten Angriff vorbereitete.»Du klingst wie ein gestandener Mann, der weiß, was er will.«

Angespannt wartete Ryan ab, was noch kommen würde. Gus wollte ihm damit gewiss kein Kompliment machen.

»Wie alt bist du genau?«

Daher wehte also der Wind.»Einunddreißig«, entgegnete er möglichst gelassen.

Eric ließ einen anerkennenden Pfiff ertönen.»Respekt, Mann.

Damit machst du ja sogar Dad Konkurrenz. Mom ist nur acht Jahre jünger als er.«

»Eric!«, rief nun Gus seinen Sohn verärgert zur Ordnung. Der Junge wurde Ryan immer sympathischer. Ganz nebenbei hatte er seinem Vater jeglichen Wind aus den Segeln genommen.

»Ich hoffe, ich kriege auch mal eine so viel Jüngere ab«, fuhr Eric ungerührt fort.

»Die wäre dann aber erst sieben«, warf Meg lachend ein.

»Ich meine ja nicht sofort«, verteidigte er sich. »Aber in ein paar Jahren …« Er ließ seine Augenbrauen bedeutungsvoll nach oben schnellen.

Ryan grinste in sich hinein. Irgendwann würde der Junge bestimmt ein großer Herzensbrecher werden. Er sah, wie Katie Gus besänftigend ihre Hand auf den Arm legte. »Lass gut sein«, flüsterte sie.

»Danke für das leckere Essen.« Gus schob seinen Stuhl zurück und stand auf. »Ich muss noch einmal los.«

Ryan bemerkte, wie Meg einen besorgten Blick mit ihrer Mutter wechselte. Katie zuckte mit den Schultern. »Es geht uns allen etwas zu schnell«, sagte sie diplomatisch. »Dein Vater wird sich schon beruhigen, wenn er sich an den Gedanken gewöhnt hat.«

»Das hoffe ich.« Meg begann, die Teller zusammenzuräumen.

»Ich helfe dir.« Ryan sprang ebenfalls auf.

»Ich muss telefonieren.« Eric deutete mit einer bedauernden Unschuldsmiene auf sein Handy.

»Ja, sicher. Zisch schon ab.« Meg grinste.

»Viel Spaß euch beiden«, flötete er und nahm in wenigen Sprüngen die Treppe nach oben.

»Brauchst du Hilfe bei den Vorbereitungen, Schatz?«, fragte ihre Mom.

Meg zögerte und schaute Ryan an. Vermutlich war sie nicht sicher, ob ihm die Gesellschaft ihrer Mutter recht war.

Tatsächlich hatte die Vorstellung, den Abend allein mit Meg in der Küche zu verbringen, ihren flinken Fingern dabei zuzusehen, wie sie eine Köstlichkeit nach der anderen herstellten, mit ihr zu lachen und zu reden, etwas überaus Verlockendes. Gleichzeitig wäre das aus genau diesem Grund vermutlich keine gute Idee. Sie sollten sich lieber nicht zu sehr aneinander gewöhnen, immerhin würden sich ihre Wege schon sehr bald trennen. Außerdem, je besser ihre Mutter ihn kannte, desto eher wäre sie geneigt, Meg gehen zu lassen.

»Je mehr mithelfen, desto schneller werden wir fertig und können zum gemütlichen Teil übergehen«, erwiderte er.

Megs Wangen flammten rot auf. Zu spät fiel ihm auf, wie anzüglich seine Worte aufgefasst werden konnten. Andererseits gingen eh alle davon aus, dass er die letzte Nacht mit ihr verbracht hatte. Grinsend schlang Ryan den Arm um Megs Hüfte und zog sie näher an sich heran. Ihre Röte vertiefte sich und ihre Mutter machte sich hastig am Kühlschrank zu schaffen.

»Lass das«, raunte Meg leise und ihr kleiner Ellbogen bohrte sich spürbar in seine Rippen.

»Wir sind zusammen, schon vergessen?«, flüsterte er amüsiert zurück. »Ich wollte nur authentisch wirken.«

»Pass nur auf, dass es nicht *zu* authentisch wird, wenn Dad in der Nähe ist. Der würde es sonst noch fertigbringen, dich in den Keller zu sperren.«

Halb schockiert, halb belustigt rückte er von ihr ab. »Du bist erwachsen.«

»Nicht für ihn.« Sie seufzte wehmütig. »Selbst wenn ich hundert bin, werde ich wohl immer noch sein kleines Mädchen sein.«

»Wo soll das hin?«, fragte Ryan und deutete auf die Schüssel gekochter Kartoffeln, die er gerade gepellt hatte.

»Erst mal zur Seite.« Meg rollte geschickt die mit einer würzigen Frischkäsecreme bestrichene Zucchinischeibe auf und stellte sie auf die Servierplatte neben die anderen. Sie hatte schnell bemerkt, dass Ryan eher der Mann fürs Grobe war. Sein Versuch, eine Cocktailtomate zu füllen, war kläglich gescheitert. Andererseits musste sie zugeben, dass sie normalerweise nicht mal ihre Mom an die Häppchen ließ, damit alles rundum perfekt aussah. Nur heute musste sie eine Ausnahme machen, damit sie überhaupt mal fertig wurde.

Ryan hatte ihr Urteil völlig gelassen aufgenommen. Die missglückte Tomate war ohne Umschweife in seinen Mund gewandert und er hatte sich daran gemacht, die Kartoffeln zu schälen.

»Jetzt sind die Eier dran. Kannst du sie bitte pellen? Aber pass auf, dass du sie nicht zerdrückst«, fügte sie hastig hinzu, als er enthusiastisch nach dem Topf griff, in dem sie nach dem Kochen abkühlten. »Schaffst du das?«

Er verdrehte die Augen. Vermutlich hielt er sie für verrückt. Und das war sie auch, koch-verrückt, um genau zu sein.

»Keine Sorge, ich werde ganz zärtlich zu ihnen sein.« Er streichelte ein Ei, bevor er es vorsichtig auf die Tischplatte klopfte.

Ihre Mutter biss sich prustend auf die Lippe.

»Haha«, brummte Meg, konnte ihren Blick jedoch nicht von seinen schlanken Fingern nehmen, die das Ei von seiner Schale befreiten und dabei stark und sanft zugleich wirkten. Wie es sich wohl anfühlen musste, von ihm berührt zu werden?

Wärme schoss ihr in die Wangen, sie schluckte und legte hastig eine neue Zucchini-Scheibe auf ihren Arbeitsteller. Meg hielt die Augen strikt nach unten gerichtet, während sie sie mit Frischkäse bestrich. Ihre Hände zitterten vor Anspannung. Erst beim dritten Versuch schaffte sie es, die Scheibe vernünftig aufzurollen.

Was war nur los mit ihr?

Erleichtert stellte sie fest, dass die Servierplatte endlich voll war, und sprang auf, um sie in den Stall zu bringen, wo ihr großer, zweiter Kühlschrank stand.

»Kann ich dir helfen?«, fragte Ryan sofort.

»Nein!« Sie schnappte sich die Platte und flüchtete hinaus.

Sobald sie den Servierteller im Kühlschrank verstaut hatte, lehnte sie sich gegen die Wand und atmete erst einmal tief durch. Sie durfte sich bloß in nichts reinsteigern. Ryan war nur eine vorübergehende Erscheinung in ihrem Leben. Er half ihr, sie half ihm und dann trennten sich ihre Wege. Sie hatte Wichtigeres zu tun, als auch nur einen Gedanken an ihn zu verschwenden – egal, wie anziehend er auf sie wirkte.

Entschlossen studierte sie die Liste auf der Kühlschranktür. Es mussten noch so viele Sachen vorbereitet werden. Diese Hochzeit war ihr bislang größter Auftrag und sie wollte sich des in sie gesetzten Vertrauens unbedingt als würdig erweisen. Meg holte noch einmal tief Luft und atmete ganz langsam aus, bis sie sicher war, ihre Hormonschwankung wieder unter Kontrolle zu haben. Dann nahm sie die Garnelenschwänze heraus und ging in die Küche zurück.

Das Lachen ihrer Mutter, in das sich Ryans tiefere Töne mischten, war das Erste, das Meg wahrnahm. Sofort verspürte sie einen kleinen Stich. Er sollte seinen Charme nicht so bei Mom spielen lassen. Immerhin war sie gut fünfzehn Jahre älter als Ryan – und außerdem ihre Mutter.

Meg zwang sich zu einem Lächeln und trat steifbeinig zu ihnen. »Habe ich was verpasst?«

»Nicht wirklich«, winkte ihre Mom ab. »Ryan hat mir nur erzählt, wie du ihn zum Apfelklau angestiftet hast.«

Überrascht sah Meg ihn an.

»Ja.« Schmunzelnd legte er die Hand auf ihre Finger. »Da habe ich sofort gewusst, dass du eine wahrlich außergewöhnliche Frau bist.« Der Blick, der diese Worte begleitete, wirkte so ehrlich, so ernst, dass sie ihre Augen senkte. Für seine Vorstellung hätte er glatt einen Oscar verdient. Ihre Mutter überzeugte er damit jedenfalls voll und ganz.

Lächelnd schüttelte sie ihren Kopf. »Das muss Liebe sein. Jeder andere wäre mit Sicherheit verstört davongerannt.«

»Ja.« Meg biss sich auf die Lippe. »Da habe ich wohl Glück gehabt.« Sie wünschte, sie könnte ebenso gut schauspielern wie er. In Beths Gegenwart hatte sie damit kein Problem gehabt, aber hier kam es ihr einfach nur falsch vor. Dabei hätte es eigentlich leichter werden müssen, nun, da Ryan endlich richtig mitmachte. »Schneidest du bitte die Kartoffeln?«, wandte sie sich an ihn und wechselte damit abrupt das Thema.

»Sicher. Kann ich dabei auch etwas falsch machen?« Er klang irritiert.

Meg zuckte schuldbewusst zusammen. »Nein«, entgegnete sie zerknirscht. Er legte sich für sie voll ins Zeug – sowohl, was ihre Eltern betraf, als auch mit dem Essen. Er tat viel mehr, als sie je erwartet hätte, und deutlich mehr, als er musste. »Danke«, fügte sie hinzu und schenkte ihm ein aufrichtiges Lächeln. Von nun an würde sie seine Hilfe mehr zu schätzen wissen. Und morgen Abend würde sie sich bei ihm revanchieren. Sie würde Beth die Augen darüber öffnen, was für ein wunderbarer Mann Ryan war, und dafür sorgen, dass er endlich glücklich wurde.

»Okay, das reicht für heute«, verkündete Meg knapp drei Stunden später. Sie hatten wirklich viel geschafft. Den Rest konnte sie morgen erledigen. Immerhin fing die Feier erst am Nachmittag an.

»Bist du sicher?« Ryan ließ seine Fingerknöchel knacken. »Ich kann noch weiter.«

Das glaubte sie gern. Er war in den letzten Stunden zur Höchstform aufgelaufen und hatte ihre Mom und sie immer wieder mit kleinen Anekdoten aus seinem Reporteralltag unterhalten. Er hatte eine einzigartige Begabung, die Zuhörer in seinen Bann zu ziehen, ohne sich selbst zu sehr hervorzutun oder gar als Angeber dazustehen. Er hatte genauso offen von seinen Reinfällen wie von seinen Erfolgen erzählt und wirkte dabei echt, bescheiden und zugleich draufgängerisch und selbstbewusst. Derweil war er auch nicht untätig geblieben und hatte ohne Murren Schüsseln und Tabletts hin und her geschleppt, Gemüse geschnippelt und die Spülmaschine eingeräumt.

Meg hatte bemerkt, wie Moms Miene im Laufe des Abends immer weicher wurde und wie die Sorge aus ihren Zügen verschwand. Ihr Blick ruhte nicht länger skeptisch, sondern wohlwollend auf Ryan und Meg. Mom schien ihn wirklich zu mögen. Meg konnte es ihr nicht verdenken. Er hatte sich in der Tat als der Traum aller Schwiegermütter präsentiert und das Schlimme war, dass es nicht nur gespielt war. Immer wieder hatte sie sich bei dem Gedanken ertappt, wie schön es wäre, tatsächlich *mit* ihm nach Chicago zu gehen, anstatt ganz allein in eine fremde, große Stadt. Vielleicht konnten sie ja Freunde bleiben, den Kontakt nicht vollständig abbrechen, wenn sein Aufenthalt in Alaska vorbei war. Sie würde es ihren Eltern gegenüber natürlich nicht zugeben, aber sie würde sich wirklich sicherer fühlen, wenn sie nicht völlig auf sich gestellt wäre.

Die Tür ging auf und ihr Dad kam herein. Müde warf er seinen Schlüssel auf das Sideboard und schnupperte. »Habt ihr Kaffee?«, fragte er hoffnungsvoll.

»Nein. Aber ich kann dir gern welchen kochen.« Mom gab ihm einen Kuss und ging zur Kaffeemaschine hinüber.

»Das sieht lecker aus. Darf ich?« Dad zeigte auf die herumstehenden Häppchen.

»Hier.« Grinsend schob Meg ihm einen großen Teller hin, auf dem sie eine Auswahl verschiedener Kanapees beiseitegelegt hatte. Sie kannte doch ihre Männer. »Die eine Hälfte für dich, die andere für Eric«, ermahnte sie ihn.

»Du bist ein Schatz«, sagte Dad und zog sie in eine Umarmung. »Das habt ihr toll gemacht.« Er schob sich ein Zucchini-

Röllchen in den Mund und seufzte hingerissen. »Ihr beiden könnt schon was.« Sein liebevoller Blick ruhte auf Mom und ihr. Ryan wurde von ihm geflissentlich ignoriert. Nun ja, vermutlich war das besser, als wenn Dad ihn wieder unter Beschuss nahm. Vielleicht könnte Mom ihn bis morgen ein wenig besänftigen und von Ryans Vorzügen überzeugen.

»Hilfst du mir bitte, das nach draußen zu tragen?«, wandte Meg sich an Ryan, als Mom einen dampfenden Becher vor Dad abstellte.

»Sicher.« Er schien ebenfalls erleichtert zu sein, der Gegenwart ihres Vaters zu entkommen. Gemeinsam verstauten sie die fertigen Häppchen in dem geräumigen Kühlschrank.

Mom wischte gerade den Arbeitstresen ab, als sie wieder in die Küche traten. Unsicher blieb Meg stehen. Es gab nichts mehr zu tun außer … außer nach oben zu gehen.

»Dann, gute Nacht«, sagte sie befangen zu ihren Eltern und wagte dabei weder ihnen noch Ryan ins Gesicht zu sehen.

Absolute Stille breitete sich im Raum aus. Ihre Mom fasste sich als Erste. »Schlaft schön.«

»Bis morgen«, brummte Dad.

»Gute Nacht«, echote Ryan ruhig und nahm ihre Hand. Nur der Druck seiner Finger auf den ihren hinderte sie daran, die Treppe hinaufzuflüchten.

Er ließ ihr den Vortritt und schirmte sie mit seinem Rücken ab. Dennoch kam es ihr vor, als könnte sie Dads Augen wie zwei Dolche in ihrem Rücken spüren.

Sobald sie in ihrem Zimmer war, ließ sie seine Hand los, als hätte sie sich verbrannt. Fahrig wischte sie sich die Haare aus dem Gesicht und brachte einen Schritt Sicherheitsabstand zwischen sie beide. War ihr Zimmer schon immer so klein gewesen? Ryans Gegenwart machte sie viel nervöser als Dads Kommentare es jemals vermocht hätten.

Letzte Nacht, als sie ihn voll benebelt in ihr Zimmer geschleift hatte, hatte sie sich nichts dabei gedacht. Doch ihn jetzt im Vollbesitz seiner geistigen und körperlichen Fähigkeiten so nah bei sich stehen zu haben, war etwas völlig anderes. Der Blick seiner aufmerksamen, blau-grauen Augen zog sie fast magisch an, der Bartschatten, der seine Wangen und sein Kinn zierte, gab ihm etwas Verwegenes und außerdem roch er so unglaublich gut – nach Essen und nach … Ryan.

Entschieden schnappte sie sich die Zusatzdecke, die auf ihrem Bett lag, und warf sie ihm kommentarlos zu.

Aus einem Reflex heraus fing Ryan sie auf. Sein Gesicht verdüsterte sich für einen Moment, dann legte sich ein selbstironischer Zug um seine Lippen. »Danke«, sagte er beherrscht. »Gute Nacht, Meg.«

Sie hatte ihn verstimmt. Auch wenn sie nichts falsch gemacht hatte. Immerhin hatte sie schon am Morgen klargestellt, dass er nicht in ihrem Bett schlafen würde. Eine überaus kluge Vorsichtsmaßnahme angesichts der Tatsache, dass sie sich jetzt liebend gern an ihn gekuschelt hätte. Sie kannten sich erst wenige Tage, trotzdem kam er ihr – gerade nach den letzten Stunden – so unglaublich vertraut vor.

Schweigend breitete Ryan die Decke auf dem Boden aus. Er protestierte nicht, machte nicht einmal eine seiner zweideutigen Bemerkungen, wie er sie im Laufe des Abends des Öfteren fallen gelassen hatte.

Wieso sollte er auch? Hier gab es niemanden, den es von seiner angeblichen Liebe zu ihr zu überzeugen galt.

Sie ging zu ihrem Stuhl hinüber und nahm die zusammengefaltete Kuscheldecke, die darauf lag. »Hier.« Sie streckte sie ihm entgegen. »Damit wird es noch etwas weicher.«

Er musterte skeptisch den dünnen Stoff. Ihnen war es beiden klar, dass er eine höllisch ungemütliche Nacht vor sich hatte. Meg kämpfte mit sich selbst. Sie war ihm was schuldig und sie waren beide erwachsen.

Plötzlich klopfte es an der Tür. »Meg?«, erklang die Stimme ihrer Mutter.

Ryan und sie erstarrten. Ihr Blick zuckte zum Türschloss. Sie hatte nicht abgeschlossen. Wenn ihre Mutter nun reinkam und das Bettzeug auf dem Boden entdeckte, kämen sie in schwere Erklärungsnot.

Ryan mussten ähnliche Gedanken durch den Kopf geschossen sein, denn er bückte sich zeitgleich mit ihr. Ihre Hände trafen sich den Bruchteil einer Sekunde, bevor ihre Köpfe aneinanderknallten.

»Ah!«, entfuhr es ihr leise.

»Meg? Alles in Ordnung?«

Ryan lachte lautlos und rieb sich die schmerzende Stirn.

»Ja«, keuchte sie und konnte ihr Lachen selbst kaum zurückhalten. Hastig warf sie die Decke auf das Bett. Falls ihre Mutter doch hereinschauen sollte.

»Ich wollte nur hören, ob ihr noch was braucht.«

»Danke, wir kommen schon klar«, gab Meg atemlos zurück.

»Okay. Dann viel Spaß euch beiden.« Moms Tonfall ließ vermuten, dass sie die Geräusche, die aus dem Zimmer kamen, ziemlich falsch interpretierte.

»Danke«, piepste Meg prustend, während Ryan ihr eine amüsierte Grimasse schnitt. »Gute Nacht, Mom.«

Sie hielt gespannt die Luft an, als sich die Schritte ihrer Mutter entfernten. Dann stürmte sie zur Tür, drehte den Schlüssel herum und atmete erleichtert auf.

»Hey«, protestierte Ryan noch immer grinsend. »Du kannst jetzt nicht einfach aufhören.«

»Womit denn?«

»Na, mit diesen niedlichen, atemlosen Lauten. Was soll deine Familie denn von mir denken, wenn jetzt schon alles vorbei ist?«

Megs Wangen begannen zu brennen. Sie hoffte, dass sie nicht ganz so leuchtend rot wurde, wie es sich anfühlte. »Als ob du im Haus meiner Eltern mit mir …« Sie brach ab, als sie seinen Blick bemerkte.

»Wenn wir wirklich zusammen wären, würde ich mich davon nicht aufhalten lassen.« Seine Stimme klang rau, verführerisch. Oder kam es ihr nur so vor?

»Tja, dann haben wir Glück, dass dem nicht so ist«, entgegnete sie so selbstbewusst wie möglich. »Ich brauche dich nämlich noch in einem Stück und Dad würde dir bestimmt den Kopf abreißen, wenn er ein paar von meinen *niedlichen, atemlosen Lauten* hört.«

»Sieht ganz so aus«, stimmte Ryan ihr zu. Sie hätte gern gewusst, was er wirklich darüber dachte.

Leise machte Ryan die Tür hinter sich zu. »Du kannst jetzt«, raunte er. Meg hatte ihm den Vortritt im Badezimmer gelassen. Vermutlich hatte sie die Zeit genutzt, um in ihrem Schrank in Ruhe nach passender Nachtwäsche zu suchen. Auf jeden Fall presste sie einen Schlafanzug an ihre Brust, als sie an ihm vorbei aus dem Zimmer huschte.

Sein Blick fiel auf ein flauschiges, himmelblaues Kissen, das sie ihm auf die improvisierte Matratze gelegt hatte. Vermutlich stammte es noch aus ihrer Teenagerzeit, die wohlgemerkt gar nicht so lange zurücklag. Seufzend knöpfte er sein Hemd auf. Noch vor wenigen Tagen hätte er nie geglaubt, dass er sich in so einer Situation wiederfinden könnte. Er faltete seine Jeans zusammen und legte sie über einen Stuhl. Dabei rutschte sein Smartphone heraus. Ryan hob es auf und entsperrte den Bildschirm.

Beth hatte ihm keine Nachricht geschickt. Natürlich nicht. Viel überraschender war die Erkenntnis, dass er den ganzen Abend lang nicht an sie gedacht hatte. Kurz regte sich sein schlechtes Gewissen. Was, wenn es ihr schlecht ging? Sie seine Hilfe brauchte? Dann schob er diese Gedanken beiseite. Wenn ihr etwas – wenn *er* ihr – fehlen würde, hätte er es schon längst gewusst. Sie hatte nie Hemmungen gehabt, ihn um etwas zu bitten. Und so schlecht, dass sie ihn nicht einmal anrufen konnte, ging es ihr mit Sicherheit nicht. Immerhin hatte sie sich nur den Fuß verstaucht. Außerdem war sie nicht allein, wie die schonungslose Stimme in seinem Kopf ihn unverzüglich erinnerte. Ian war bei ihr.

Er wollte das Smartphone schon ausschalten, als es in seiner Hand zu vibrieren begann. Eine Nachricht war soeben eingegangen. Sofort beschleunigte sich sein Herzschlag. War das vielleicht Beth?

Er klickte darauf und atmete enttäuscht aus. Lernte er es denn wirklich nie?

Phil wollte wissen, wie er sich entschieden hatte, drängte ihn. *Ich brauche dich in Washington!*

Müde rieb Ryan sich die Augen. Vielleicht sollte er es wirklich tun. Etwas Abstand zu Beth, Meg, Chicago und Alaska würde ihm mit Sicherheit guttun.

Die Tür ging auf und Meg schlich auf leisen Sohlen ins Zimmer. Sie trug einen grauen Shorty-Pyjama mit einer übergroßen Micky-Mouse-Figur. Ryan wandte die Augen ab. Er sollte sie darin nicht so sexy finden. Doch die kurze Hose gab den Blick auf ihre schönen Beine frei und er musste sich schon sehr irren, falls sie einen BH unter dem T-Shirt trug.

»Gibt's was Neues?«, fragte sie und kroch unter die Decke.

Er brauchte einen Herzschlag, um zu verstehen, dass sie auf das Telefon in seiner Hand anspielte.

»Nein.« Er schaltete es aus und legte es auf den Tisch. »Beth hat sich nicht gemeldet.« Er wusste selbst nicht, wieso er ihr die Nachricht von Phil verschwieg.

Sie drehte sich auf die Seite und schaute ihn nachdenklich an. »Vielleicht solltest du sie morgen früh besuchen. Ich könnte dir ein paar Häppchen abzwacken. Liebe geht bekanntlich durch den Magen.«

Er dachte an ihre ausgedehnte, abendliche Kochsession.

Daran, wie geschickt sie gerührt, gefüllt und dekoriert hatte. Wie hinreißend sie aussah, wenn sie mit geschlossenen Augen herauszufinden versuchte, ob in einer Soße oder Creme noch irgendwas fehlte. Und wie gern er den Sahneklecks auf ihrer Wange weggeküsst hätte. Wie gut, dass zumindest sie auf das Wesentliche fokussiert blieb.

»Danke. Das hört sich toll an.« Ein romantisches Frühstück mit Beth war genau das, was er brauchte.

»Gut.« Sie nickte bestätigend und holte tief Luft. »Schlaf schön, Ryan.«

»Du auch, Meg.«

Er legte sich hin und zog das Laken über seinen Körper. Sie knipste das Licht aus und Dunkelheit senkte sich über sie.

Ryan wälzte sich auf die Seite und versuchte, eine halbwegs bequeme Position zu finden. Vergeblich. Er war definitiv zu alt, um auf dem Boden zu schlafen. Er schloss die Augen und versuchte, möglichst leise zu sein, um Meg nicht zu stören.

Keine gute Idee. In der Stille des Zimmers wurde er sich ihrer Gegenwart immer stärker bewusst. Sie lag keine zwei Meter von ihm entfernt, der ganze Raum war von ihrem Duft erfüllt. Er seufzte und drehte sich von ihr weg, legte sich den Arm über die Nase und bemühte sich zu entspannen. Dennoch wollte der Schlaf nicht kommen. Sein Kopf dröhnte von all den Eindrücken und Empfindungen des Tages. War er wirklich erst heute Morgen in ihrem Bett aufgewacht? So vieles schien inzwischen passiert zu sein, so vieles sich verändert zu haben.

Seine Schulter begann zu schmerzen und er rollte sich zurück auf den Rücken. Vielleicht sollte er doch ins Hotel ziehen. Sein Dispo-Kredit hatte noch Spielraum und wenn er auf Phils Angebot einging, wäre es auch nicht mehr für lange. Aber wie sollte er Megs Eltern erklären, dass er plötzlich auszog? Ryan schnaufte frustriert.

»Schon gut«, brummte Meg resigniert.

»Was denn?«

»Du kannst hier raufkommen, solange du deine Finger bei dir lässt.«

»Keine Bange.« Er grinste erleichtert. »Was anderes würde mir nicht im Traum einfallen. Immerhin will ich meinen Kopf noch behalten.«

Er hörte, wie sie auf dem Bett zur Seite rutschte, um ihm mehr Platz zu machen. War ihr seine Nähe so unangenehm oder traute sie ihm wirklich nicht über den Weg? Er legte sich an die äußerste Kante und schlang sich das Laken um seinen Körper. Er hatte nie eine Frau gegen ihren Willen berührt und würde damit ganz sicher nicht bei ihr anfangen.

Die Stelle, an der bis vorhin ihr Bein gelegen haben musste, fühlte sich warm an. Und so nah bei ihr war ihr Duft noch berauschender. Vielleicht war es doch keine gute Idee, zu ihr ins Bett zu kommen.

Überdeutlich nahm er jede Bewegung ihres Körpers wahr und meinte fast, ihren Atem auf seiner Haut spüren zu können. Er kniff die Augen zu und ignorierte tapfer das immer stärker werdende Pochen zwischen seinen Beinen. Das würde ja eine lustige Nacht für ihn werden.

Kapitel 9

Träge öffnete Meg ihre Lider. Dämmriges Licht drang durch die zugezogenen Vorhänge ins Zimmer. Es war noch viel zu früh. Sie gähnte und schloss müde ihre Augen. Dann kuschelte sie sich enger in ihre warme Decke. Ein wohliges Seufzen ertönte an ihrem Ohr. Ein Schauer rann über ihren Rücken. Schlagartig war sie hellwach. Es war nicht ihre Decke, die sie so schön wärmte, es war Ryan.

Meg erstarrte und wagte es kaum, sich zu rühren. Nun, da sie wusste, dass er da war, nahm sie seine Präsenz überdeutlich wahr. Sein Atem kitzelte ihre Wange, ihr Rücken schmiegte sich an seine harte Brust, seine linke Hand lag fast schon besitzergreifend auf ihrer Hüfte. Meg schluckte. Es fühlte sich nicht halb so unangenehm an, wie es eigentlich sollte. Vielleicht sollte sie einfach liegen bleiben und den Moment genießen, solange er dauerte. Sich über seine Zudringlichkeit empören, könnte sie danach schließlich immer noch. Sie unterdrückte ein Kichern.

Ryan musste es gespürt haben, denn er regte sich im Schlaf. Seine Hüften drückten gegen ihren Po und durch den dünnen Stoff ihrer Schlafsachen spürte sie die harte Länge seiner Erektion. Ein Kribbeln breitete sich in ihrem Körper aus. Ein Kribbeln, dem sie natürlich nicht nachzugeben gedachte. Es war ein ganz natürlicher, biologischer Vorgang. Es hatte nichts mit ihr oder ihrer Anziehungskraft auf ihn zu tun. Eine Morgenerektion war bei jungen Männern völlig normal. Das traf ganz offensichtlich auch noch im reifen Alter von einunddreißig zu.

Vorsichtig löste Meg sich von ihm und setzte sich auf. Sein Gesicht wirkte entspannt, er sah rundum zufrieden aus. Erst jetzt, mit geschlossenen Lidern und ohne seine Brille, fiel ihr auf, wie lang und dicht seine dunkelblonden Wimpern waren. Sie betrachtete versonnen die Lachfältchen um seine Augen und seine schönen, geschwungenen Lippen. Wie von selbst wanderte ihr Blick tiefer. Sein T-Shirt war hochgerutscht und gab seinen flachen Bauch frei. Er hatte keinen übertriebenen Sixpack, doch unter seiner glatten Haut konnte sie wohldefinierte Muskelstränge erahnen, die knapp über der Gürtellinie im immer dichter werdenden Flaum verschwanden. Megs Kehle wurde trocken, als ihre Augen weiter abwärts glitten. Die Ausbuchtung in seinen Boxershorts war bemerkenswert. Die Biologie rein theoretisch zu kennen und es so eindrucksvoll praktisch demonstriert zu bekommen, waren zwei gänzlich unterschiedliche Dinge.

Ihre Finger zuckten, so sehr reizte es sie, ihre Hand darauf zu legen, das zu spüren, was unter dem dünnen Stoff verborgen blieb. Ein prickelndes Ziehen breitete sich in ihrem Unterleib aus und eine überaus verlockende Was-wäre-wenn-Vorstellung schoss ihr durch den Kopf.

Hastig sprang Meg auf und wischte sich über das Gesicht. Was war bloß los mit ihr? Unschlüssig blieb sie stehen und schaute zu Ryan hinüber. Dachte sie gerade ernsthaft darüber nach, mit einem Mann zu schlafen, der eine andere Frau wollte? Mit einem Mann, der fast zehn Jahre älter war als sie selbst, auch wenn der Altersunterschied ihr gar nicht mehr so gewaltig vorkam.

Sie schaute auf ihr Handy. Es war gerade mal sechs Uhr in der früh. Ihr Wecker würde erst in einer Stunde klingeln. Es war jedoch ausgeschlossen, dass sie noch einmal zu Ryan ins Bett krabbeln würde. Um nichts in der Welt würde sie das tun. Sie fühlte sich in seiner Gegenwart ohnehin schon viel zu wohl. Sie sollte die Lage nicht noch komplizierter machen.

Leise holte Meg eine enge Jeans und ein hübsches Oberteil aus dem Schrank. Das waren nicht ganz die Klamotten, die sie normalerweise zum Werkeln in der Küche anzog, aber sie wollte nicht, dass Ryan sie nur in ihrem bequemen Schlabberlook kannte. Dann huschte sie aus dem Zimmer hinaus. Wenn sie schon auf war, konnte sie die Zeit auch sinnvoll nutzen.

Das Erste, das Ryan merkte, als er die Augen aufschlug, war, dass Meg fort war. Dann fiel ihm auf, dass er in der Mitte des Bettes lag. Am Vorabend hatte er sich eine gefühlte Ewigkeit schlaflos herumgewälzt, stets darauf bedacht, weder vom Bett zu fallen noch ihr zu nahe zu kommen, während seine Fantasien immer mehr mit ihm durchgegangen waren. Auch jetzt noch pochte es begehrlich in seinen Lenden. Er hoffte bloß, dass er sich erst so breitgemacht hatte, nachdem sie fort war. Er hatte sie nicht aus ihrem eigenen Bett vertreiben wollen. Sicherheitshalber würde er sich gleich bei ihr entschuldigen. Und für die nächste Nacht sollte sie lieber wieder ihren Schutzwall errichten, offensichtlich konnte er für nichts garantieren.

Er richtete sich ein wenig auf und ließ sich gleich darauf resigniert zurück auf das Bett sinken. Ein wahrer Fahnenmast ragte auf seinem Unterleib empor und natürlich war das Laken, mit dem er zugedeckt gewesen war, beiseite gerutscht. So viel zu seiner Hoffnung, er hätte sie nicht aus dem Bett verjagt. Dabei hatte er schon ewig keine so ausgeprägte Morgenerektion gehabt. Er hatte aber auch noch nie neben einer so sexy Frau in einem Bett gelegen, ohne mit ihr zu schlafen.

Ryan seufzte und wischte sich über das Gesicht. Das würde Meg wohl kaum als Entschuldigung gelten lassen. Er konnte froh sein, wenn sie ihn nicht wieder auf den Boden verbannte. Immerhin hatte sie ihm eindeutig zu verstehen gegeben, dass sie von ihm keinerlei Annäherungsversuche dulden würde. Wie auch immer, ändern konnte er es nicht mehr. Und schließlich war es nicht seine Schuld, dass sein Körper so auf den ihren reagierte.

Nach einer Dusche machte Ryan sich auf den Weg nach unten. Im ganzen Haus war es noch still, offensichtlich nutzten alle Bewohner den freien Tag, um richtig auszuschlafen. Alle, bis auf Meg.

Sie stand bereits in der Küche. Die Arme an der Arbeitsplatte abgestützt, den Po leicht nach hinten gestreckt, die Stirn gerunzelt, die Unterlippe nachdenklich zwischen ihren Zähnen, ein Finger auf dem vor ihr liegenden Kochbuch. Anscheinend hatte sie ihn noch nicht bemerkt und Ryan blieb auf der Treppe stehen, um sie zu betrachten.

Sie trug eine überaus knackige dunkelblaue Jeans, die ihren runden kleinen Po perfekt in Szene setzte. Und darüber ein enganliegendes orangefarbenes Shirt. Sie sah unglaublich sexy aus und süß zugleich, konzentriert und voll in ihrem Element. Sie nickte leicht, als wäre sie zu einer Entscheidung gekommen, und hockte sich hin, um etwas aus einer Schublade herauszuholen.

Ryan riss seine Augen von ihr los. »Guten Morgen«, sagte er und kam näher. Sobald sie aufstand, hätte sie ihn ohnehin gesehen und er wollte nicht wie ein Spanner wirken.

»Hi.« Sie schaute hoch. »Auch schon wach?«

»Ähm, ja.« Er nickte und überlegte, ob er die Ereignisse des Morgens irgendwie kommentieren sollte. Da sie das nicht tat, entschied er schließlich, ihrem Beispiel zu folgen. »Kann ich dir helfen?«

Sie zögerte. »Vermutlich solltest du erst frühstücken.«

»Und was ist mit dir?«

»Ach, so früh am Morgen brauche ich nichts.« Sie grinste. »Höchstens einen Apfel.«

Wärme breitete sich in Ryans Brust aus, als er ihr Lächeln erwiderte. »Soll ich einen für dich holen? Ich weiß ja jetzt, wo es die gibt.«

»Später vielleicht. Vorerst begnüge ich mich mit einem Kaffee.«

»Klingt nach einem vernünftigen Plan. Ich mache das schon«, fügte er hinzu und nahm die Wasserkanne. Er hatte die Kaffeemaschine gerade eingeschaltet, als es hinter ihm leise zu brutzeln begann. Überrascht wandte er sich um. Meg war gerade dabei, mit einem Schöpflöffel Teig in eine heiße Pfanne zu füllen. Sofort stieg ihm ein appetitlicher Duft in die Nase. »Mhh.« Interessiert trat er näher. »Werden das etwa Pancakes?«, fragte er hoffnungsvoll.

Sie schnaufte amüsiert. »Ich dachte, du wolltest kein Frühstück?«

»Hey, ich bin auch bloß ein Mann. Wie könnte ich da schon widerstehen?«

Geschickt wendete Meg den dünnen Pfannkuchen und ihm wurde klar, dass sich sein Kommentar auf beides bezog – auf das Essen *und* auf sie. Er räusperte sich und blickte zu Boden.

Falls ihr die Doppeldeutigkeit seiner Worte aufgefallen war, ließ sie sich nichts anmerken. »Das sind keine Pancakes, sondern Crêpes. Und sie sind nicht für dich. Zumindest nicht ausschließlich.« Sie ließ den Pfannkuchen auf einen Teller gleiten und goss eine neue Portion Teig in die Pfanne. Dabei wirkte sie so konzentriert, als würde diese Tätigkeit ihre ganze Aufmerksamkeit erfordern. »Ich werde Lachsröllchen daraus machen. Der Großteil ist natürlich für die Hochzeit gedacht, aber für Beth und dich habe ich auch ein paar eingeplant. Außerdem dachte ich an Melonenschiffchen mit Schinken, frisches Brot, gefüllte Eierhälften und Tomatensalat«, zählte sie auf, ohne ihn auch nur ein einziges Mal anzusehen.

Ein merkwürdiges Gefühl breitete sich in Ryan aus. Eine Mischung aus Schuldgefühl, Aufregung und Beunruhigung. Er hatte Beth bereits völlig vergessen. Wie gut, dass wenigstens Meg einen kühlen Kopf bewahrte und sich strikt an ihren Plan hielt.

»Danke.« Er zwang sich zu einem lockeren Tonfall. »So viel Mühe musst du dir wirklich nicht machen.«

»Ach, das ist nicht viel«, winkte sie ab. »Das meiste davon haben wir ja schon fertig und der Rest steht heute eh noch auf dem Plan.« Sie dachte kurz nach. »In etwa einer Stunde müsste ich so weit sein. Wenn du die Melonenschiffchen für euch selber machst, sogar früher.«

»Das mache ich doch gern«, brummte Ryan. Hatte sie es so eilig, ihn loszuwerden? »Vorher rufe ich Beth aber vorsichtshalber noch an.«

»Um diese Uhrzeit?«, fragte Meg skeptisch. »Es wird sie kaum romantisch stimmen, wenn du sie aus dem Schlaf reißt.«

Ryan zuckte mit den Schultern. »Dann warte ich eben noch und gehe dir solange zur Hand.«

Forschend heftete sich der Blick ihrer bernsteinbraunen Augen auf sein Gesicht, als würde sie darin nach etwas suchen. Unwillkürlich machte Ryan einen Schritt auf sie zu, bis sich ihre Körper beinahe berührten. Es wäre so leicht, sie an sich zu ziehen und zu küssen. Und vielleicht hätte er es auch getan, hätte sie ihn durch eine Geste oder Regung dazu ermutigt. Wie hypnotisiert starrte er sie an und fragte sich, wieso sie ihn derart durcheinanderbrachte.

»Oh, verdammt!«, rief Meg plötzlich aus und wandte sich ihrer Pfanne zu. Es roch verbrannt.

Missmutig hob sie den Pfannkuchen hoch. Die Unterseite war bereits knusprig braun.

»Macht nichts«, sagte Ryan grinsend, froh darüber, sein Gefühlswirrwarr überspielen zu können, und riss sich ein großzügiges Stück von dem missglückten Pfannkuchen ab. »Heiß, aber lecker!«

»Du solltest mal einen probieren, der nicht angekokelt ist.«

»Sehr gern.« Er griff an ihr vorbei und bediente sich an dem kleinen Stapel.

»Hey!«, protestierte sie empört.

»Was ist? Du hast es mir selbst angeboten.«

Sie lachte resigniert. »Ihr Männer seid doch alle gleich!«

»Ach ja?« Diese Vorstellung gefiel ihm nicht. »Wie viele Männer hast du denn normalerweise in deiner Küche?«

»Och«, sie zuckte mit den Schultern, ihre Augen funkelten schelmisch. »Zwei Exemplare dieser Gattung sind hier praktisch Dauergast.«

»Was macht ihr denn schon hier?«, erklang es gähnend von der Treppe her.

»Wenn man vom Teufel spricht«, murmelte Meg und deutete vielsagend auf ihren Bruder, der in Schlafanzughose und T-Shirt auf sie zu schlenderte. »Finger weg von den Crêpes!«, warnte sie ihn, bevor er auch nur daran denken konnte.

»Und wieso darf er?« Anklagend zeigte Eric auf Ryan.

»Ich helfe ihr«, entgegnete dieser zufrieden und stopfte sich den Rest des Pfannkuchens in den Mund.

»Ja, sicher«, kommentierte Eric sarkastisch. »Deswegen riecht es hier auch so verbrannt. Vielleicht hättet ihr länger im Bett bleiben sollen, dann müsste das Essen nicht unter euren Hormonschwankungen leiden.«

»Stimmt, dann gäbe es nämlich noch gar kein Essen«, belehrte Meg ihn spitz.

»Auch wieder wahr.« Eric goss sich einen Kaffee ein und ließ sich auf einen der Barhocker an der Küchentheke fallen. Geistesgegenwärtig schob Meg den Pfannkuchenteller aus seiner Reichweite.

»So wankelmütig ist die Gunst der Frauen«, bemerkte Eric philosophisch und mit einer wahren Leidensmiene. »Sie macht nicht einmal vor ihrem eigenen Bruder halt. Noch vor zwei Tagen hätte sie mir was abgegeben, heute ist alles dir vorbehalten.«

»Nicht ihm, sondern den Hochzeitsgästen.«

»Immer denkst du an andere, niemals an mich.«

Meg prustete fassungslos, nahm einen sauberen Teller und legte ein paar Crêpes darauf. »Hier, bevor du noch in Selbstmitleid ertrinkst.«

»Danke, warum nicht gleich so.« Er zog den Teller zu sich herüber. »Gibst du mir bitte noch den Ahornsirup?«

»Sonst findest du den Kühlschrank auch blind.«

»Ha ha«, machte Eric, beschloss aber offensichtlich, den Bogen nicht zu überspannen, denn er stand auf, um selbst den Sirup zu holen.

»Was kann ich tun?«, fragte Ryan. Ein Teil von ihm hätte liebend gern Megs Bruder Gesellschaft geleistet, doch es kam ihm nicht richtig vor, sich den Bauch vollzuschlagen, während sie alleine arbeitete.

»Hmm.« Meg dachte angestrengt nach.

»Komm schon, so unfähig bin ich nun auch wieder nicht.«

Sie war gnädig genug, nicht darauf zu antworten. In diesem Moment klopfte es an der Haustür. »Das wird meine Lieferung sein!«, rief Meg erfreut. »Damit kannst du mir wirklich helfen. Eric, würdest du bitte quittieren? Ich kann hier grad nicht weg.«

Ryan folgte ihrem Bruder zur Tür. Ein junger Mann lud gerade mehrere stabile Einkaufskörbe von einem Pick-up ab.

»Hi Ben«, sagte Eric. »Ist das alles?«

Der Mann wischte sich über die Stirn. »Ich hoffe es. Ich habe den Lieferschein zweimal kontrolliert. Wenn noch was fehlen sollte, ruft mich an.«

»Okay.« Eric setzte seine Unterschrift auf ein Formular.

»Danke und wünsche Meg frohes Schaffen, ja?«

»Mache ich. Sie ist bereits voll dabei.«

»Das glaube ich gern. Sie ist ein tolles Mädchen.«

Der schwärmerische Ton dieses Lieferburschen gefiel Ryan nicht.

»Brauchst du noch Hilfe beim Reintragen?«, fügte Ben hinzu.

»Nein, danke. Wir schaffen das schon«, sagte Ryan entschieden.

»Und du bist?« Ben musterte ihn mit unverhohlener Neugier.

»Megs Freund.« Herausfordernd erwiderte Ryan seinen Blick.

Ben runzelte die Stirn. »Das mit euch beiden kann aber noch nicht lange gehen.«

»Dafür intensiv«, beschied Ryan ihm kühl und schnappte sich den ersten Korb. Er hörte noch, wie Eric sich von Ben verabschiedete und ihm dann folgte.

»Was sollte das eben?«, fragte der Junge irritiert. »Ben ist voll in Ordnung.«

»Ja, abgesehen davon, dass er total auf deine Schwester steht.«

»Was?«, meldete sich Meg überrascht zu Wort. Sie klang geschmeichelt und nicht im Mindesten unangenehm berührt.

Ryan stockte. Was machte er hier eigentlich? Hatte er gerade ernsthaft sein Gebiet markiert? Vielleicht wollte Meg das gar nicht. Vielleicht erwiderte sie sogar Bens Interesse. Was ging es ihn an?

Eric griente. »Dieser Zug ist für ihn jetzt wohl abgefahren. Ryan hat direkt für klare Verhältnisse gesorgt.«

»Aha.« Megs Stimme war nicht zu entnehmen, ob sie das nun gut oder schlecht fand.

Ryan wandte sich ab und schleppte die nächste Kiste herein. »Ich muss telefonieren«, sagte er, nachdem sie alles in die Küche gebracht hatten. Er hatte ein eigenes Leben, um das er sich endlich einmal kümmern musste.

»Natürlich.« Meg nickte ihm aufmunternd zu. »Ich brauche hier noch ungefähr eine halbe Stunde, dann stelle ich einen kleinen Korb zusammen.«

»Häh?«, fragte Eric verwirrt, doch Ryan überließ es ihr, eine Erklärung für ihren Bruder zu finden.

Ryan trat in den Hinterhof und atmete genussvoll die frische, kühle Luft ein. Dann wählte er Beths Nummer. Es sprang direkt die Mailbox an. Sie hatte ihr Handy also ausgeschaltet.

»Hallo Beth«, sagte er enttäuscht. »Ich wollte nur mal hören, wie es dir geht. Ich hoffe, dein Fuß ist wieder in Ordnung. Treffen wir uns heute noch vor der Hochzeit oder soll ich direkt zur Feier kommen?« Er hörte selbst, wie bitter er klang, aber dieses Mal wollte er sich nicht zurücknehmen. Nicht einmal ihr zuliebe. *Sie* hatte ihn gebeten, sie zu begleiten. Nur ihretwegen war er überhaupt hier. Und sie hielt es nicht für nötig, sich auch nur kurz bei ihm zu melden. Wem machte er hier etwas vor? Sie würde niemals den Mann ihres Lebens in ihm sehen.

Er schüttelte selbstironisch den Kopf und wartete auf den Schmerz, der dieser Erkenntnis folgen musste, die Niedergeschlagenheit, die Resignation. Doch da war nichts. Nur ein Gefühl der Freiheit, das ihn urplötzlich erfüllte. Als hätte er endlich eine Last, eine falsche fixe Idee von sich abgestreift.

Langsam ging Ryan ins Haus zurück.

»Und?«, fragte Meg.

Ryan seufzte und schaute sich suchend um. Eric war nirgends zu sehen. »Sie geht nicht ran.«

»Vielleicht … Vielleicht solltest du sie einfach überraschen. Leckeres Essen, eine Flasche Wein, ein romantisches Picknick.« Megs Stimme verklang verträumt.

»Ist das deine Vorstellung von einem perfekten ersten Date?«

»Vielleicht.« Eine leichte Röte überzog ihre Wangen und sie senkte ertappt den Kopf. »Ich denke, kaum eine Frau könnte da widerstehen. Du solltest es mal versuchen.«

»Nein«, sagte er leise, aber entschieden.

Erstaunt sah sie ihn an.

»Wer weiß, wo sie sich rumtreibt, oder mit wem. Nachher, auf der Feier werde ich sie ohnehin sehen.«

»Bist du sicher?«

»Ja.« Er nickte und wusste plötzlich genau, wie er den heutigen Tag verbringen wollte. Er würde Meg in der Küche helfen, mit ihr herumalbern, sich über ihre gutmütigen Streitereien mit ihrem Bruder amüsieren. Er würde sogar Gus' Kommentare und Fragen stoisch ertragen. All das wäre ihm tausendmal lieber, als um die Aufmerksamkeit einer Frau zu buhlen, die mit ihren fast dreißig Jahren nicht halb so reif, zielstrebig und verantwortungsbewusst war wie Meg.

Beth schlug die Lider auf und versank in Ians himmelblauen Augen.

»Guten Morgen, Schönheit.« Seine raue Stimme klang wie eine Liebkosung.

Sie rekelte sich wohlig und nahm dabei in Kauf, dass die dünne Decke von ihrer nackten Brust rutschte. Beth lachte kehlig, als sich sein Blick begehrlich daran festsaugte. Seine Hand, die auf ihrer Taille ruhte, rutschte höher, bis sie sich warm und fest darum schloss. Sein Daumen streifte ihre empfindliche Spitze und Beth stöhnte leise. Ian beherrschte das Liebesspiel wahrlich nach allen Regeln der Kunst. Die Nacht mit ihm war unglaublich heiß gewesen und sie hatte nichts dagegen, heute zumindest einen Teil davon zu wiederholen. Ians Mund neigte sich ihr zu. Männlichkeit und Leidenschaft sprachen aus jedem seiner Züge. Ihre Hand fuhr seinen muskulösen Oberarm hinauf. Er war ein Mann, wie es sie nicht viele gab – intelligent, attraktiv, gefährlich sexy. Wenn sie ihn zu zähmen verstand, könnte vielleicht auch sie endlich zur Ruhe kommen. Schade nur, dass er so weit weg lebte.

»Wo genau in Boston wohnst du eigentlich?«, fragte sie atemlos, während er ihren Hals mit Küssen überzog.

»Hm?« Irritiert hielt er inne.

Beth schlang ihre Arme um seinen Nacken und zog ihn wieder enger zu sich heran. Sie wollte nicht, dass er aufhörte, und wünschte, sie hätte den Mund gehalten. Reden konnten sie später immer noch.

»Wieso willst du das wissen?« Er schaute sie forschend an.

»Nur so«, winkte sie ab. Dann richtete sie sich ein wenig auf und küsste seinen Hals, sein Kinn, sein Ohr. Ians Körper reagierte auf die Liebkosung und ein wohliges Brummen vibrierte in seiner wie in Stein gemeißelten Brust. Seine Hände schlossen sich fester um ihre Taille. Es fühlte sich gut an, so gut. Sie wollte nicht schon bald darauf verzichten müssen.

»Vielleicht kann ich dich ja mal besuchen«, raunte sie verführerisch und schmiegte ihren nackten Körper eng an ihn, spürte seine Erregung hart gegen ihren Bauch drücken. Er wollte sie genauso wie sie ihn.

Ian erstarrte und ließ widerwillig von ihr ab. Ein besorgter Ausdruck schlich sich in sein Gesicht. »Ähm.« Er räusperte sich. »Du weißt schon, dass das hier eine einmalige Sache ist, oder?«, fragte er vorsichtig und hatte den Anstand, zumindest ein wenig schuldbewusst zu klingen. »Wir wollten nur etwas Spaß.«

Ihr war, als hätte er einen Kübel Eiswasser über sie gekippt. »Sicher.« Beth gab sich alle Mühe, sich nichts davon anmerken zu lassen. »Ich dachte bloß, wir könnten den Spaß auch woanders haben. Irgendwann mal.« Sie hasste es, wie angespannt ihre Stimme klang und wie dumm sie sich auf einmal fühlte. Sie war doch sonst nicht so anhänglich. Natürlich hatte diese Nacht keinerlei Bedeutung für ihn. Oder für sie.

Er rückte endgültig von ihr ab und strich ihr behutsam eine Strähne hinter das Ohr. »Ich habe seit meinem Studium eine eiserne Regel. Was in Alaska geschieht, bleibt in Alaska. Ich dachte, du siehst das genauso.« Er biss sich auf die Lippe. Diese Situation war ihm offensichtlich unangenehm. »Es tut mir leid, falls ich dich missverstanden habe.«

»Natürlich nicht«, versicherte Beth hastig und schluckte mühsam ihre Enttäuschung herunter. Sie und die Nacht mit ihr bedeuteten ihm nicht einmal so viel, dass er sie jemals wiederzusehen gedachte. Sie streckte ihre Arme nach ihm aus. »Mir war von Anfang an klar, wo deine Stärken liegen.« Sie grinste anzüglich. »Und wo nicht.« Auch wenn ihr die Lust bereits vergangen war, zumindest ihren Stolz wollte sie sich bewahren.

»Ich glaube, ich sollte lieber gehen«, sagte Ian. Er kaufte es ihr offensichtlich nicht ab.

»Wie du meinst.« Sie zuckte mit den Schultern. »Es ist deine Entscheidung.« So nötig hatte sie es nun auch wieder nicht.

Er hauchte ihr einen Kuss auf die Wange. »Wir sehen uns dann später?«

»Ja.« Sie setzte ein falsches Lächeln auf. Das ließ sich wohl nicht vermeiden.

»Bis dann, Beth.« Er stieg bereits in seine Hose.

Reglos sah sie ihm dabei zu. Bisher hatte es ihr nie etwas ausgemacht, sich am Morgen von einem Mann zu verabschieden. Lag das an Ian? War *er* anders? Oder war *sie* es? Livs bevorstehende Hochzeit hatte etwas in ihr verändert. Unwiderruflich.

Leise fiel die Tür hinter Ian ins Schloss. Er war schneller verschwunden, als sie *bindungsunfähig* sagen konnte. Sie schüttelte ihren Kopf. Irgendwie tat er ihr leid. Wenn die Frage nach seinem Wohnsitz ihn bereits in die Flucht schlug, hatte er ein größeres Problem, als er vermutlich ahnte.

Sie schnaufte bitter. Er war noch verkorkster als sie. Immerhin etwas.

Beth wickelte sich in das Laken und schmiegte ihre Wange an das Kissen. Es wäre wirklich schön, endlich jemanden zu haben, mit dem sie mehr teilen konnte als nur das Bett. Liv hatte bis nach Alaska fahren müssen, um ihren Traummann zu finden. Bei ihr hatte nicht mal das geklappt. Was wäre, wenn sich der ihre irgendwo in Afrika oder Asien herumtrieb? Eine erschreckende Vorstellung. Oder noch schlimmer – was, wenn sie ihn bereits getroffen hatte, ohne es zu erkennen? Wenn er irgendwo zwischen all den zufälligen Bekanntschaften, den Flirts und den One-Night-Stands untergegangen war?

Beth seufzte und wischte sich über die Stirn. Diese Grübelei führte zu nichts und sah ihr außerdem gar nicht ähnlich. Sie war erst Ende zwanzig und hatte keinen Grund, in Torschlusspanik zu verfallen. Ihr Leben war gut so, wie es war. Und der Rest würde sich schon irgendwie fügen. Dennoch kam es ihr plötzlich vor, als würde sie ein hämisches leises Ticktack im Hinterkopf hören.

Sie richtete sich auf und belastete vorsichtig ihren Fuß. Zumindest der schien sich weitgehend beruhigt zu haben. Sie würde sich einfach einen gemütlichen Vormittag machen, die Beine hochlegen, fernsehen und sich dann für die Feier fertig machen. Ihr Blick glitt suchend durch das Zimmer. Wie spät war es eigentlich schon? Beth schnappte sich ihre Handtasche und holte ihr Smartphone hervor. Sie fluchte leise, als es nicht anging. Dann kramte sie das Ladekabel aus dem Koffer und stöpselte es ein. Ein paar Sekunden später fing es lautstark zu vibrieren an.

Ryans Bild lachte ihr von den eingehenden Nachrichten und entgangenen Anrufen entgegen.

Ryan. Sie ließ sich zurück auf das Bett sinken. Der Mann, der immer für sie da war. Der Mann, der voller Sorge an sie dachte, während sie sich mit einem anderen vergnügte.

Ein warmes Gefühl breitete sich in ihr aus und zauberte ein Lächeln auf ihre Lippen. Ein Lächeln, das ihr nächster Gedanke zu Eis gefrieren ließ. Ryan hatte nun eine andere. Sie hatte das, was er ihr so bereitwillig schenkte, nicht zu schätzen gewusst, es nicht einmal entsprechend wahrgenommen. Und jetzt war es zu spät.

Womöglich hatte er wirklich etwas für sie empfunden, hatte sie vielleicht nur deshalb hierher begleitet. Und dann hatte er Meg kennengelernt.

Scheiß North Pole, scheiß Alaska! Wieso wurden hier alle glücklich, nur sie nicht?

Fahrig scrollte sie durch seine Nachrichten. Die letzte war

gerade mal eine Stunde her. So früh am Morgen hatte er bereits an sie gedacht. Ihr Herz machte einen aufgeregten Hüpfer. Rasch hörte sie die Voicemail ab.

Er klang nüchtern, fast schon schroff, dennoch hatte er sie angerufen, wollte wissen, wie es ihr ging. Das musste etwas zu bedeuten haben. Vielleicht war das mit ihm und dieser Meg auch nichts anderes als zwischen Ian und ihr. Vielleicht war er sogar längst wieder zurück im Hotel.

Mit zitternden Fingern drückte sie auf Rückruf. Ihr Herz trommelte bis zum Hals, während sie den Freizeichen lauschte. Schon ewig war sie nicht mehr so nervös gewesen, wenn sie einen Mann anrief. Und erst recht nicht bei Ryan. Es tutete so lange, dass sie schon fast auflegen wollte, als er endlich ranging.

»Ja?«, fragte er zurückhaltend.

Im Hintergrund hörte Beth fröhliches Gemurmel und leise Musik. Sie ertappte sich bei dem Versuch, Megs Stimme herauszuhören. Ihre Kehle wurde eng. »Hi Ryan. Danke für deine Anrufe.« Oh Himmel! Ihr Gestammel hörte sich so hölzern und peinlich an.

»Wie geht es dir?«

»Ganz gut. Der Fuß tut fast gar nicht mehr weh.«

»Du solltest ihn trotzdem noch schonen.«

»Mache ich. Ich lege mich gleich wieder hin.«

Er zögerte. »Bist du allein? Brauchst du etwas?«

Die Versuchung, Ja zu sagen und ihn zu sich zu rufen, war immens. »Es geht schon. Du bist bestimmt bei Meg?«, fragte sie und hoffte, dass er Nein sagte, dass es nur der Fernseher war, der im Hintergrund lief.

»Ja. Sie deckt mit ihrer Mutter gerade den Tisch.«

Beth unterdrückte ein Keuchen. »Mit ihrer Mutter?« Ryan kannte bereits ihre Eltern?

»Ja.« Er räusperte sich verlegen. »Sie wohnt in einem Haus mit ihren Eltern.«

»Oh. Und wie ist es so?«, versuchte Beth, Anteil an seiner Situation zu nehmen.

»Zunächst war es etwas gewöhnungsbedürftig, aber jetzt geht's. Sie sind eigentlich ganz nett.«

Er hatte sie mit seinem Charme bestimmt alle um den Finger gewickelt. Wieso nur war ihr vorher nie aufgefallen, wie großartig er war? »Dann will ich dich nicht weiter stören. Wir sehen uns heute Nachmittag.«

»Ist wirklich alles in Ordnung?«

»Ja.«

Er holte tief Luft. »Soll ich dich nachher abholen?«

Sie hätte so gern zugesagt. Sie hätten gemeinsam zum Sägewerk gehen können, wo die Hochzeit stattfinden sollte. »Matt wird mich bereits früher holen. Immerhin bin ich Livs Brautjungfer, wir haben noch ein bisschen was zu tun. Du würdest dich da nur langweilen.« Sie hielt den Atem an und wartete darauf, dass er ihr widersprach, ihr versicherte, dass es ihm nichts ausmachte, dass sie trotzdem gern begleiten würde, dass er ohnehin nichts Besseres vorhatte.

»Alles klar. Wohin genau soll ich dann kommen?«

Leise ließ Beth ihren Atem entweichen. »Um fünfzehn Uhr zum Sägewerk. Soll ich dir beschreiben, wo das ist?«

»Nicht nötig. Meg wird es mir schon zeigen.«

Natürlich. Sie presste die Lippen zusammen. »Dann sehen wir uns nachher.«

»Bis dann, Beth. Und schone deinen Fuß.«

»Das mache ich, danke«, murmelte sie gepresst und legte auf. Es war zu spät.

Nachdenklich schaute Ryan auf das Handy in seiner Hand. Beth hatte betrübt geklungen und irgendwie … weicher als sonst. Und sie hatte Ian mit keinem Wort erwähnt. Hatten sie sich gestritten? Hatten sie die Nacht womöglich gar nicht zusammen verbracht?

Sein erster Impuls war es, sich bei Megs Familie zu entschuldigen und zu Beth zu stürmen. Er schüttelte den Kopf. Manche Gewohnheiten saßen einfach zu tief. Sie hatte ihn nicht darum gebeten, zu ihr zu kommen. Und die Zeiten, in denen er ihr im vorauseilenden Gehorsam jeden Wunsch erfüllte, auch ohne dass sie ihn aussprach, waren vorbei. Er war Beth nichts schuldig. Und sie war kein unmündiges Kind. Wenn sie Hilfe brauchte, konnte sie es sagen. Außerdem würden sie sich in wenigen Stunden sehen. Die Zeit bis dahin würde sie schon überstehen.

Megs Stimme schallte zu ihm herüber. Sie lachte auf, als ihr Bruder etwas erwiderte. Ryan öffnete die Tür aus dem kleinen Flur, in dem er telefoniert hatte, und lehnte sich in den Türrahmen. Kribbelnde Wärme erfüllte seinen Brustkorb. Er mochte es, wie sie herumalberte und mit Eric zankte, mochte es, wie sie aussah, wenn sie im Geist wieder irgendeine ihrer unzähligen Listen durchging. Es war bemerkenswert, wie selbstbewusst, fähig und zielstrebig sie in dem einen Moment sein konnte und wie unbeschwert jugendhaft süß in dem anderen.

Gus kam die Treppe in den großen Ess- und Kochbereich herunter. Die Stufen knarzten unter seinem Gewicht. Er blieb stehen und schaute sich suchend um. Sein Blick fiel auf Ryan und blieb forschend an ihm kleben. Ryan räusperte sich und richtete sich gerader auf. Er hätte gern gewusst, was Megs Vater gerade durch den Sinn ging. Der Ausdruck in seinem Gesicht ließ keine Deutung zu. Besonders glücklich schien er nicht zu sein. Aber das war er nie – zumindest nicht in Ryans Gegenwart.

»Na, komm schon«, brummte Gus schließlich und nickte in Richtung des fast gedeckten Tisches. Erleichtert folgte Ryan der Aufforderung. Megs Dad schien seine Anwesenheit halbwegs akzeptiert zu haben.

Er nahm Meg den Brotkorb aus der Hand, den sie gerade auf den Tisch stellen wollte.

»Danke.« Sie lächelte ihn an. »Alles in Ordnung?«, fügte sie leise hinzu. Sie konnte sich gewiss denken, dass er mit Beth gesprochen hatte.

»Ja.« Er nickte und legte ihr einen Arm um die Hüfte. »Lass uns frühstücken.«

Kapitel 10

»Ryan?« Meg öffnete vorsichtig die Tür. »Darf ich reinkommen?«

»Sicher.« Er richtete seine Manschettenknöpfe und drehte sich zu ihr.

»Wow.« Sie lachte staunend auf. »Kleider machen Leute.«

»Hey«, protestierte er halb im Scherz. »Ich sehe auch sonst nicht übel aus.«

Ein wehmütiger Ausdruck huschte über ihr Gesicht. »Deine Krawatte sitzt schräg«, sagte sie, bevor er fragen konnte, was los war. Meg trat zu ihm und machte sich an seinem Kragen zu schaffen. Ihre schlanken Finger streiften dabei seinen Hals und er erschauerte. Er konnte es nicht leugnen, er fühlte sich zu ihr hingezogen. Sehr sogar. Er hob seinen Arm, um sie zu berühren, doch da trat sie schon wieder zurück. »Du siehst toll aus!«, bemerkte sie enthusiastisch.

»Danke. Ziehst du dich nicht um?«, fügte er verwundert hinzu.

Sie trug noch immer die gleiche Jeans und das verführerische Oberteil wie am Vormittag. Es sah hübsch aus und sexy, aber nicht ganz für eine Hochzeit geeignet. Er hätte sie gern in einem schimmernden Abendkleid erlebt, das ihren wunderschönen, kurvenreichen Körper umschmeichelte.

Erst als ihr der belustigte Zug um ihren Mund auffiel, merkte er, dass er nicht nachgedacht hatte.

»Ich bin nicht eingeladen!«, erklärte sie und lachte. »Ich komme später mit dem Essen nach.«

»Oh.« Er verzog betreten das Gesicht. »Es tut mir leid.« Natürlich musste sie arbeiten, während er sich mit dem Rest der Gäste amüsierte. Irgendwie hatte er diese Tatsache bis vorhin erfolgreich verdrängt. Er hatte sich darauf gefreut, den Abend mit ihr zu verbringen.

»Das braucht es nicht. Ich liebe meinen Job. Und der Scheck, den mir diese Feier einbringt, finanziert einen ganzen Monat lang meine Studiengebühren.« Sie grinste.

Er nickte, weil ihm sonst nichts dazu einfiel. Sie verlor ihr Ziel keinen Moment aus den Augen, während er selbst nicht mehr so recht wusste, was er eigentlich wollte. Oder doch? »Vielleicht findest du zwischendurch ja mal zehn Minuten, um mit mir zu tanzen?« Er suchte ihren Blick. Sie sollte merken, dass er es ernst meinte.

Sie prustete und brachte einen weiteren Schritt Abstand zwischen sich und ihn. »So wie du jetzt aussiehst, werde ich mich wohl ziemlich weit hinten anstellen müssen. Die Frauen werden an dir kleben wie die Fliegen. Allen voran deine Beth.«

»Sie ist nicht meine Beth«, protestierte er.

»Noch nicht«, sagte Meg leise. »Aber ich wette, heute wird sie dir nicht widerstehen.« Sie lächelte ihn aufmunternd an.

Ryan zwang sich, es zu erwidern. Er erkannte einen Korb, wenn er ihn bekam. Ganz egal, wie freundlich er auch verpackt sein mochte. Er nahm sein Sakko. »Ich muss dann los.«

»Soll Eric dich fahren?«

»Nicht nötig. Ein Spaziergang wird mir guttun.« Er hatte sich den Weg vorhin auf seinem Smartphone angesehen. Es war wirklich nicht weit. In fünfzehn Minuten müsste er es ungefähr schaffen.

»Bis später.« Sie hob ihre Hand und strich einen Fussel von seiner Schulter.

»Ich werde der mit dem leeren Teller sein.«

Sie grinste. »Das trifft sich gut. Ich habe dann einen ganzen Berg Essen dabei.«

Zielstrebig ging Ryan die Hauptstraße entlang. Die Sonne schien und die Luft war angenehm warm. Er hatte sich das Sakko über die Schulter gelegt und überlegte, ob er den Knoten der Krawatte, den Meg so fürsorglich gerichtet hatte, lockern sollte. Meg. In nur wenigen Tagen hatte sie sein Leben gründlich durcheinandergebracht. War es wirklich erst drei Tage her, dass er genau diese Straße entlangspaziert war und darüber nachgedacht hatte, wie er Beth erobern könnte? Vor ihm lag bereits die schicksalhafte Abzweigung, die er in Richtung Wald genommen hatte und die ihm Meg direkt vor die Füße gebracht hatte. Was wäre geschehen, wenn er da nicht abgebogen wäre? Hätte er Meg trotzdem kennengelernt? Wäre er mit ihr an der Bar ins Gespräch gekommen? Hätte sie ihn zu sich nach Hause gebracht? Er würde es nie erfahren.

Sein Handy vibrierte, als eine Nachricht einging. Beth wollte wissen, wo er war. *Bin schon unterwegs*, tippte er knapp zurück und wunderte sich über ihr plötzliches Interesse.

Hatte Meg womöglich recht? Hätte er sich schon früher einfach nur rar machen müssen, um ihre Aufmerksamkeit zu gewinnen? Unglaublich, wie schnell Meg sie durchschaut hatte. Er selbst hatte das in zwei Jahren nicht geschafft.

Eine breite Seitenstraße kam in Sicht. Das musste die Zufahrt zum Sägewerk sein. Schon von Weitem hörte er Musik und fröhliche Stimmen. Kurz darauf erreichte er ein großes, offenes Tor, über dem ein glänzendes Schild mit der Aufschrift *Coleman Lumber* prangte. Dahinter lag ein weitläufiger Innenhof, auf dem ein riesiges weißes Festzelt aufgebaut war. Festlich gekleidete Menschen standen mit Sektkelchen in der Hand herum. Die Luft war erfüllt von Vorfreude und Aufregung. Ein langer roter Teppich führte über den mit Kies bestreuten Hof vom Tor zum Pavillon und noch weiter daran vorbei zu einem niedrigen Holzpodest mit einem blumengeschmückten Bogen. Da würde wohl die eigentliche Trauung vollzogen werden, bevor die Party in dem Festzelt losging. Die Bänke, die in mehreren Reihen vor dem Podest standen, boten etwa vierzig Personen Platz. Es würde also eine eher kleine Feier werden.

»Ryan!«, hörte er plötzlich Beths Stimme.

Suchend drehte er sich um und erstarrte mitten in der Bewegung. Sie sah atemberaubend aus. Das lange rötliche Haar war zu einer raffinierten Hochsteckfrisur geschlungen, wobei einzelne Strähnen und Löckchen sich um ihr Gesicht und ihren schlanken Hals rankten. Das dunkelgrüne, schillernde Kleid passte perfekt zu ihren Augen. Es war bodenlang, am Oberkörper eng anliegend und unter den Brüsten gerafft, lief es in einen schwingenden, mehrlagigen Rock aus, mit einem seitlichen Schlitz, der beim Gehen bis zur Mitte des Oberschenkels aufklaffte.

Beth winkte und lief freudig auf ihn zu. Ryan konnte nur starren. Er hatte gewusst, dass sie wunderschön war, doch das hier übertraf alles. Die helle Haut ihrer Beine, die immer wieder zwischen dem glänzenden Stoff des Rockes zum Vorschein kam, gab ihrem Auftritt darüber hinaus einen überaus erotischen Touch.

Er räusperte sich, als sie ihn endlich erreichte. »Hallo Beth.« Er beugte sich vor, um ihr einen Kuss auf die Wange zu geben, und wurde von einer Wolke ihres luftigen, blumigen Parfüms umhüllt. »Du siehst umwerfend aus.«

»Danke.« Sie strahlte ihn an. »Du übrigens auch.« Sie hakte sich bei ihm unter. »Du solltest öfter Anzüge tragen.«

»Das werde ich mir merken.« Meg hatte es schließlich auch gefallen. »Wo ist Ian?« Er schaute sich suchend um.

»Ich habe ihn dort hinten irgendwo gesehen.« Sie deutete vage in Richtung des Pavillons. Seine Abwesenheit schien ihr nichts auszumachen.

»Habt ihr euch gestritten?«

»Nein.« Sie schüttelte hastig ihren Kopf. »Wir kennen uns ja auch nur flüchtig.«

Das hatte gestern noch ganz anders auf ihn gewirkt. Aber er wollte jetzt wirklich nicht über Ian reden. »Es scheint eine recht übersichtliche Feier zu werden«, wechselte er das Thema.

»Ja.« Erleichtert ging Beth darauf ein. »Liv meinte, dass es am Montag noch ein Betriebsfest für die Angestellten geben wird, dann wird es hier deutlich voller werden. Heute findet alles im kleinen Rahmen statt, nur für enge Freunde und Verwandte.«

Sie wurden unterbrochen, als ein etwa achtjähriges Mädchen auf sie zulief und Beth am Arm zupfte. Ryan hatte die Kleine am Morgen nach seiner Ankunft und bei dem gemeinsamen Abendessen bereits gesehen. Wenn er sich recht erinnerte, gehörte sie zum besten Freund des Bräutigams.

»Was ist, Isa?« Freundlich sah Beth das Mädchen an.

»Sarah sagt, du musst jetzt kommen. Es geht gleich los«, verkündete sie stolz. Ihre Wangen waren gerötet und ihre dunklen Augen strahlten vor Aufregung. Sie war ein überaus hübsches Kind. Mit ihren langen dunkelbraunen Locken, die sich auf ein himmelblaues mit Pailletten besticktes Abendkleid ergossen, sah sie aus wie eine Prinzessin. »Komm!« Sie nahm Beths Hand und versuchte, sie mit sich fortzuziehen.

»Ist ja gut.« Beth lachte. Dann schaute sie Ryan an. »Du kannst dir ja schon mal was zu trinken holen und dich dann da vorne hinsetzen.« Sie deutete auf die Bänke vor dem Podest. »Die Trauung beginnt in zehn Minuten.«

Tatsächlich kam nun immer mehr Bewegung in die versammelten Gäste. Mit ihren Gläsern in der Hand machten sie sich in kleinen Grüppchen zu den Bänken auf.

»Bis später.« Beth beugte sich vor und hauchte ihm einen Kuss auf die Wange. Die Stelle, an der ihre Lippen ihn berührt hatten, prickelte.

Aufgewühlt schaute Ryan ihr hinterher. Irgendetwas war heute definitiv anders. Er wartete, bis sie und Isa in dem niedrigen Bürogebäude verschwunden waren. Dann schnappte er sich ein Sektglas von einem der vorbeieilenden Kellner und setzte sich in die hintere Bankreihe. Im Grunde gehörte er ja gar nicht hierher und wollte niemandem den Platz wegnehmen.

Schließlich, als alle saßen, setzte feierliche Musik ein und der Priester schritt über den Teppich zum improvisierten Altar. Die Spannung in der Menge stieg. Es folgten der Bräutigam und sein Trauzeuge.

Ryan machte sich einen Spaß daraus, in Matts Gesicht zu lesen. Was mochte ihm gerade durch den Kopf gehen? Matt wirkte etwas angespannt. Gleichzeitig strahlte er eine so tiefe Zufriedenheit aus, dass Ryan einen neidvollen Stich verspürte. Dieser Mann wusste nicht nur genau, was er wollte, er hatte es auch bereits erreicht.

Die Musik wurde lauter. Alle wandten sich um. Die Tür des Bürogebäudes ging auf. Eine hübsche junge Frau mit langen blonden Haaren und Isa an der Hand erschien als Erste. Das musste Sarah sein. Sie trug genau das gleiche Kleid wie Beth, nur dass das ihre himmelblau wie das des Kindes war und perfekt zu ihrem Teint und ihren Augen passte. Die Kleine flüsterte ihr etwas zu und ein glückliches Lächeln erschien auf Sarahs Lippen. Danach kam Beth. Ihre Augen suchten die Menge ab und hielten Ryans Blick fest, als sie ihn schließlich entdeckte. Ryan nickte ihr grüßend zu und versuchte sich vorzustellen, er wäre der Mann an dem Altar und sie die Frau in Weiß. Würde er dann genauso strahlen wie Matt? Oder würde dieses beklemmende Gefühl, das bei diesem Gedanken in seiner Brust aufstieg, dann noch stärker werden?

Die Menge seufzte hingerissen, als die Braut endlich in Sicht kam, und riss Ryan aus seinen Grübeleien. Liv sah wahrlich bezaubernd aus – und ebenso strahlend wie ihr Bald-Ehemann. Ein schulterfreies, bodenlanges cremeweißes Kleid umschmeichelte ihre schlanke Figur und lief nach hinten in einer kleinen Schleppe aus. Die aufgestickten Perlen funkelten in der Sonne, ein kleines Diadem zierte ihren Kopf und betonte ihre natürliche Anmut.

Dann war sie auch schon an ihm vorüber. Die Brautjungfern stellten sich an die Seite und Liv reichte ihrem Matt strahlend die Hand. Die Liebe, die die beiden füreinander empfanden, war beinah körperlich spürbar. Diese zwei hatten sich wahrlich gefunden.

Während sie den Worten des Priesters lauschte, schaute Beth immer wieder zu Ryan. Er wirkte nachdenklich und bewegt. Kein Wunder, hatte diese Hochzeit schließlich auch sie selbst dazu gebracht, ihr Leben gründlich zu überdenken. Als Liv und Matt sich zum Abschluss küssten, spürte sie, dass sie ebenfalls bereit dazu war. Sie wollte es haben, das ganze Paket – die Zusammengehörigkeit, das Vertrauen, das Glück. Und sie wusste, dass Ryan ihr all das geben könnte. Bei ihm würde sie sich geborgen fühlen und geliebt.

Ihr Leben bis zu diesem einen Moment erschien ihr nun flatterhaft und hohl. Als wäre sie ein Schmetterling gewesen, der sorglos von einer Blume zur nächsten flog und nicht bemerkte, dass der Nektar, so süß er auch war, nicht wirklich sättigte.

Die Trauung war zu Ende. Isabella ging stolz voran und streute frische Blütenblätter aus dem bereitstehenden Körbchen. Matt und Liv folgten ihr. Tom reichte Sarah den Arm. Beth entging nicht der spezielle Blick, den die beiden teilten. Lange würden sie gewiss auch nicht mehr warten wollen. Sie selbst bildete das Schlusslicht. Aufrecht und steif lächelnd schritt sie daher. Vermutlich achtete ohnehin niemand auf sie.

Hinter ihr begannen die Leute, sich von ihren Bänken zu erheben. Als sie Ryan passierte, stand er ebenfalls auf und reichte ihr den Arm. Dankbar drückte sie seine Schulter. Wie immer war er für sie da.

Sie betraten den Pavillon. Mit Ryan im Schlepptau steuerte Beth die lange Tafel vor Kopf des Festzeltes an, wo sie zusammen mit dem Brautpaar, Tom, Sarah und Isabella sitzen sollten.

»Warte kurz«, hielt Ryan sie zurück und löste seine Hand aus der ihren.

Überrascht blieb sie stehen.

»Ich bin gleich wieder da«, raunte er und schaute zur Längsseite des Pavillons, wo gerade das Büfett aufgebaut wurde. Ein breites Grinsen zierte sein Gesicht, als er sich durch die Menge dorthin durchzukämpfen begann.

Beths Herz sank. Er wollte zu Meg. Natürlich wollte er das. Für kurze Zeit hatte sie erfolgreich verdrängt, dass sie selbst nicht länger an erster Stelle für ihn kam. Er war nett und fürsorglich zu ihr, weil er nicht anders konnte. Weil er eben Ryan war.

Sie beobachtete ihn, als er zu Meg trat. Da war keine Umarmung, kein Kuss. Sie sagte etwas und er lachte. Vielleicht lag es daran, dass sie im Dienst war. Vielleicht war da auch gar nicht so viel zwischen ihnen. Immerhin kannten sie sich nur wenige Tage und ihre Wege würden sich schon bald wieder trennen. Sie hatten keinerlei Zukunft, denn Ryan würde mit Sicherheit nicht in North Pole bleiben. Sie machte sich bestimmt völlig unnötig Sorgen. Oder nicht?

Er lachte erneut, ihre Augen funkelten. Zwei kleine Grübchen zierten ihre Wangen. Selbst aus der Entfernung merkte Beth, wie die Luft zwischen ihnen knisterte.

Beth kämpfte mit sich selbst. Wäre es selbstsüchtig, wenn sie ihm jetzt vorschlug, es noch einmal zu versuchen? Wenn sie diese aufkeimende Liebelei direkt erstickte? Oder sollte sie abwarten, bis er nach Hause zurückkehrte und ihn dann über die Trennung hinwegtrösten? Aber was, wenn Meg mitkam? Der Weg nach Alaska war schließlich keine Einbahnstraße, auch wenn es ihr bei Sarah und Liv manchmal so vorkam.

Meg deutete in ihre Richtung und Ryan sah sich instinktiv um. Ertappt biss Beth sich auf die Lippe. Die beiden hatten bemerkt, dass sie sie beobachtete. Dann reckte sie trotzig ihr Kinn. Na und? Das war schließlich nicht verboten. Außerdem waren Ryan und sie befreundet, da war es ganz natürlich, dass sie sich für ihn interessierte. Meg sagte noch etwas. Er nickte und machte sich auf den Weg zurück zu Beth. Galant reichte er ihr den Arm und ließ keine Schlüsse darauf zu, was sich gerade in seinem Kopf abspielte.

Meg bemerkte ihn sofort, als er den Pavillon betrat. Er sah unglaublich gut aus. Und zumindest äußerlich passte die umwerfende Frau neben ihm perfekt an seine Seite. Ihr entging nicht, wie Beth sich an seine Schulter schmiegte. Ihr Begleiter vom Vortag war nirgendwo in ihrer Nähe zu sehen. Vermutlich hatte er bereits bekommen, was er wollte. Und womöglich war es der positive Kontrast zwischen Ryan und ihm, der Beth nun in Ryans Arme trieb. Schade. Sie hätte ihm eine bessere Frau gewünscht. Doch leider ging die Liebe ihren eigenen Weg. Man konnte sich nicht aussuchen, in wen man sich verliebte.

Sie seufzte und wollte sich gerade abwenden, als Ryan auf sie zukam.

»Hey. Du hast ja gar keinen leeren Teller in der Hand«, begrüßte sie ihn.

Er grinste. »Weil es hier noch kein Essen gibt. Du siehst toll aus«, fügte er leise hinzu.

Meg schaute auf ihr knielanges dunkelblaues Kleid hinab. Sie mochte die bestickten Träger und den schwingenden Spitzenrock, gleichzeitig war ihr bewusst, dass sie darin nicht halb so atemberaubend aussah wie Beth. »Danke«, sagte sie schlicht.

»Kann ich dir irgendwie helfen?«

Sie verdrehte demonstrativ ihre Augen. Er überraschte sie immer wieder. »Klar. Du könntest deinen schicken Anzug und das weiße Hemd ausziehen und mir die Warmhalteplatten aus dem Pick-up holen. Und vielleicht bittest du ein paar weitere Gäste darum, dir zu helfen.«

»Alles klar, bin schon unterwegs.« Er griff sich an den Knopf des Jacketts.

»Hör auf!«, zischte sie lachend. »Du hast mir schon genug geholfen. Außerdem ist Eric da.«

»Wie hast du ihn dazu gebracht?«

»Ich habe ihm die Reste versprochen.«

»Mist, die wollte ich haben.«

»Dann schlage ich vor, du haust dir bereits während der Feier den Bauch richtig voll.«

»Wäre auch eine Möglichkeit.« Seine Augen leuchteten voller Wärme. Er trommelte nachdenklich mit den Fingern auf die weiße Tischdecke, als suchte er nach einem Grund, noch länger bei ihr zu bleiben.

Meg schaute an ihm vorbei. Beth stand in der Mitte des Ganges und starrte sie missmutig an. »Unser Plan scheint vollends aufzugehen«, raunte sie Ryan zu.

»Welcher Plan?«

Sie deutete nach vorne. »Beth vergeht praktisch vor Eifersucht.«

»Was?« Überrascht drehte er sich um.

»Du bist am Zug.« Sie zwinkerte ihm zu. »Schnapp sie dir.«

»Ja.« Das Lächeln, das über seine Lippen huschte, wirkte irgendwie falsch. »Danke.«

Meg grinste in sich hinein und ignorierte das ungute Gefühl in ihrer Brust. Sie hatten eine Abmachung. Er half ihr und sie ihm. Und es sah aus, als würden sie nach dem heutigen Abend wirklich quitt sein.

Meg stand hinter dem langen Tresen und schnitt das zarte, in einem perfekten Rosa schimmernde Roastbeef in feine Scheiben. Am Büfett herrschte im Grunde Selbstbedienung, alle Platten waren arrangiert und ausgestellt. Die Hauptspeisen wurden in geschlossenen Behältern warmgehalten. Aber sie hatte es sich nicht nehmen wollen, das Highlight der Tafel selbst zu servieren. Die Kräuterkruste verbreitete einen würzigen Duft und verlieh dem Fleisch das gewisse Etwas.

»Das sieht wunderbar aus«, bemerkte eine elegant gekleidete Frau.

»Danke.« Meg lächelte geschmeichelt. Sie liebte es, wenn Menschen über ihre Kreationen ins Schwärmen gerieten. Es freute sie, wenn sie sah, wie manche es gar nicht erwarten konnten, bis sie an ihren Tischen saßen, und schon im Stehen ein Häppchen von ihrem Teller stibitzten. Das war das, was sie erfüllte, was sie wirklich machen wollte. Und zwar noch besser als jetzt und im größeren Stil.

»Ich hätte gern zwei Scheiben, bitte«, vernahm sie Ryans angenehmen Bariton.

Ihr Herz machte unwillkürlich einen Satz. Sie sah auf und begegnete seinem Blick. »Natürlich.«

Er streckte ihr seinen Teller hin. »Da ist noch gar nichts drauf«, entfuhr es ihr überrascht.

»Ich wollte sichergehen, dass du mich auch erkennst.« Seine Augen ließen die ihren nicht los.

Meg schluckte. »So schlecht ist mein Gedächtnis nicht.«

»Da bin ich ja beruhigt.«

Mit zitternden Händen legte sie zwei Scheiben Roastbeef auf seinen Teller. Wieso flirtete er so unverhohlen mit ihr? Beth war gerade doch gar nicht dabei. Vermutlich war das zweite Stück Fleisch sogar für sie bestimmt.

»Da steht die Soße«, erklärte sie ihm und wandte sich dem nächsten Gast zu. Sie konnte es sich nicht leisten, sich von ihm durcheinanderbringen zu lassen.

Elegant schwebten Liv und Matt zu den harmonischen Klängen eines Walzers über die Tanzfläche. Livs Kleid funkelte um die Wette mit dem glücklichen Ausdruck in ihren Augen. Alle applaudierten, als Matt zum Abschluss seine Frau an sich zog und sie leidenschaftlich küsste. Der DJ spielte den nächsten Song. Auf der anderen Seite des Tisches wechselten Tom und Sarah einen Blick, dann streckte er die Hand aus und zog sie ebenfalls auf die Tanzfläche. Mehrere Pärchen folgten ihrem Beispiel.

»Möchtest du tanzen?«, fragte Ryan und Beth nickte erfreut. Er führte sie in den Kreis und legte die rechte Hand an ihren Rücken, während er mit der linken die ihre nahm. Es fühlte sich gut an. Beth schmiegte die Wange an seine Schulter und genoss es, sich mit ihm im Takt der Musik zu wiegen.

Ian tanzte mit einer üppigen Brünetten im Arm an ihr vorbei, doch es störte sie nicht. Er hatte recht, sie hatten nicht mehr miteinander geteilt als das Bett. Sie konnte ihm sein Verhalten nicht einmal übel nehmen. Ryan war da völlig anders. Auch er war mit Sicherheit kein Mönch, aber er interessierte sich zumindest für die Frauen, mit denen er schlief. So wie für Meg.

Sie hob ihren Kopf und schaute ihn an. »Was ist es eigentlich zwischen Meg und dir?«, stellte sie die Frage, die sie schon zwei Tage beschäftigte.

Ryan schaute fragend auf sie hinab. Offensichtlich war er mit seinen Gedanken ganz woanders gewesen.

»Ist es ernst mit euch beiden?«, konkretisierte sie.

Er atmete tief durch. »Wenn ich das nur wüsste.«

Beth zählte innerlich bis zehn. Das war nicht die Antwort, die sie zu hören gehofft hatte. »Du hast immerhin schon ihre Eltern kennengelernt«, sagte sie zaghaft.

Er schnaufte amüsiert. »Das war kaum so geplant. Ich wusste nicht, dass sie in ihrem Elternhaus lebt. Du kannst dir bestimmt meinen Schock vorstellen, als ich halb nackt die Treppe herunterkam und ihre ganze Familie mich anstarrte.«

So genau hatte sie es gar nicht wissen wollen. »Wie alt ist sie denn?« Ihr war klar, dass Meg jung war, aber dass sie noch bei den Eltern wohnte?

»Zweiundzwanzig.« Er klang, als wäre nichts dabei.

Beth zog missbilligend die Augenbrauen zusammen. »Sie ist ja noch ein halbes Kind.«

»Nein«, entgegnete er ganz ruhig. »Erwachsensein ist nicht nur eine Frage des Alters. Manche sind es mit dreißig noch nicht, andere schon längst mit zwanzig.«

Autsch. War das etwa ein versteckter Seitenhieb? »Und habt ihr darüber gesprochen, wie es hiernach weitergeht?«, presste Beth hervor.

»Wieso interessiert dich das?«

Sie lehnte die Wange wieder an seine Brust, um seinem forschenden Blick zu entgehen. »Ich nehme Anteil an deinem Leben. Das machen Freunde schließlich so.« Er jedenfalls hatte es immer getan. Und sie hatte es als ganz selbstverständlich betrachtet.

»Meg hat sich an der Chicago High Cuisine School beworben.«

»Oh«, war alles, was Beth dazu sagen konnte.

»Dort angenommen zu werden, wäre das Größte für sie.«

»Wie und warum?«, stotterte Beth hilflos. »Ich meine, sie kann bereits so gut kochen.« In den teuersten Restaurants hatte sie kaum besser gegessen als hier.

»Ihr ist das nicht genug.« Sie hörte das Lächeln in Ryans Stimme, die Bewunderung. »Meg hat große Träume.«

Beth versuchte, ihre Gedanken zu ordnen. Da passte irgendwas nicht. »Hat sie ihre Bewerbung sofort nach eurem Treffen losgeschickt?«, fragte sie verwirrt.

»Natürlich nicht. Sie hatte sich schon vor Wochen beworben.«

Erleichterung machte sich in Beth breit. Das hatte gar nichts mit Ryan zu tun. »Dann ist die Tatsache, dass du in Chicago lebst …«

»Purer Zufall«, bestätigte er. »Ebenso wie unsere Begegnung.«

»Schon verrückt, wie das Schicksal manchmal spielt«, murmelte sie.

Das nächste Lied begann. Und dann noch eins. Runde um Runde, mal schneller und mal langsamer, schwebte Ryan mit ihr über das Parkett. Sie hatte gar nicht gewusst, dass er ein so guter Tänzer war. Noch eine seiner Eigenschaften, die sie erst zu spät zu schätzen lernte.

Der DJ legte eine wunderschöne Ballade auf. Beth hob den Kopf und sah Ryan entschlossen an. Sie würde sich diese Gelegenheit nicht entgehen lassen. Er sollte wissen, wie sie zu ihm stand. Sie beide hatten eine Chance verdient. Sie schlang ihre Arme um seinen Nacken und zog ihn sanft zu sich herab. Seine Augen weiteten sich überrascht und sie lächelte. Sie spürte, dass er sie genauso sehr wollte wie sie ihn.

Der Ansturm auf das Büfett war vorbei. Um nicht ständig auf die Tanzfläche zu Beth und Ryan starren zu müssen, begann Meg damit, die Häppchen auf den Platten neu zu verteilen und die überflüssigen Teller abzuräumen. Sie verstand ohnehin nicht, was Ryan da trieb. Selbst ihm musste inzwischen klar sein, dass Beth ihm förmlich zu Füßen lag. Wieso küsste er sie nicht einfach und brachte es endlich hinter sich? Dann würde vielleicht auch Megs eigene Anspannung von ihr abfallen, der Druck in ihrer Brust endlich nachlassen.

Die ersten Klänge von *The Last Unicorn* ertönten und Meg schloss für einen Moment hingerissen die Lider. Sie liebte dieses wunderschöne, romantische Lied. Wie von selbst wanderte ihr Blick zu der Tanzfläche, die sich zusehends füllte. Allerdings nicht so schnell, als dass sie nicht erkennen konnte, wie Beth Ryan ihre Arme um den Hals schlang und ihn zu sich herabzog. Es gab keinen Zweifel daran, was gleich geschehen würde. Tapfer zwang Meg sich dazu, einfach weiterzuatmen.

Das zwischen den beiden ging sie nicht das Geringste an. Dennoch verfolgte sie wie gebannt das Geschehen.

Kurz bevor sich ihre Lippen berühren konnten, wich Ryan zur Seite aus und flüsterte Beth etwas ins Ohr. Ihr Körper versteifte sich und sie nickte. Er richtete sich auf und drängte sich durch die Menge auf einen der Kellner zu, die die Gäste mit Getränken versorgten. Beth presste enttäuscht die Zähne zusammen. Ihre Brust hob sich mit einem tiefen Atemzug.

Irritiert starrte Meg ihn an. Was war eigentlich sein Problem? Noch leichter hätte Beth es ihm nicht machen können.

Sie verharrte noch einen Augenblick, dann setzte sie sich entschlossen in Bewegung. »Kann ich dich kurz sprechen?«, zischte sie, sobald sie Ryan erreichte.

»Sicher.«

Sie fasste ihn am Ärmel und zog ihn aus dem Pavillon. »Was machst du?«, fragte sie verständnislos, nachdem sie sich vergewissert hatte, dass sich niemand in Hörweite befand.

»Ich? Du hast mich hergeschleppt.«

»Ich verstehe einfach nicht, worauf du wartest. Wieso hast du sie nicht geküsst?«

Sein Gesicht verdüsterte sich. »Du möchtest also wirklich, dass ich das tue?«

»Ja«, gab sie leicht verunsichert zurück. »Sonst hätten wir uns diesen Teil des Theaters auch sparen können.«

»Und was ist, wenn jemand deinen Eltern davon erzählt?«

»Oh.« Daran hatte sie gar nicht gedacht. Selbst Eric trieb sich hier noch irgendwo herum.

»Dein Vater kennt eine Menge Leute und das hier ist ein kleiner Ort«, setzte Ryan hinzu.

Meg nickte und spürte zugleich, wie sich Enttäuschung in ihr breitmachte. *Darum* hatte er sich zurückgehalten. Aus keinem anderen Grund. »Es tut mir leid«, murmelte sie und schnaufte. »Ich fürchte, wir haben unseren spontanen Plan nicht ganz durchdacht.«

»Du meinst wohl deinen Plan«, erinnerte er sie.

»Du warst auch dafür. Du weißt es nur nicht mehr«, korrigierte sie ihn. »Glaubst du ernsthaft, ich hätte dich ohne deine Einwilligung zu mir nach Hause geschleppt? Vor allem, wenn du sturzbetrunken warst?«

Ryans Mundwinkel kräuselten sich, doch die Heiterkeit erreichte nicht seine Augen. Er wirkte betrübt. »Dann war es eben unser Plan. Ich plädiere allerdings auf Unzurechnungsfähigkeit.«

»Haha«, sagte sie. »Ich muss jetzt wieder rein.«

»Ich auch. Du hast mir schließlich einen Tanz versprochen.«

»Habe ich nicht«, wehrte sie halbherzig ab.

»Doch«, beharrte er und endlich erschien das vertraute, warme Lächeln auf seinem Gesicht. »Du wolltest dich sogar hinten anstellen.« Er schaute sich demonstrativ um. »Und da weit und breit keine weitere Interessentin zu sehen ist, würde ich sagen, du bist als Erste dran.« Er reichte ihr die Hand.

Als zweite, schoss es Meg durch den Kopf. Aber sie wollte nicht zu kleinlich sein.

Sie folgte ihm zurück in den Pavillon. Der DJ spielte ein langsames, schnulziges Lied und Ryan zog sie, ohne zu zögern, auf die Tanzfläche. Aus dem Augenwinkel sah sie Beth mit einem anderen Mann tanzen, dann nahm Ryan ihre ganze Aufmerksamkeit in Anspruch. Er war ihr so nah, dass sie seine Körperwärme spüren konnte und sein Aftershave ihr in die Nase stieg. Langsam begann er, sich mit ihr im Takt der Musik zu bewegen. Seine Hand ruhte besitzergreifend und fest auf ihrem Rücken. Meg schloss die Augen, als er seinen Kopf senkte und seine Wange an die ihre schmiegte. Winzige Bartstoppeln kratzten ihre Haut und sein männlicher, herber Duft hüllte sie ein. Ihr Herz trommelte wie verrückt. Ihre Knie kribbelten und ein wilder Schmetterlingsschwarm tanzte in ihrem Bauch. Das hier sollte sich nicht so gut anfühlen.

Er sollte so etwas nicht tun.

Vorsichtig rückte sie ein Stück von ihm ab. Überrascht sah Ryan auf sie hinunter. Noch etwas anderes spiegelte sich in seinen Augen – Sehnsucht? Zärtlichkeit? Oder ging ihre eigene Fantasie gerade bloß mit ihr durch?

»Du und Beth ...« Sie räusperte sich, weil ihre Stimme viel zu belegt klang. »Ihr seid ein sehr schönes Paar«, sagte sie mehr zu sich selbst. Um sich daran zu erinnern, worum es hier wirklich ging.

Ein Schatten huschte über sein Gesicht. »Danke.« Er zögerte. »Was ist mit dir?«, fragte er schließlich. »Gibt es jemanden, den du besonders magst? Diesen Ben zum Beispiel?«

»Nein!«, wehrte sie entschieden ab. Allein der Gedanke an Ben war absurd. »Es gibt niemanden«, fügte sie nachdrücklich hinzu, auch wenn sie tief in ihrem Inneren spürte, dass es nicht stimmte. Nicht mehr. »Und das ist gut so«, betonte sie. »Ich brauche gerade keinen Kerl, der mich von den wirklich wichtigen Dingen ablenkt.« Sie würde ihrer albernen Schwärmerei für Ryan nicht nachgeben. Sie führte ohnehin zu nichts.

»Das verstehe ich«, sagte er ernst und zog sie wieder enger an sich, bis sie Wange an Wange tanzten. Als er weitersprach, vibrierte seine Stimme in ihrer Brust. »Es muss schön sein, genau zu wissen, was man möchte.«

Meg nickte bloß. Darüber konnte man geteilter Meinung sein.

Das Lied verklang und sie wollte sich aus seinen Armen lösen, doch er hielt sie fest. Ein Teil von ihr hätte ihm zu gerne nachgegeben, das aufregende, wunderschöne Gefühl genossen, das seine Nähe in ihr auslöste. Gleichzeitig regte sich ihr Stolz.

Er hatte seine Beth bereits erobert. Er hatte keinen Grund, ihr gegenüber weiterhin so zu tun, als ob. Gut, er wollte sie nicht in aller Öffentlichkeit auffliegen lassen und das rechnete sie ihm an. Er war ein durch und durch netter, anständiger Mensch. Aber es war Zeit, für klare Verhältnisse zu sorgen. Für ihn. Für Beth. Und für sie. So wie es jetzt lief, war es für keinen von ihnen gut.

Sie sah, wie Beth sich durch die Gäste zum Ausgang drängte. Vielleicht brauchte sie frische Luft oder musste auf die Toilette. Kurz entschlossen nahm Meg ihre Hand von Ryans Schulter. »Ich werde mir mal die Nase pudern«, raunte sie. Sie wollte diesen Satz schon immer einmal sagen.

»Natürlich.« Er ließ sie los. »Ich warte am Büfett auf dich. Da sind noch viel zu viele Reste.«

»Nicht, wenn es nach Eric geht«, entgegnete sie schmunzelnd.

Meg schlängelte sich hinaus, gerade rechtzeitig, um zu sehen, wie Beth im Bürogebäude verschwand. Sie wollte also tatsächlich zur Toilette. Rasch, bevor sie es sich anders überlegen konnte, lief Meg ihr hinterher.

Ryan schob sich noch ein Lachsröllchen in den Mund und ließ seinen Blick schweifen. Meg ließ sich erstaunlich lange Zeit und auch Beth war nirgends zu sehen. Von einer plötzlichen Unruhe erfasst, wischte er die Hände an einer Serviette ab und trat ebenfalls hinaus. Einzelne kleine Grüppchen waren auf dem Gelände verstreut. Weiter hinten gestikulierten drei Männer in Richtung des großen Förderbands, das hinter einer Halle aufragte. Einige Frauen hatten sich auf niedrige Holzklötze gesetzt und streckten ihre Gesichter der Sonne entgegen. Von Meg und Beth fehlte jede Spur.

Er ging zu dem niedrigen Gebäude hinüber, aus dem die Braut vorhin gekommen war. Vermutlich befanden sich da auch die Waschräume. Plötzlich öffnete sich die Tür und Beth erschien auf der Schwelle.

»Ryan!«, entfuhr es ihr überrascht. Ihre Wangen waren gerötet und sie lächelte aufgeregt. Bevor er etwas sagen konnte, lief sie auf ihn zu und nahm seine Hände in die ihren. Glücklich strahlte sie ihn an.

»Wo ist Meg?«, fragte er verwirrt und versuchte, an ihr vorbei ins Innere des Gebäudes zu gucken.

»Sie kommt auch gleich raus«, winkte Beth ab. Es war offensichtlich, dass ihr etwas ganz anderes unter den Nägeln brannte.

»Ihr wart zusammen da drin?«, fragte Ryan misstrauisch. Das miese Gefühl verfestigte sich.

»Ja.« Beth nickte. »Meg hat mir alles erklärt. Du bist unglaublich!«

So fühlte er sich gerade nicht. »Was genau hat sie gesagt?« Er zog sie ein wenig zur Seite. Sie mussten das ja nicht mitten auf dem roten Teppich besprechen.

»Sie hat mir erzählt, dass du nur so tust, als wärt ihr zusammen, um ihr zu helfen. Weil ihre Eltern sie sonst nicht weglassen.« Beth drückte seine Finger und sah ihn bewundernd an. »Ich kenne niemanden, der so etwas für jemand anderen tut. Nur dich.«

Ryans Kopf schwirrte. Meg hatte ihn damit vollkommen überrumpelt. »Ganz so uneigennützig war es nicht«, murmelte er. Sie hatte ihn viel besser dastehen lassen, als er in Wirklichkeit war.

»Wie meinst du das?«

»Ich wollte dich eifersüchtig machen«, erklärte er geistesabwesend. Wieso hatte Meg das getan?

»Wirklich?« Beth wirkte eher geschmeichelt als schockiert. »Dann … Dann hatte sie recht?« Beth machte einen Schritt auf Ryan zu, sodass sich ihre Körper berührten.

»Womit?«

»Sie sagte, dass du mich liebst. Schon seit Langem.« Sie schaute zu ihm hoch.

Ihr Gesicht war dem seinen so nah, dass er nur den Kopf senken musste, um sie küssen. Was hätte er noch vor einer Woche nicht alles dafür gegeben.

»Hat sie sonst noch etwas gesagt?«, fragte er tonlos.

»Nur, dass ich sofort zu dir gehen solle, wenn ich ähnlich empfinde.«

»Beth«, entfuhr es ihm hilflos.

»Schhht.« Sie legte sanft einen perfekt manikürten Finger auf seine Lippen. »Ist schon gut, Ryan. Es tut mir leid, dass ich so lange nicht erkannt habe, was direkt vor meiner Nase lag. Aber das wird sich jetzt ändern.«

Sie schlang ihre Arme um seinen Hals. Einen Moment lang verschmolzen ihre Blicke, dann zog sie seinen Kopf zu sich herab und küsste ihn.

Vom Küchenfenster des Bürogebäudes beobachtete Meg gespannt die Szenerie. Sie konnte die Worte, die sie sprachen, nicht verstehen, aber das war auch nicht nötig. Sie wusste ohnehin, was gerade geschah. Sie selbst hatte es so gewollt. Sie hatte bloß nicht damit gerechnet, dass es so wehtun würde, sie zusammen zu sehen.

Ihre Brust wurde eng, als Beth sich an Ryan schmiegte und seinen Kopf zu sich herabzog, bis sich ihre Lippen berührten. Ryans Arme schlossen sich fest um ihren Körper, leidenschaftlich erwiderte er ihren Kuss.

Meg atmete tief durch und entspannte die Hände, die sie unbewusst zu Fäusten geballt hatte.

Es war vollbracht. Sie hatten beide ihren Teil der Abmachung erfüllt. Sie würde nur noch ein paar Wochen lang so tun müssen, als hätte sie mit Ryan telefoniert oder geskypt, bis sich ihre Eltern an den Gedanken gewöhnt hatten, dass sie fortgehen würde. Es wäre schön, wenn man sie tatsächlich in Chicago annahm. Dann könnte sie die Scharade noch bis nach ihrem Umzug aufrecht erhalten. Aber selbst wenn nicht, sie würde auf jeden Fall gehen. Irgendeine Schule würde ihr schon eine Chance geben.

Ryan hatte ihr geholfen, die Tür in die Welt einen Spaltbreit zu öffnen. Dafür würde sie ihm ewig dankbar sein. Doch sie würde ihm nicht hinterherweinen.

Sie sah, wie Ryan sich von Beth löste und sie mit sich fort in den Schatten der Mauer zog. Sie konnte sich vorstellen, was die beiden nun vorhatten, und verdrängte entschieden die Bilder, die in ihren Kopf strömten. Es ging sie nichts an. Und er hatte sein Glück verdient.

Langsam öffnete Meg die Tür und trat hinaus. Die Sonne knallte unangenehm heiß vom Himmel, das Lachen und Gemurmel der Hochzeitsgäste wirkte viel zu laut. Plötzlich fühlte sie sich hier vollkommen fehl am Platz.

Mühsam riss Meg sich zusammen und betrat das Festzelt. Der Büfetttisch wirkte genauso ordentlich, wie sie ihn verlassen hatte. Offensichtlich hatte Eric, der gerade mit einer hübschen Blondine in seinem Alter flirtete, sich zwischendurch auch darum gekümmert. Vielleicht konnte sie wirklich verschwinden. Ihre Arbeit war schließlich getan. Die Kellner sorgten für Getränke und den Nachschub an sauberem Geschirr. Die Hochzeitstorte würde nachher der Bäcker liefern. Und die kalten Häppchen konnten bis morgen hier stehen bleiben – falls etwas von ihnen übrig blieb. Der Gedanke, sich einfach in ihrem Zimmer verkriechen zu können, hatte auf einmal etwas sehr Verlockendes. Sie hatte keine Lust darauf zu sehen, wie Beth und Ryan erhitzt und zufrieden zu den anderen Gästen stießen oder wie sie glücklich und eng umschlungen tanzten. Sie sollte sich für ihn freuen, aber das konnte sie einfach nicht. Ihr Kontingent an guten Taten war für heute erfüllt.

»Hey.« Sie tippte ihren Bruder leicht an der Schulter an.

Sein Kopf zuckte, als wollte er eine lästige Fliege verscheuchen. Das Mädchen vor ihm war ihm gerade anscheinend viel wichtiger.

»Eric«, ließ Meg nicht locker.

»Was denn?« Maulend drehte er sich um. Seine Augen weiteten sich überrascht, seine Gereiztheit verschwand. »Ist etwas passiert?«, fragte er besorgt.

»Nein«, winkte sie hastig ab und strich sich über die Stirn.

Er musterte sie aufmerksam. »Bist du sicher? Du bist total blass.«

»Mir geht es einfach nicht so gut.« Sie schloss die Augen und holte tief Luft. Vielleicht war es gar nicht verkehrt, wenn alle glaubten, sie wäre krank. »Ich hab starkes Kopfweh.« Sie zögerte und sah ihn abschätzend an. »Ich würde gern nach Hause gehen. Kannst du hier die Stellung halten? Bitte.«

Sie rechnete es ihrem kleinen Bruder hoch an, dass er keine weiteren Fragen stellte und sich auch nicht sträubte. »Sicher. Oder soll ich dich lieber fahren?«

»Es geht schon, danke. Ein Spaziergang würde mir guttun.«

»Okay.« Er wirkte nicht ganz überzeugt. »Ich weiß nicht, ob Mom und Dad gerade da sind. Falls du was brauchst, ruf mich an.«

»Das mache ich. Danke.« Sie stellte sich auf die Zehenspitzen und hauchte ihm einen Kuss auf die Wange.

»Schon gut«, brummte er und wischte die Stelle verlegen ab.

Im Weggehen hörte Meg, wie das Mädchen ihn für seine Hilfsbereitschaft lobte, und schmunzelte trotz ihrer eigenen düsteren Stimmung in sich hinein. Eric schaffte es tatsächlich, jede Situation zu seinem Vorteil zu nutzen.

Beths Lippen drückten voll und warm gegen Ryans. Sie schmeckte gut, nach Pfefferminz und einem Hauch von Alkohol. Sein Körper reagierte instinktiv und er presste sie eng an sich. So lange hatte er sich hiernach gesehnt, bei so vielen Frauen dieses Gefühl wiederzufinden versucht, das sie in ihm auslöste.

Ausgelöst hatte.

Denn dieser Zauber, dieser Rausch, dieses Glück, an das er sich erinnerte – war nicht mehr da. Er fühlte es nicht mehr. Es war lediglich ein Kuss, wie er von jeder hübschen, leidenschaftlichen Frau kommen konnte. Anregend, jedoch nicht lebensverändernd.

Meg hatte etwas in ihm bewirkt. Etwas, das ihn wünschen ließ, sie wäre jetzt in seinen Armen.

Natürlich wusste er, dass das nie geschehen würde. Noch deutlicher als durch ihr Gespräch mit Beth hätte sie ihm nicht machen können, dass all die Anziehung, all das, was er zwischen ihnen gespürt zu haben glaubte, einzig auf seiner Seite lag. Wenn sie selbst auch nur den Hauch von Interesse an ihm gehabt hätte, hätte sie ihn gewiss nicht in die Arme einer anderen Frau gedrängt.

Er löste sich von Beth und schaute sie ernst an. »Wir müssen reden«, sagte er leise.

»Worüber denn?« Überrascht sah sie ihn an. Ihr Gesicht verdüsterte sich. Sie schien zu spüren, dass etwas nicht stimmte.

Zwei Kinder rannten kichernd an ihnen vorbei. »Komm mit«, sagte Ryan und nahm ihre Hand. Sie mussten in Ruhe und offen miteinander reden. Er zog sie weiter weg, in den Schatten des Bürogebäudes, und ließ sie erst los, als sie die hintere Ecke erreichten.

»Was ist los?«, drängte Beth nervös.

Ryan holte tief Luft. Wenn er das jetzt tat, gäbe es kein Zurück. Das hier war seine letzte Chance bei Beth. Wenn er sie in den Wind schlug, würde er keine dritte bekommen. »Meg hat sich geirrt. Ich mag dich sehr, aber ich bin nicht in dich verliebt.« In dem Moment, als er die Worte aussprach, wusste er, dass es stimmte. Er hatte sie nach ihrer abrupten Trennung auf ein Podest gehoben, hatte sich nach seinem Wunschbild von ihr verzehrt.

Verdattert, enttäuscht und verletzt starrte Beth ihn an. »Ist es wegen Meg?«, flüsterte sie leise.

»Nein.« Ryan schüttelte ernst seinen Kopf. »Das hier hat nur mit uns beiden zu tun.« Auch das stimmte. Megs Auftauchen hatte seine Gefühle für Beth nicht verändert, sie ihm höchstens vor Augen geführt. Und ihn von dem quälenden Wunsch befreit, sie wiedergewinnen zu wollen.

»Was …?« Sie musterte ihn verwirrt. »Du hast selbst gesagt, du wolltest mich eifersüchtig machen.«

»Das wollte ich auch. Ich habe unsere Trennung nie verwunden, zumindest glaubte ich das bis zuletzt. Ich habe alles getan, um deine Zuneigung zu gewinnen.« Er lächelte freudlos. »Ich schätze, ich hatte mich in diesen Gedanken verrannt.«

Ihr Kinn zitterte, ihre Augen füllten sich mit Tränen. Trotzig verschränkte sie die Arme vor ihrer Brust. »Ich bin ja so dämlich«, hauchte sie. »Ich hatte wirklich geglaubt, du wärst anders. Doch auch du willst nur das, was du nicht haben kannst.« Sie schnaufte bitter. »Ich kann wohl von Glück reden, dass du es mir nicht erst morgen beim Frühstück gesagt hast!« Sie wandte sich hocherhobenen Hauptes ab.

»Nein, Beth, warte!«, hielt Ryan sie zurück. Erleichtert sah er, wie sie erstarrte. »Ich möchte nicht, dass wir so auseinandergehen. Wir sind doch Freunde. Schon seit Jahren. Und das wäre ich auch weiterhin gern.«

Sie drehte sich auf dem Absatz um und kämpfte sichtbar um ihre Selbstbeherrschung. »Vielleicht ist es nicht mehr so einfach«, presste sie mühsam hervor.

»Du meinst, weil du mich … magst?«, fragte er vorsichtig.

Sie sagte nichts, ihr Schweigen war Antwort genug.

»Du bist verletzt«, sagte er. »Das verstehe ich gut. Aber wenn der Ärger verfliegt und du es zulässt, ehrlich zu dir selbst zu sein, wirst du merken, dass es hauptsächlich dein Stolz ist, der betroffen ist. Du liebst mich nicht, Beth. Wenn es so wäre, hättest du kaum zwei Jahre gebraucht, um es zu erkennen.«

Sie sagte noch immer nichts. Er sah die Verunsicherung in ihrem Gesicht, den Zweifel. Sie zuckte unglücklich mit den Schultern. »Wenn ich ehrlich bin, weiß ich gar nicht mehr, was ich denken und fühlen soll. Mach's gut, Ryan.« Sie drehte sich um und ging entschieden davon.

Bedauernd sah er ihr hinterher. Er hoffte sehr, dass sie ihm verzieh. Es lag nicht in seiner Absicht, sie zu verletzen. Er mochte sie wirklich. Jetzt, wo er nicht durch seine gekränkte Eitelkeit und verletzten Gefühle geblendet wurde, womöglich sogar mehr als zuvor. Dennoch bereute er kein einziges seiner Worte. Er fühlte sich befreit. Und endlich wusste er, was er zu tun hatte.

Er holte sein Handy hervor und wählte Phils Nummer. »Du kannst mir für morgen Nachmittag einen Flug buchen«, sagte er, nachdem sie sich begrüßt hatten. Wie gut, dass er nie ohne seinen Laptop verreiste. »Ich mache den Job in Washington.« Hier in North Pole hielt ihn nichts mehr. Er hatte nur noch eine Sache zu erledigen. Oder besser gesagt zwei.

Er grinste über Phils lautes Triumphgeschrei. »Schick mir die Daten per E-Mail, okay?«

»Danke, Ryan! Dafür schulde ich dir was.«

»Vielleicht werde ich noch darauf zurückkommen. Bis dann.« Er legte auf und machte sich auf die Suche nach Meg.

»Was soll das heißen, sie ist weg?« Verständnislos starrte er Eric an.

Der Junge zuckte mit den Schultern. »Sie ist nach Hause gegangen. Sie fühlte sich nicht gut.« Misstrauen schlich sich in seine Stimme. »Hat sie dir nichts davon gesagt?«

»Nein.« Ryan fuhr sich aufgewühlt durch die Haare. »Sie wollte auf die Toilette und tauchte dann nicht wieder auf. Ich habe sie schon überall gesucht«, entschied er sich für einen Teil der Wahrheit.

»Habt ihr euch gestritten?«

187

»Nein.« Er hatte nicht mal die Gelegenheit gehabt, ihr die Meinung über ihre Einmischung zu sagen. Hätte sie ihren Mund gehalten, wäre Beth jetzt nicht so sauer auf ihn. Warum musste alles immer so kompliziert sein?

»Vielleicht geht es ihr wirklich nicht gut. Vermutlich ist es so eine«, Eric senkte seine Stimme zu einem vertraulichen Flüstern, »*Frauensache.*«

»Ja, bestimmt«, lenkte Ryan ein. So nah standen sie sich schließlich nicht, dass sie ihm ihre intimen Befindlichkeiten anvertrauen würde. Er überlegte, ob er nach ihr sehen sollte, entschied sich schließlich dagegen. Er wollte sie nicht stören, falls es ihr wirklich nicht gut ging. Das, was er ihr zu sagen hatte, konnte auch bis morgen warten. Vielleicht wäre es dann sogar besser.

Er ließ seine Augen durch den Raum schweifen. Beth tanzte ausgelassen mit Isa und vermied geflissentlich jeden Blick in seine Richtung. Mit einem Mal fühlte er sich fehl am Platz. Außer ihr, Eric und Ian kannte er hier schließlich keinen. Und auf ein Gespräch mit dem Letzteren konnte er getrost verzichten.

»Kann ich hier irgendwas tun?«, wandte er sich hoffnungsvoll an Eric. Es war erst kurz vor sieben. Die Feier würde bestimmt noch etliche Stunden weitergehen und er hatte keine Lust, die ganze Zeit blöd in der Gegend herumzustehen.

»Nö, eigentlich nicht.« Der Junge streckte seine Hand einladend nach dem blonden Mädchen aus, das während ihres Gesprächs ungeduldig im Hintergrund gewartet hatte. »Hast du Lust zu tanzen?« Grinsend schlug sie ein und ließ sich von ihm auf die Tanzfläche ziehen.

Na super. Alle hatten Spaß. Außer ihm.

Langsam schlenderte Ryan auf den Hof hinaus. Vermutlich würde es niemandem auffallen, wenn er einfach ging. Er schaute noch einmal zu Beth zurück, dann holte er sein Handy hervor und tippte ihr eine kurze Nachricht, für den Fall, dass sie ihn doch vermisste. Er wollte nicht, dass sie sich von ihm im Stich gelassen fühlte, und auch nicht, dass sie sich sorgte. Dann machte er sich auf den Weg ins Hotel. Für eine Übernachtung reichte sein Geld gerade noch aus. Und morgen würde er um diese Zeit schon längst in dem Flieger nach Washington sitzen.

Kapitel 11

Ryan strich nervös sein Jackett glatt, bevor er an die Tür klopfte. Da alle seine Sachen noch immer bei Meg im Zimmer lagen, hatte er sich nur notdürftig in Ordnung bringen können. Zum Glück hatte er gestern auf dem Weg zum Hotel daran gedacht, sich im Einkaufszentrum die nötigsten Toilettenartikel wie Zahnbürste, Zahnpasta, Duschgel und Deo zu besorgen.

Schritte näherten sich der Tür und sein Herz begann, wie rasend in seiner Brust zu klopfen. Dieses Gespräch würde alles andere als erfreulich werden. Doch er würde nicht kneifen.

Gus öffnete die Tür und betrachtete ihn erstaunt von oben bis unten. »Ryan?« Sein Gesicht verfinsterte sich, er zog besorgt die Augenbrauen zusammen. »Wo ist Meg?«

Ryan erstarrte. »In ihrem Zimmer, hoffe ich.« Eric hatte gesagt, sie sei nach Hause gegangen. Was, wenn sie gar nicht da war?

»Katie!«, rief Gus nach drinnen. »Ist Meg noch oben?«

»Ja.« Eine Welle der Erleichterung durchströmte Ryan. »Ihr ging's gestern nicht gut«, erklärte Katie. Sie kam näher und wischte sich die feuchten Hände an ihrer Schürze ab. »Was ist denn los?« Sie linste an ihrem Mann vorbei. »Ryan? Ich dachte, du bist bei Meg.«

»Offensichtlich nicht«, brummte Gus zufrieden. »Habt ihr euch gestritten?«

Ryan seufzte. Das hier war nicht gerade der ideale Start für sein Anliegen. »Nicht direkt. Kann ich bitte reinkommen?«

»Von mir aus.« Gus gab den Weg frei, behielt ihn aber aufmerksam im Auge. »Also, was gibt's?«, fragte er misstrauisch, nachdem sie sich an den großen Esstisch gesetzt hatten.

Ryan zögerte. Er hatte dieses Gespräch unzählige Male in

seinem Kopf durchgespielt und wusste dennoch nicht, wie er nun beginnen sollte.

»Was ist passiert?«, fragte Katie. »Habt ihr euch doch gestritten? Meg war gestern total durch den Wind, als sie ankam. Sie meinte, Eric und du würdet später nachkommen.«

Sie hatte auf ihn gewartet? Wieso war sie dann ohne ein weiteres Wort verschwunden? »Ich wollte Meg gestern Abend nicht stören.«

»Und wo hast du dich stattdessen herumgetrieben?« Gus musterte ihn scharf.

»Ich war im Hotel.«

»Allein?« Er klang nicht, als ob er das glaubte.

»Natürlich!«, entgegnete Ryan empört.

Katie legte ihrem Mann besänftigend die Hand auf den Arm, bevor sie wieder die Gesprächsführung übernahm. »Du musst zugeben, dass diese ganze Situation mehr als merkwürdig ist«, sagte sie bedächtig. »Meg schleppt dich mitten in der Nacht hier an, ohne vorher auch nur ein Wort über dich verloren zu haben. Was überhaupt nicht ihrer Art entspricht. Zwei Tage lang seid ihr ein Herz und eine Seele, dann kommt sie blass und verstört nach Hause, während du erst am nächsten Morgen hier auftauchst. Wir machen uns Sorgen um sie.«

»Und genau deswegen müssen wir reden«, erwiderte Ryan ernst.

»Dann sprich«, befahl Gus mit einer Stimme wie Donnergrollen.

Ryan nickte. Meg hatte Beth gestern reinen Wein eingeschenkt. Und obwohl er erst nicht glücklich darüber gewesen war, hatte ihn dies befreit. Heute würde er sich bei ihr revanchieren. Vielleicht brauchte man manchmal einen … *Freund*, um das zu tun, wofür einem selbst der Mut fehlte. Und wenn schon nicht mehr, würde er zumindest dieser Freund für Meg sein.

Er hob den Kopf und schaute Gus direkt ins Gesicht. »Du hattest von Anfang an recht«, sagte er schlicht.

Gus' Augenbrauen fuhren überrascht nach oben. »Womit?«, presste er so grimmig hervor, dass er die Antwort vermutlich schon ahnte.

»Es läuft nichts zwischen Meg und mir, das ist es nie.« Hoffentlich klang seine Stimme nur in seinen Ohren so bedauernd.

Neben ihm schnappte Katie schockiert nach Luft. »Was? Aber wieso?«

»Weil sie uns eins auswischen wollte«, sagte Gus und verschränkte die Arme. »Uns zeigen, wie erwachsen und selbstständig sie ist.«

»Nein, das war nicht der Grund«, widersprach Ryan. »Es zeigt nur, wie verzweifelt sie ist und wie viel euer Wohlwollen und euer Segen ihr bedeuten.«

»Sie hat uns angelogen.« Katie presste zitternd die Hand vor den Mund. »Hat einen Wildfremden in unser Haus gebracht. Und in ihr Bett«, raunte sie fassungslos.

»Ich hab auf dem Fußboden geschlafen«, beruhigte Ryan sie. Es stimmte zwar nicht ganz, kam der Wahrheit jedoch näher, als wenn sie sich ihn in Megs Bett vorstellten.

»Es war also alles nur gespielt?«, fragte Gus irritiert. »Alles, was du zu mir über sie gesagt hast, war gelogen?«

»Nein. Ich habe jedes Wort so gemeint. Ich muss nicht mit ihr zusammen sein, um zu merken, wie besonders sie ist. Ich wollte ihr helfen.«

Gus schnaufte wie ein wütender Drache. Verschiedene Regungen kämpften in seinem Gesicht, wobei der Ärger eindeutig dominierte.

»Es war also alles Megs Idee? Und du hast da mitgespielt. Wieso?« Anklagend sah Katie ihn an.

»Aus verschiedenen Gründen«, entgegnete Ryan ausweichend. Das zu erklären, führte zu weit und würde seine Position nicht gerade verbessern.

»Magst du sie uns auch verraten?«, fragte Gus eisig.

»Nein.« Ryan ließ sich von ihm nicht einschüchtern. »Sie

tun hier absolut nichts zur Sache. Es geht hierbei nur um Meg und euch.«

»Dann kannst du ja gehen.«

»Das werde ich auch. Allerdings erst, wenn dieses Gespräch beendet ist.«

»Das ist es jetzt.« Gus machte Anstalten, sich zu erheben.

»Was hatte sie sich davon erhofft?« Katies Frage ließ ihren Mann in der Bewegung innehalten.

»Sie wollte so tun, als würde sie zu mir nach Chicago ziehen, falls die Schule dort sie annahm. Damit ihr euch keine Sorgen um sie machen müsst und sie ruhigen Gewissens ziehen lasst.«

»Und wenn es mit Chicago nicht geklappt hätte?«, warf Gus verächtlich ein. »Was hätte sie dann gemacht? Sich den nächsten Typen an Land gezogen?«

»Keine Ahnung.« An diese Alternative wollte er lieber nicht denken. »Ich behaupte nicht, dass der Plan vollkommen ausgereift ist, es war ein reiner Akt der Verzweiflung.« Ryan zuckte mit den Schultern. »Und so schlecht stehen Megs Chancen in Chicago nun auch wieder nicht. Sie wäre eine Bereicherung für jede Schule.«

»Sie ist wirklich bereit, völlig allein in eine fremde Großstadt zu ziehen?« Katies Stimme zitterte. »Ohne jegliche Unterstützung von uns, weil wir glauben sollten, sie wäre gar nicht allein?« Sie wischte sich über das Gesicht. »Wie haben wir es nur so weit kommen lassen können?«

Gus' Kiefer mahlten. Erstaunlicherweise hielt er sich jedoch zurück.

»Euer Verständnis ist jede Unterstützung, die sie braucht.«

»Aber nur, weil sie keine Ahnung hat, worauf sie sich einlassen würde«, sagte Gus seufzend. »Sie hat noch nie eine Wohnung gesucht, noch nie einen Umzug organisiert oder Möbel zusammengebaut.«

Ryan lächelte leicht, das Schlimmste schien überstanden zu

sein. »Diese Art Unterstützung würde sie vermutlich auch nicht ablehnen.«

»Nein.« Gus schüttelte den Kopf. »Denn das ist nur die Spitze des Eisbergs. Wer soll auf sie aufpassen, wenn sie nachts nach Hause geht? Wer für ihre Sicherheit garantieren?«

Entgeistert starrte Ryan ihn an. Hatte der Mann ihm überhaupt zugehört? »Ich denke, Meg ist erwachsen genug, das selbst zu meistern. Ihr müsst sie ihre eigenen Entscheidungen treffen lassen.«

Gus funkelte ihn an. »Zieh *du* erst mal eine Tochter groß, bevor du mir erzählen kannst, was *ich* machen soll.«

Hilflos zuckte Ryans Blick zu Katie. Das konnte nicht sein Ernst sein.

Bedauernd schüttelte sie ihren Kopf. Sie war blass und Tränen rannen über ihre Wangen. »Danke, dass du es uns erzählt hast, Ryan. Den Rest werden wir mit Meg allein ausmachen.«

»Aber …« So war das nicht geplant. Er hatte wirklich gedacht, dass er zu ihnen durchdringen würde. Sie liebten ihre Tochter über alles. Wieso stellten sie sich ihrem Glück in den Weg?

»Du solltest gehen«, sagte Katie leise.

»Jetzt«, fügte Gus nachdrücklich hinzu.

Ryan holte tief Luft. Sie wirkten nicht so, als würden sie sich durch irgendwelche Argumente überzeugen lassen.

»Ich möchte mich wenigstens noch von Meg verabschieden.«

»Wieso?«, fragte ihr Vater. »Ich denke, da läuft nichts zwischen euch.«

»Trotzdem ist sie eine bemerkenswerte junge Frau. Sie ist klug, hübsch, zielstrebig, talentiert, humorvoll und mutig und sie verdient es, glücklich zu sein.« Auch wenn er trotz bester Absichten leider nicht dazu beigetragen hatte.

Ohne eine Erlaubnis abzuwarten, stand er auf und machte sich auf den Weg nach oben. Mit jedem Schritt, den er tat, drückte die Erkenntnis, dass sie ihm seine Einmischung niemals verzeihen würde, immer schwerer auf seine Schultern.

Sobald Meg die Augen aufschlug, war das dumpfe Gefühl vom Vortag wieder da, die drückende Erkenntnis, dass etwas ganz und gar nicht in Ordnung war.

Ryan!, fiel es ihr wieder ein. Sie hatte ihm den Weg bereitet und er hatte keinen Moment gezögert, sich in Beths Arme zu stürzen. Natürlich nicht. Immerhin hatte er das schon so lange gewollt.

Gestern hatte sie sich noch an dem Gedanken festgehalten, dass es richtig war und besser für sie alle. Heute war ihr nur noch elend zumute. Was vollkommen bescheuert war, weil sie gar nichts von Ryan wollte. Nicht ernsthaft. Allein der Gedanke war absurd.

Meg drehte sich auf die Seite. Obwohl er nur zwei Nächte neben ihr geschlafen hatte, kam ihr Bett ihr ohne ihn plötzlich so kalt und leer vor. Gestern erst war sie eng an ihn gekuschelt aufgewacht. Es war erschreckend, aufregend und zugleich wunderschön gewesen. Sie fröstelte und schlang die Arme um ihre Schultern.

Trotz allem, was passiert war, hatte ein kleiner Teil von ihr gehofft, dass er nach der Feier zu ihr kommen würde. Immerhin waren all seine Sachen noch hier.

Ihr Blick fiel auf den Koffer, der am Fußende des Bettes stand. Wie wenig der Eindruck von Vertrautheit, Intimität und Zusammengehörigkeit, den dieses Bild vermittelte, doch der Wahrheit entsprach. Er hatte ein viel einladenderes Bett gefunden und vermutlich vermisste er seine Kleidung gerade nicht einmal.

Sie kniff die Augen zusammen, als ihr Kopfkino unbarmherzig ansprang. Sie sah Ryan, der Beth küsste, ihren nackten

Körper liebkoste, ihr Zärtlichkeiten ins Ohr raunte, sich mit ihr vereinigte und sie hingebungsvoll liebte. Es fühlte sich an, als würde sie in einer schwärenden Wunde herumstochern, doch sie hielt tapfer durch. Das gehörte zum Heilungsprozess. Sie musste sich der Realität stellen, sie akzeptieren und in die Zukunft sehen.

Dann hatte sie sich eben ein bisschen in Ryan verknallt. Na und? So etwas kam vor. Und angesichts ihrer besonderen Situation und der erzwungenen Nähe war es nicht mal verwunderlich. Sobald er fort war, würde es besser werden. Aus den Augen, aus dem Sinn. Besonders, wenn der Sinn sich um viel wichtigere Dinge zu kümmern hatte.

Sie musste aufstehen, sich umziehen und sich dann ans Aufräumen des Büfetttisches machen. Stattdessen blieb Meg einfach liegen und ertappte sich bei dem Versuch, den Rest von Ryans Duft zwischen den Laken zu erspüren. Das war armselig. Und vollkommen durchgeknallt.

Eine Treppenstufe knarzte, jemand kam gerade herauf.

Meg seufzte und vergrub ihr Gesicht in dem Kissen. Das war bestimmt Mom, die wissen wollte, wie es ihr ging. Gestern hatte sich Meg mit ein paar gemurmelten Worten nach oben in ihr Bett verkrochen und war nicht mehr heruntergekommen. Mom hatte ihr irgendwann einen Kräutertee gebracht und sie gefragt, ob sie was essen wolle – oder reden. Sie hatte beides verneint. Heute würde sie wohl nicht mehr so leicht davonkommen.

Ein Klopfen an der Tür bestätigte ihre Befürchtung.

»Herein«, entfuhr es ihr resigniert. Hastig setzte sie ein Lächeln auf. Sie konnte ihrer Mutter auf keinen Fall erzählen, was wirklich los war. Also musste sie so tun, als wäre alles wieder in Ordnung. Als hätte sie nur ein vorübergehendes Unwohlsein verspürt.

Die Tür öffnete sich einen Spaltbreit. »Darf ich reinkommen?«, fragte Ryan vorsichtig.

Megs Lächeln gefror auf ihrem Gesicht. Entgeistert starrte sie ihn an.

Er war hier. Er war angezogen. Wo war Beth?

»Wie geht es dir?«, fügte er besorgt hinzu, als sie nicht reagierte. Er trat ein und schloss leise die Tür hinter sich.

»Gut«, krächzte sie und richtete sich in ihrem Bett auf.

Er wirkte schuldbewusst und befangen. »Darf ich?«, fragte er zögernd und setzte sich seitlich auf ihr Bett.

Meg schluckte. Es hatte sich nichts zwischen ihnen verändert und gleichzeitig irgendwie alles.

»Wo ist Beth?«, stellte sie die naheliegendste Frage.

»Im Hotel nehme ich an«, sagte er geistesabwesend.

Meg zwang sich zu einem unbekümmerten Lächeln. »Und was machst du dann noch hier?«

»Ich wollte mich verabschieden.«

»Natürlich.« Sie bemühte sich, ihr Gesicht unter Kontrolle zu halten. Vergessen waren seine Pläne, noch ein paar Tage – wenn nicht Wochen – länger hierzubleiben. Nun, da er bekommen hatte, was er so sehr wollte. »Wann geht euer Flieger?«

»Was?«, fragte er überrascht. »Ach so. Ich fliege nicht zurück nach Chicago. Mein Chefredakteur schickt mich nach Washington.«

»Wow.«

»Ja.« Er knetete aufgewühlt seine Finger. »Der Zeitpunkt passt mir nicht besonders, aber was soll man machen?«

Sie nickte verständnisvoll. Natürlich wollte er die Zeit lieber mit Beth verbringen.

»Dann war's das wohl.« Sie zuckte unsicher mit den Schultern. Sollte sie ihn zum Abschied umarmen? »Es war nett, dich zu treffen.« Ein Glück, dass sie nicht Pinocchio war. Bei der Lüge wäre ihre Nase glatt einen Meter lang geworden. Es war nicht bloß nett, es war aufregend, berauschend, lebensverändernd. Was auch immer geschah – sie würde ihn niemals vergessen.

Ein Schatten huschte über seine Züge. »Ich muss dir etwas sagen.«

Ihr Herz setzte einen Schlag aus. Einen flüchtigen Moment lang hoffte sie, er würde ihr seine Gefühle gestehen. Aber dazu passten weder sein Ton noch der Ausdruck auf seinem Gesicht. »Was ist denn?«, fragte sie nervös und machte sich auf alles gefasst.

»Ich habe mit deinen Eltern gesprochen.«

»Ja, und?«

»Ich habe ihnen alles erzählt.«

Seine Worte hallten wie ein Donnerschlag in Megs Ohren und dennoch weigerte sich ihr Verstand, sie anzunehmen. »Du hast ... was?!«

»Ich habe gesagt, dass wir kein Paar sind. Dass du sie das nur glauben lassen wolltest, weil du so verzweifelt von hier weg willst.«

Um Meg herum begann sich alles zu drehen. Das Blut rauschte in ihren Ohren. Sie hatte ihm vertraut. Sie hatte ihm ohne jegliche Rücksichtnahme auf sich selbst geholfen, die Frau seiner Träume zu bekommen. Und dafür hatte er die ihren ganz nebenbei zerstört.

»Wie konntest du nur?«

»Es tut mir leid.« Er legte besänftigend einen Arm auf ihre Schulter, doch sie schüttelte ihn aufgebracht ab.

»Fass mich nicht an!«, zischte sie. Sie hatte geglaubt, sie wären Freunde. Dass er sie auch mochte. Zitternd schlang sie die Arme um ihren Körper. »Wieso?«, fragte sie und blinzelte hektisch die Tränen fort, die ihr in die Augen schossen.

»Ich hielt es für das Richtige. Sie lieben dich und du liebst sie. Diese Lüge tut euch allen nicht gut. Außerdem«, er holte tief Luft und presste kurz die Lippen zusammen, bevor er weitersprach, »habe ich geglaubt, dass sie es verstehen würden.«

»Aber das tun sie nicht«, fasste sie niedergeschmettert zusammen. Eine unbändige Wut stieg in ihr auf. »Das hier ging dich gar nichts an! Es sind *meine* Eltern, *mein* Leben, *meine* Entscheidung! Glaubst du, drei Tage mit meiner Familie hätten dich zu einem Experten gemacht?!« Sie sprang auf und ballte die Fäuste. »Wir hatten eine Abmachung, verdammt noch mal!«, brüllte sie ihm entgegen.

»Es tut mir leid, Meg«, versuchte er es noch einmal. »Bestimmt werden sie sich wieder beruhigen. Dann könnt ihr über alles reden.«

»Glaubst du, ich hätte das nicht bereits unzählige Male versucht?«

»Ich wollte nur helfen.«

»Dich hat niemand um deine Hilfe gebeten!«

»Ich denke immer noch, dass es richtig war.«

»Schön für dich«, schnauzte sie bitter. »Damit kannst du dich ja trösten, wenn du gemütlich in deinem Flieger *fort von hier* sitzt.«

»Meg, bitte.« Er streckte seine Hand nach ihr aus. »Lass uns nicht so auseinandergehen.«

»Daran hättest du früher denken sollen.« Sie verschränkte die Arme vor ihrer Brust.

Er seufzte. »Ich habe es nur gut gemeint. Und ich hoffe, dass sich das alles noch einrenkt.«

»Nimm deine Sachen und geh«, sagte sie mit steinerner Miene. Sie fühlte sich wie erschlagen.

Er nickte und bückte sich nach seinem Koffer. »Ich wünsche dir alles Glück dieser Welt, Meg.« Er zögerte, als wollte er noch etwas anderes sagen. Sein Blick saugte sich für einige Herzschläge an ihrem Gesicht fest. Sie schluckte und starrte ihn verzweifelt an. »Mach's gut, Meg.« Er hob zum Abschied traurig seine Hand und verschwand durch die Tür.

Erschüttert schaute sie ihm hinterher. Es war vorbei. Ihr Leben lag in Trümmern. Er hatte ihren Traum, der noch gestern zum Greifen nah gewesen war, mit ein paar wenigen Worten zerstört.

Sie sollte ihn hassen, toben, schreien. Stattdessen breitete sich eine lähmende Leere in ihr aus und eine eisige Faust legte sich schmerzhaft um ihr Herz. Sie hatte alles verloren. Und sie würde Ryan nie wiedersehen.

Sie hörte seine Schritte auf der Treppe, dann fiel die Eingangstür ins Schloss. Kraftlos ließ Meg sich auf ihr Bett sinken und vergrub ihr Gesicht in den Händen. Sie schaute nicht einmal hoch, als sie Mom ins Zimmer kommen hörte.

Das Bett knarzte leicht unter ihrem Gewicht, als sie sich zu ihrer Tochter setzte und einen Arm tröstend um Megs Schultern schlang.

»Ist es wahr, was Ryan gesagt hat?«, fragte Mom nach einer Weile.

»Ja.« Meg wischte sich über die Wangen und hob ihren Kopf. Es hatte keinen Sinn, es abzustreiten. Es war ein Wunder, dass sie es überhaupt so lange geglaubt hatten. Ihr Herz zog sich schmerzhaft zusammen. Ryan war wirklich überzeugend gewesen, so hilfsbereit, aufmerksam und liebevoll.

»Ich kann nicht fassen, dass du so etwas getan hast«, sagte Mom. Sie klang traurig und enttäuscht. »Was hast du dir bloß dabei gedacht?« Sie holte tief Luft. »Wir sind immer ehrlich zueinander gewesen. Und ich dachte, wir können über alles reden.«

Meg schnaufte bitter. Als ob sie es nicht bereits unzählige Male versucht hätte. »Also gut, lass uns reden.« Sie schaute sie herausfordernd an. »Ich habe mich bei einem halben Dutzend Schulen beworben. Wenn mich nur eine davon nimmt, möchte ich hingehen.«

»Aus deinem Mund klingt das so einfach. Doch das ist es nicht. Du weißt nicht, wie es in den Großstädten zugeht. Wir wollen nur das Beste für dich.«

In letzter Zeit schienen alle besser als sie zu wissen, was gut für sie war.

»Denk an all diese Menschen, den Lärm, die … Kriminalität«, fuhr Mom stockend fort.

Meg wusste genau, worauf sie anspielte. Und natürlich wollte sie das, was ihre Mutter in ihrer Jugend durchgemacht hatte, nicht am eigenen Leibe erfahren. Aber es war auch nicht so, als wäre jede Frau, die die Staatengrenze von Alaska verließ, Freiwild für umherziehende Männerhorden. Beth schien jedenfalls wunderbar zurechtgekommen zu sein.

Natürlich sprach Meg das nicht aus. Sie wusste aus Erfahrung, dass diese Diskussion nichts bringen würde. Sie zuckte mit den Schultern. »Tja. Ich würde sagen, Gespräch vorbei.«

»Meg«, sagte ihre Mutter beschwörend.

»Was ist?«, schnappte sie und spürte, wie ihr Geduldsfaden riss. Sie hatte an diesem Morgen wahrlich bereits genug durchgestanden. Ihr fehlte einfach die Kraft, um weiterzukämpfen. »Ich bin müde, Mom, und ich hab Kopfweh. Lass es einfach gut sein.«

Nachdenklich betrachtete ihre Mutter sie. »Damit ist dieses Thema nicht beendet.«

Meg verkniff sich die Frage, welches Thema sie damit meinte – den Schwindel oder ihre Zukunftspläne. Vermutlich Ersteres, über ihre Pläne würden sie kein Wort verlieren. Wegen der Lüge hingegen konnte sie sich auf einiges gefasst machen. Andererseits, was sollten ihre Eltern schon tun? Sie aus dem Haus schmeißen?

»Es tut mir leid, dass ich euch angelogen habe«, sagte sie leise. »Noch mehr bedaure ich jedoch, dass das der einzige Ausweg war, den ich gesehen habe. Aber hey, Ryan hat mich verraten und das Thema ist wieder vom Tisch. Also sind wir im Grunde genau da, wo wir vor einer Woche waren. Es hat sich nichts geändert.« Außer, dass sie sich so elend fühlte, wie niemals zuvor.

»Was ist wirklich passiert zwischen Ryan und dir?«, fragte Mom unerwartet sanft.

Meg presste ihre Lippen zusammen. »Nichts. Absolut gar nichts.«

✳ ✳ ✳

Ryan schaute aus dem Fenster, bis die letzten Häuser von Fairbanks aus seinem Blickfeld verschwanden. Schon bald konnte er unter sich nichts als Berge und Wälder erkennen, die gelegentlich von der schmalen Linie einer Straße oder einem See durchbrochen wurden.

Er lehnte seinen Kopf an die glatte Innenwand des Flugzeugs und versuchte, das tonnenschwere Gewicht, das auf seiner Brust lastete, wegzuatmen. Vergeblich.

Er hatte einen Fehler gemacht. Er hätte mit Meg reden sollen, bevor er ihren Eltern alles erzählte. Aber er hatte geahnt, wie sie reagieren, dass sie dagegen sein würde. Also hatte er es auf eigene Faust gemacht. Nicht im Traum hätte er damit gerechnet, dass es dermaßen nach hinten losgehen würde.

Megs Anblick, als sie ihn zu gehen aufforderte, hatte sich in seine Seele gebrannt. Sie hatte so verzweifelt, enttäuscht und verletzt ausgesehen, dass er sie am liebsten in den Arm genommen und alles irgendwie wieder in Ordnung gebracht hätte. Doch das hätte sie nicht zugelassen. Sie focht ihre Kämpfe lieber selbst aus.

Er hatte geglaubt, dass ihr der Mut fehlte, um ihren Eltern die Wahrheit zu sagen. Da hatte er wohl nur von sich auf sie geschlossen. *Ihm* hatte der Mut gefehlt, ehrlich zu Beth zu sein.

Er hoffte, dass es zu keinem Bruch zwischen Meg und ihren Eltern kam. Denn egal, wie tough sie auch wirken mochte, das würde sie bis in die Tiefe ihrer Seele verwunden. Genauso sehr, wie wenn sie nachgab und blieb. Er atmete laut aus. Was für eine verflixte Situation.

Er würde ihr so gerne helfen, so gerne wieder den Schalk in ihren Augen aufblitzen sehen und die niedlichen kleinen Grübchen auf ihren Wangen. Gott, er vermisste sie jetzt schon.

Ryan ballte die Hände zu Fäusten und riss seine Augen von dem kleinen Fenster fort. Er kannte sie nur ein paar Tage. Wieso fühlte es sich dann so an, als würde ein Teil von ihm in North Pole zurückbleiben? Als wäre sein Dasein von nun an grau und trüb?

Wie ein sonniger Wirbelwind war Meg in sein Leben gestürmt und hatte es bunter, voller und verrückter gemacht. Er hatte sogar Spaß daran gefunden, ihr in der Küche zu helfen. Vermutlich lag es an der Leidenschaft, die sie für das Kochen empfand. Bei allem, was sie tat, war sie mit vollem Herzen dabei.

Der Gedanke, dass sie ihren Traum irgendwann aufgeben könnte, war unvorstellbar. Sie würde ihren Weg gehen. Vielleicht nicht dieses Jahr, sondern nächstes. Doch auf jeden Fall ohne ihn.

Kapitel 12

Müde ließ Ryan sich auf den gepolsterten Hotelstuhl sinken und klappte den Laptop auf. Er wusste genau, weshalb er diese Reportage-Serie nicht hatte machen wollen. Er hasste die Scheinheiligkeit und die Intrigen der Politik. Drei Tage musste er noch durchhalten, dann konnte er endlich wieder nach Hause zurück.

Wie immer galt sein erster Blick Megs YouTube-Kanal. In den letzten zwei Wochen hatte er all ihre Videos angeschaut, hatte wie ein armseliger Stalker sehnsüchtig ihrer Stimme gelauscht und sie dadurch nur noch mehr vermisst.

Nun ging es ihm allerdings nicht mehr darum, sie zu sehen, beziehungsweise nicht direkt. Er machte sich Sorgen. Bisher hatte sie stets drei Videos pro Woche hochgeladen, nun herrschte seit vierzehn Tagen absolute Funkstille.

Was, wenn sie aufgegeben hatte?

Was, wenn sie fortgelaufen war?

Was, wenn es ihr so dreckig ging, dass sie sich einfach nicht aufraffen konnte?

In jedem Fall wäre es seine Schuld.

Sein Blick fiel auf die inzwischen abgegriffene und völlig zerknitterte Visitenkarte, die Gus ihm bei ihrer ersten Begegnung gegeben hatte. Er hatte schon so oft bei ihm angerufen. Doch nach dem ersten – äußerst kurzen und wenig erfreulichen – Gespräch, drückte Gus ihn bloß noch weg. Auch Meg weigerte sich nach wie vor, mit ihm zu reden. Er konnte es ihr nicht verübeln. Außer einer weiteren lahmen Entschuldigung hatte er ihr nichts anzubieten. Vielleicht sollte er es trotzdem noch einmal bei ihr versuchen, nur um sicherzugehen, dass sie wohlauf war.

Unschlüssig starrte er vor sich hin und bemerkte erst jetzt, dass es endlich ein neues Video gab. Ryan schluckte und rieb sich nervös die Hände, bevor er es startete.

Eine sehr blasse Meg lächelte angestrengt in die Kamera. Ryans Herz sackte nach unten. Sie sah furchtbar aus. Noch immer hübsch und gepflegt – aber irgendwie ausgemergelt. Die Freude und die Energie, die sie sonst versprühte, fehlten vollkommen.

»Hallo zusammen.« Sie hob grüßend die Hand. »Ihr wundert euch vielleicht, wieso es hier so lange still war. Viele haben sich besorgt nach mir erkundigt. Ich kann euch beruhigen, mir geht es gut.« Ryan schüttelte unwillkürlich den Kopf. Das war ganz offensichtlich eine Lüge. »Es war in letzter Zeit bloß etwas … stressig.« Sie biss sich auf die Lippe, bevor sie weitersprach. »Ich hatte privat ein paar Dinge zu klären.« Gespannt wartete Ryan darauf, dass sie das weiter ausführte. Hatte sie die Dinge geklärt? Hatte sie eine Zusage von einer Kochschule bekommen? »Jetzt bin ich auf jeden Fall wieder da«, verkündete sie stattdessen. »Und ich habe euch wieder ein paar neue Rezepte mitgebracht.« Das Bild wechselte zu ihrer Arbeitsplatte und sie begann, die Zubereitung irgendeines Gerichts zu erklären. Er hörte ihr ausnahmsweise nicht länger zu. Sein Blick blieb auf den zahlreichen Kommentaren hängen, die ihre Fans unter dem Video hinterlassen hatten. Kommentare, die sie regelmäßig beantwortete.

Wieso war er da nicht früher drauf gekommen?

Es fühlte sich nur ein wenig falsch an, als er sich hastig ein Profil anlegte. Mit Undercover-Aktionen kannte er sich schließlich aus. Dann wechselte er zurück zu ihrem Video und schrieb seinen ersten Kommentar als Mr. Cook.

Hey Meg. Deine Videos sind große Klasse. Sie haben in mir die Lust am Kochen entfacht. Es ist schön, dass du wieder da bist. Hoffentlich bleibst du uns lange erhalten. Hast du schon Antworten auf deine Bewerbungen bekommen?

In einem der früheren Videos hatte sie erwähnt, dass sie sich bei diversen Schulen beworben hatte.

Zweimal las er sich die Zeilen durch, bevor er sie veröffentlichte. Es sollte freundlich klingen, nicht zu aufdringlich oder gar als Anmache missverstanden werden können.

Er wartete ein paar Minuten, in der absurden Hoffnung, dass sie ihm direkt antworten würde. Dann machte er sich lustlos an seinen Artikel.

Er hatte den Text gerade an Phil gemailt, als endlich eine Antwort von Meg einging. Mit rasendem Herzen überflog Ryan die Worte.

Danke, das ist sehr nett. Bei den Bewerbungen hat sich noch nichts Konkretes ergeben.

Enttäuscht lehnte Ryan sich in dem Stuhl zurück. Andererseits, was hatte er erwartet? Dass Meg einem völlig Fremden öffentlich ihr Herz ausschüttete? Dass sie sich überhaupt gemeldet hatte, war bereits ein Erfolg. Sie redete mit ihm – das war mehr, als er bisher hatte erreichen können.

Welche Städte kommen denn für dich in Betracht?

Dieses Mal kam ihre Antwort tatsächlich sofort. Sie musste gerade online sein. *Wieso willst du das wissen?*

Gut. Sie vertraute nicht jedem blind.

Nur so. Ich dachte, vielleicht kann ich dir einen Tipp geben. Von New York habe ich viel Gutes gehört. Er versuchte sie mit Absicht, aus der Reserve zu locken.

Kennst du dich in der Branche aus?

Das entwickelte sich ja zu einem echten Gespräch. Er grinste und ließ seine Finger knacken.

Ein wenig. Ein Freund von mir ist Restaurantkritiker. Das war nicht mal gelogen. Jason war zwar nur ein Kollege, aber sie verstanden sich gut.

Wirklich? In welcher Stadt?

Chicago. Mit angehaltenem Atem wartete Ryan auf ihre Antwort. Dieses Mal brauchte sie ein wenig länger.

Das steht auch auf meiner Liste, schrieb sie schließlich. *Eine Zeit lang war das sogar mein Favorit.*

Jetzt nicht mehr?

Jetzt spielt der Ort keine Rolle.

Das war deutlich. Es versetzte ihm einen Stich, dass sie lieber allein in die Ferne zog, als in seine Nähe. Würde sie, wenn sie die Wahl bekam, sich womöglich *gegen* Chicago entscheiden? Er schluckte. Erst jetzt wurde ihm bewusst, wie fest er damit gerechnet hatte, sie irgendwann wiederzusehen.

Falls du doch nach Chicago kommst, gib mir ruhig Bescheid. Vielleicht kann mein Freund dir irgendwie helfen.

Danke, vielleicht mache ich das.

Das klang nicht so, als hätte sie das wirklich vor.

Ryan klappte den Laptop herunter und starrte blicklos an die Wand. Seine Gedanken rasten. Wenn er nichts unternahm, würde er Meg vermutlich nie wiedersehen.

Einmal hatte er bereits abgewartet und darauf gehofft, dass sich die Dinge in seinem Sinne entwickelten. Hatte davor zurückgescheut, ein Risiko einzugehen, sich verletzlich zu machen. Bei Meg durfte er diesen Fehler nicht wiederholen. Er durfte nicht zulassen, dass sie sang- und klanglos aus seinem Leben verschwand, bevor er die Gelegenheit hatte, herauszufinden, ob …

Er atmete tief durch. Es hatte keinen Zweck, seine Gefühle zu leugnen. Sie fehlte ihm. Und zwar deutlich mehr, als die Kürze ihrer Bekanntschaft hätte vermuten lassen. Sie hatte ihn verzaubert mit ihrer Frische, ihrer Leidenschaft und Impulsivität. Er würde sich nicht verzeihen, wenn er sie einfach gehen ließ, ohne zu wissen, ob sie seine Gefühle erwiderte, ob es vielleicht sogar eine Zukunft für sie beide gab.

Entschlossen holte Ryan sein Handy hervor. Er würde dafür sorgen, dass sie ihre Optionen genau kannte, bevor sie eine Entscheidung traf. Und er würde alles dafür tun, damit sie nach Chicago kam.

Sollte sie seine Gefühle nicht teilen, würde er ihr dennoch helfen – als Freund. Aber das war eindeutig Plan B ... beziehungsweise C ... oder, wenn er ganz ehrlich war, X, Y oder Z.

»Hey Jason. Hier ist Ryan«, meldete er sich am Telefon, nachdem Phil ihm die Nummer seines Kollegen geschickt hatte.

»Ryan?«, wiederholte der Mann verdattert. Er schien ihn nicht direkt einordnen zu können.

»Ja, Ryan Miller, von der Tribune.«

»Ach so.« Jason lachte. »Sorry, ich habe dich nicht erkannt.«

Ryan verzog das Gesicht. Das war nicht gerade die beste Voraussetzung, um ihn um einen Gefallen zu bitten. Andererseits hatte er nichts zu verlieren. »Tut mir leid, dass ich dich so überfalle.«

»Was kann ich für dich tun?«

»Hast du Kontakte zur Chicago High Cuisine School?«

»Schon möglich, wieso?«

»Eine Megan Leary hat sich dort beworben. Sie hat noch keine Antwort gekriegt, vielleicht könntest du ein gutes Wort für sie einlegen?«

Stille folgte seinen Worten. »Weshalb?«, fragte Jason schließlich widerwillig.

»Zum einen ist sie eine wirklich begnadete Köchin. Zum anderen würdest du mir damit einen riesigen Gefallen tun.«

»Hm.« Jason räusperte sich. »Ich habe keinen Einfluss auf das Auswahlverfahren«, sagte er vorsichtig. »Außerdem habe ich einen Ruf zu verlieren.« Er zögerte. »So gern ich dir auch helfen würde, ich kann niemanden aus reiner Gefälligkeit empfehlen.«

»Ich würde dich nicht bitten, wenn sie nicht wirklich außergewöhnlich gut wäre. Ich habe ihre Kochkünste selbst erlebt. Sie hat einen eigenen Cateringservice und einen sehr erfolgreichen Blog. Ihr YouTube-Kanal hat über 15.000 Abonnenten.«

»Nicht jedes Internet-Sternchen hat wirklich das Zeug zum Sternekoch.« Jason schien noch immer nicht überzeugt.

»Schau dir ihren Blog zumindest mal an«, bat Ryan. »Wenn du dann immer noch denkst, dass sie keine Empfehlung verdient, werde ich es akzeptieren.« Dann würde Meg es eben so schaffen müssen. Das mit Jason war nur eine Absicherung.

»Ist gut. Schick mir den Link.«

»Danke. Dafür schulde ich dir was.«

»Noch habe ich nicht Ja gesagt«, wehrte er ab.

»Das wirst du«, erwiderte Ryan im Brustton der Überzeugung.

Es dauerte knapp eine halbe Stunde, bis Jason zurückrief. »Du hattest recht«, sagte er. »Die Kleine ist richtig gut.«

»Ich weiß.« Ryan grinste erleichtert.

Auch wenn es unlogisch war – und ganz sicher nicht sein Verdienst –, erfüllte es ihn mit Stolz, Megs Kunstfertigkeit von einem Experten bestätigt zu bekommen.

»Ich glaube nicht, dass sie meine Einmischung nötig hat. Trotzdem werde ich morgen früh mal in der Schule anrufen und Steven auf sie aufmerksam machen, falls er es nicht ohnehin schon ist.«

»Steven?«

»Ja, Steven Baxter, er ist der stellvertretende Leiter der Schule. Wir kennen uns noch von früher.«

»Danke.«

»Schon gut. Ihr könnt mich ja mal zum Essen einladen, wenn das mit euch beiden etwas wird«, winkte Jason ab.

»Wie kommst du denn darauf?«, fragte Ryan verlegen.

Jason lachte. »Die Kleine ist süß, ein richtiger Hingucker. Und wieso solltest du dich sonst für sie einsetzen?«

Ryan räusperte sich. »Weil ich nett bin?«, brummte er.

»Schon klar«, entgegnete Jason gutmütig. »Ich drück euch die Daumen.«

»Danke, mach's gut.« Ryan legte auf und wischte sich müde über das Gesicht. Es war schon spät. Und morgen musste er wieder früh raus. Hoffentlich würde Jason zeitnah etwas erreichen. Danach käme der schwierigere Part. Eine Aufgabe, an der er selbst bereits einmal gescheitert war. Und Meg vermutlich sehr oft vor ihm. Er musste ihre Eltern davon überzeugen, sie auch tatsächlich gehen zu lassen.

Meg lag auf ihrem Bett und konnte sich nicht dazu aufraffen, aufzustehen. Eigentlich hatte sie vorgehabt, heute noch ein paar Videos zu drehen, weil sonst nichts auf dem Programm stand – kein Cateringauftrag, nicht einmal eine Schicht im Stacy's. Doch plötzlich sah sie in all dem keinen Sinn. Sie brauchte den Blog und den YouTube-Kanal gar nicht. Das Geld, das sie damit verdiente, war für ihre Ausbildung gedacht. Eine Ausbildung, die sie vermutlich niemals antreten würde.

Sie konnte einfach in North Pole bleiben, ihre Eltern glücklich machen, ihr Catering ausbauen. Dafür würde sie sich nicht einmal sonderlich anstrengen müssen, die Leute hier verlangten nicht gerade nach High Cuisine. Die meisten waren mit Steak, Kartoffelspalten und Würstchen im Schlafrock schon glücklich. Sie sah dieses Leben genau vor sich – ruhig, ereignislos, gar nicht so unangenehm. Im Gegensatz zu dem, was ihr Wunsch nach mehr ihr eingebracht hatte.

Ihre Eltern sprachen kaum noch mit ihr. Wann immer Mom sie ansah, fing ihr Kinn an, verdächtig zu zittern. Sie schien keinen Zweifel daran zu haben, dass Meg weggehen würde.

Sie selbst war sich da gar nicht so sicher. War ihr Traum wirklich jedes Opfer wert?

Selbst Ryan hatte sie gehen lassen. Hatte ihn einer anderen Frau in die Arme getrieben, um ihre Abmachung einzuhalten. Sie dachte, sie wäre es ihm schuldig.

Leider hatte ihn das nicht davon abgehalten, ihr in den Rücken zu fallen. Sie verstand bis heute nicht, wieso er das getan hatte. Trotzdem hoffte sie, dass er jetzt glücklich war. Mit Beth. Vielleicht hatte sie sich ja geändert, erkannt, was für ein großartiger Mann er – trotz seiner Fehler – war. Sie seufzte. Der Gedanke an ihn tat noch immer weh. Dabei war es weniger sein Verrat, als das, was er ihr damit durch die Blume mitgeteilt hatte. Ihm lag nichts daran, sie in Chicago um sich zu haben.

Vielleicht war sogar genau das der Grund für seine Offenheit. Er hatte Beth, wozu brauchte er dann noch sie? Womöglich hatte er Angst, dass Meg seine aufkeimende Beziehung zu dieser Frau gefährden würde. Hatte er bemerkt, wie sie ihm gegenüber empfand?

Meg schlug sich die Hände vors Gesicht. Ein Grund mehr, ihm niemals wieder unter die Augen zu treten. Er musste sie für ein albernes, kleines Mädchen halten, das für den ersten Mann zu schwärmen begann, der in ihre Nähe kam. Dabei war sie nicht so. Ganz und gar nicht.

Ein Klopfen an der Tür riss sie aus ihren Gedanken, die sich immer nur im Kreis drehten. Eric trat ein.

»Ich dachte, du wolltest heute weg?«, fragte sie verwirrt. Eric genoss seine Sommerferien in vollen Zügen.

»Eine halbe Stunde habe ich noch.« Er setzte sich zu ihr ans Bett und schaute sie nachdenklich an. »Jetzt reiß dich mal zusammen, Schwesterherz«, sagte er plötzlich.

»Bitte?« Entrüstet richtete Meg sich auf.

»Ich habe mir das jetzt lange genug angesehen«, fuhr er unbarmherzig fort.

»Es tut mir leid, dass meine Probleme dich derart stören.«

»Nicht deine Probleme, nur dein Selbstmitleid.«

»Du hast hier natürlich voll den Durchblick.« Verärgert funkelte sie ihn an.

Er ließ sich davon nicht provozieren. »Jedenfalls mehr als du.«

»Mein Leben liegt in Trümmern!«

»Nein, tut es nicht. Im Grunde hat sich überhaupt nichts verändert. Alles ist noch genauso, wie es vor vierzehn Tagen war. Du möchtest weg, Mom und Dad sind dagegen.« Er fixierte sie mit seinem Blick, scheinbar unsicher, ob er das, was ihm auf der Zunge lag, wirklich aussprechen sollte. Schließlich zuckte er mit den Schultern. »Rein objektiv hat Ryans Zwischenspiel also keinerlei Einfluss auf dein Leben gehabt. Was mich zu der Frage führt, wieso du so sehr leidest.«

Meg drückte trotzig die Lippen zusammen. Ihre Augen füllten sich mit Tränen. Sie würde dieses Gespräch nicht führen. Nicht mit ihm. Mit niemandem. Nie.

»Wenn ich es nicht besser wüsste, würde ich sagen, du hast Liebeskummer.« Seine Worte klangen hart, doch Sorge flackerte in seinem Blick.

»Das zeigt, wie wenig Ahnung du hast«, presste sie mühsam hervor.

»Oder was für ein Idiot Ryan ist.«

»Ist er nicht«, verteidigte sie ihn resigniert. Wenn es hier einen Idioten gab, dann war sie es. »Er ist nur wegen Beth hergekommen. Er hat sie schon immer geliebt. Und jetzt ist er endlich mit ihr zusammen.«

Eric runzelte die Stirn. »Ist das etwa diese Rothaarige, mit der er auf der Hochzeit getanzt hat?«

»Genau die.«

»Bist du sicher?«

»Natürlich bin ich das!«, schnappte sie. »Ich habe ihm geholfen, sie zu bekommen.«

Verständnis dämmerte in Erics Zügen. »Das war euer Deal, der Grund, wieso er mitgespielt hat.«

»Ja.« Kraftlos ließ sie sich nach hinten auf ihr Bett sinken.

»Er ist ein Idiot«, wiederholte Eric. Er stand auf und streckte ihr die Hand hin. »Von so einem lässt du dich nicht unterkriegen.«

»Nein«, murmelte sie schwach.

»Gut. Ich habe mich nämlich schon an den Gedanken gewöhnt, dich eines Tages in deinem eigenen Restaurant zu besuchen.«

Obwohl ihr nicht danach zumute war, lächelte Meg ihren Bruder dankbar an. Dann seufzte sie. »Ich glaube nicht, dass daraus noch was wird.«

»Das werden wir ja noch sehen.«

»Und?«, fragte Ryan aufgeregt. Jason hatte sich mit seiner Antwort drei Tage Zeit gelassen. Drei Tage, in denen Ryan vor Ungeduld und Anspannung fast die Wände hochgegangen war. Drei Tage, in denen er beinah halbstündig Megs Blog und YouTube-Kanal gecheckt hatte, aus Angst, sie würde freudestrahlend die Annahme an einer anderen Schule verkünden.

»Steven war unerwartet schwer zu erreichen«, setzte Jason zu einer Erklärung an. »Er hat gerade recht viel um die Ohren ...«

Ryan widerstand nur mühsam dem Impuls, ihm ins Wort zu fallen, oder noch besser – durch den Hörer zu greifen und Jason so lange zu schütteln, bis er ihm die eine Antwort gab, an der gefühlt gerade sein ganzes Lebensglück hing. »Was hat er gesagt?«, fragte er gezwungen ruhig.

»Miss Leary war bereits in der engeren Auswahl. Sie haben nur gezögert, weil sie von so weit weg kommt. Ohne familiären Rückhalt oder sonstige soziale Anbindung ist die Abbruchquote – gerade bei Personen aus ländlichen Gegenden – besonders hoch. Der Kulturschock und die Trennung von Freunden und Verwandten sind oft zu viel für sie. Über fünfzig Prozent geben in der Regel auf und gehen wieder zurück.«

Ryan atmete hörbar aus. Das war nicht fair. Sie konnten Meg nicht dafür bestrafen, dass andere es nicht packten. Und auch nicht dafür, dass sie entschlossen und mutig genug war, um ihr sicheres Nest zu verlassen. Er öffnete den Mund, um zu protestieren. Jason kam ihm zuvor.

»Ich habe Steven erklärt, dass er sich im Fall von Miss Leary keine Sorgen machen muss, weil sie Freunde in Chicago hätte.«

Ryan hielt gespannt die Luft an. »Hat das was gebracht?«

»Ja. Er will sie kennenlernen. Die Einladung geht morgen raus.«

»Danke!« Ryan fühlte sich, als könnte er die ganze Welt umarmen. »Ich danke dir!«

»Schon gut.« Jason lachte. »Sie hat eine Chance verdient.« Dann wurde er ernst. »Das heißt jedoch nicht, dass sie auch genommen wird«, warnte er. »Es werden doppelt so viele Bewerber eingeladen, wie es Plätze gibt. Und auf die endgültige Entscheidung habe ich keinen Einfluss.«

»Das ist mir klar«, sagte Ryan hastig. »Sie packt das schon.«

»Ich drück euch die Daumen.«

»Danke. Und wenn ich mal was für dich tun kann, sag Bescheid.« Er legte auf und widerstand der Versuchung, jubelnd in die Luft zu springen. Die erste Hürde war genommen und vielleicht hätte Meg sie ohne Jasons Einmischung gar nicht geschafft, wenn man ihr aufgrund von Statistiken und irgendwelchen Abbruchrisiken abgesagt hätte.

Damit war die Schlacht aber leider noch nicht gewonnen.

Ryan schaute auf die Uhr. In einer halben Stunde musste er auschecken, damit er seinen Flieger erwischte. Sein Herz begann, aufgeregt zu trommeln. Sollte er es jetzt noch wagen oder es lieber verschieben, bis er wieder zu Hause war?

Sein ganzer Körper kribbelte. Ihm war, als liefe ein Ameisenschwarm über ihn hinweg. Wenn er heute Abend nach Hause kam, würde es schon zu spät sein, um noch anzurufen. Und er konnte unmöglich bis morgen warten.

Ryan atmete ein paarmal tief durch und bemühte sich, seine Nervosität unter Kontrolle zu bringen. Er hatte in den letzten Tagen genug Zeit gehabt, über sein weiteres Vorgehen nachzudenken. Gus weigerte sich noch immer standhaft, an sein Handy zu gehen, wenn er ihn anrief. Bei Meg wollte er es vorerst nicht versuchen. Nicht, bevor er ihr konkrete Ergebnisse mitzuteilen hatte. Also blieben nur Eric oder Katie und ihr Festnetzanschluss. Er hoffte sehr, dass wenigstens sie ihm zuhören würden.

Es klingelte so lange, dass er schon fast die Hoffnung aufgab.

»Ja«, drang schließlich Erics mürrische Stimme an sein Ohr.

»Hey Eric. Ich bin's, Ryan.« Er kreuzte die Finger und wartete gespannt auf eine Reaktion.

»Was willst du?«, fragte der Junge grimmig.

»Mit dir reden.«

»Nach der ganzen Scheiße, die du hier abgezogen hast? Kein Bedarf.«

Zumindest legte er nicht auf. »Wie geht es Meg?«, fragte Ryan hastig.

»Wüsste nicht, was dich das angeht.«

»Bitte.«

»Bestens. Ihr geht es hervorragend. So wie uns allen hier!« Seine Stimme wurde immer wütender. »Mom hat tagelang nur geheult, Dad herumgebrüllt. Alle drei reden kaum noch miteinander.«

»Es tut mir leid.« Das klang so unzureichend für das, was er empfand. Für das, was er angerichtet hatte.

»Das hoffe ich«, brummte Megs Bruder. »Sonst noch was?«

»Ja. Ich möchte es wiedergutmachen.«

Er schnaufte gehässig. »Da bin ich aber gespannt.«

»Hat Meg schon irgendwelche Zusagen von den Schulen bekommen?«

Eric zögerte. Er schien darüber nachzudenken, ob er es ihm verraten sollte. »Boston und Memphis wollen sie kennenlernen.«

»Das ist gut«, log Ryan.

»Nein, ist es nicht«, entgegnete Eric kalt. »Weil sie nicht hinfahren wird.«

»Wegen eurer Eltern.«

»Nicht nur.«

Die unverhohlene Aggressivität in Erics Stimme ließ ihn stutzen. »Gibst du mir etwa die Schuld daran?«

»Schon möglich.«

»Und weshalb?«

»Wenn du nicht selbst darauf kommst, kann ich dir auch nicht helfen. Ich muss jetzt übrigens los.«

»Eric, warte!«, hielt Ryan ihn erschrocken zurück. »Meg wird eine Einladung aus Chicago bekommen. Und wir müssen dafür sorgen, dass sie hinfliegt.«

»Warum?«

Was war das denn für eine blöde Frage? »Weil das ihr Traum ist.«

»Nö. Die Stadt ist ihr eigentlich egal.«

»In Chicago könnte ich ihr helfen.«

»So wie du ihr hier geholfen hast? Wenn du das wirklich gewollt hättest, hättest nur weiter mitspielen müssen.«

»Ich weiß.« Ryan rieb müde seine Stirn. »Es war ein Fehler. Ich dachte, Gus und Katie würden es verstehen. Dass sie einlenken würden, wenn sie sehen, wie verzweifelt Meg ist. Wenn sie erkennen, dass es nicht nur eine Laune ist, die sie antreibt, sondern dass ihr ganzes Herzblut daran hängt.«

»Das war der Grund?«, fragte Eric langsam.

»Ja.«

»Du wolltest sie nicht loswerden? Nicht verhindern, dass sie dir nach Chicago folgt?«

»Nein.« Ryan schüttelte verständnislos den Kopf. »Wieso sollte ich? Und warum sollte ich dann jetzt versuchen, ihr den Weg zu ebnen?«

»Das frage ich mich auch.«

Das Gespräch drehte sich irgendwie im Kreis. »Also, hilfst du mir jetzt oder nicht?«

»Wobei?«

»Deine Eltern zu überzeugen, Meg nach Chicago fliegen zu lassen.«

»Gib mir einen guten Grund.«

»Meg.«

»Nein, ich meine einen Grund, dir zu vertrauen.«

»Ich will ihr helfen, das wollte ich die ganze Zeit.«

»Das überzeugt mich nicht. Was springt für dich dabei heraus?«

Ryan zögerte. »Meg«, wiederholte er schließlich leise.

Er hörte, wie ihr Bruder langsam durch die Zähne pfiff. »Daher weht also der Wind. Und wenn sie dich nicht will?«

»Das Risiko werde ich eingehen.« Ryan verbot sich jeden Gedanken daran, ob mehr hinter Erics Worten stecken konnte. Er kannte seine Schwester gut. Wollte er ihm zu verstehen geben, dass sie nicht interessiert war? Oder war das Gegenteil der Fall? »Was hast du schon zu verlieren?«, fügte er hinzu, als Eric schwieg. »Es ist und bleibt ihre Entscheidung, was sie aus ihrem Leben macht. Keiner zwingt sie, irgendwohin zu fahren, wenn sie das nicht möchte. Aber meinst du nicht, sie hätte nicht zumindest eine Option verdient?«

Eric schwieg noch immer. Wie konnte man nur so stur sein? Das musste in der Familie liegen. Anstelle ihrer Eltern hätte jeder längst eingelenkt.

»Ich warne dich, wenn du ihr wehtust, bekommst du es mit mir zu tun«, sagte Eric schließlich.

Ein gewaltiger Stein fiel Ryan vom Herzen. »Heißt das, du wirst mir helfen?«

»Ich versuche, Dad dazu zu bringen, mit dir zu sprechen. Mehr kann ich nicht garantieren.«

»Danke.« Das war immerhin ein Anfang.

Zwei Tage lang wartete Ryan auf eine Antwort. Zwei Tage, in denen er zwischen Optimismus und Verzweiflung schwankte. Zwei Tage, in denen er sich kaum auf etwas anderes zu konzentrieren vermochte. Ein Glück, dass Phil ihn weitgehend in Ruhe ließ. Die Deadline für seinen neuen Artikel war erst nächste Woche.

Lustlos scrollte Ryan sich durch die Trefferliste des Rechercheportals und zuckte zusammen, als sein Handy klingelte. Er griff danach und hielt so abrupt inne, dass er es beinah wieder fallen ließ.

Es war Gus.

»Ja?«, krächzte Ryan.

»Halte dich von meiner Familie fern«, sagte Megs Vater eisig und ohne jede Begrüßung. »Meine Frau steht am Rande eines Nervenzusammenbruchs, meine Tochter ist nur noch ein Schatten ihrer selbst.«

Ryan fühlte sich, wie vor den Kopf gestoßen. »Es tut mir leid«, stammelte er. »Aber das ist doch nicht meine Schuld ...«

»Vor deinem Auftauchen war jedenfalls alles besser!«

»Meg ist unglücklich!«, gab Ryan aufgebracht zurück. »Schon seit Jahren!« Was sollte daran *besser* sein?

»Aktuell bist du nicht ganz unschuldig daran.«

»Ich kann es wiedergutmachen. Wenn sie nach Chicago kommt, werde ich auf sie aufpassen. Ich helfe ihr, eine Wohnung zu finden, und baue sogar die Möbel für sie zusammen«, versuchte er, die Stimmung etwas aufzulockern.

Falls Gus die Anspielung auf ihr letztes Gespräch verstanden hatte, ging er nicht darauf ein. »Ich werde sie nicht einem Mann anvertrauen, der so tut, als ob er eine Frau liebt, um an eine andere ranzukommen.« Ryan verzog das Gesicht zu einen stummen Schrei und ließ seine Faust auf die Tischplatte knallen.

Scheiße! Scheiße! Scheiße! Hatte Eric sich verplappert? Oder hatte Meg es ihm erzählt? Wie auch immer, Gus' Ton

218

ließ nicht daran zweifeln, dass seine Entscheidung unumstößlich war.

»Halt dich von nun an da raus«, bestimmte dieser und legte ohne ein weiteres Wort einfach auf.

Erschüttert starrte Ryan auf das Telefon in seiner Hand. Das sollte es gewesen sein?

Das Smartphone summte. Eine Nachricht kam rein.

Es tut mir wirklich leid, ich habe alles versucht. Eric.

»Ahhhh!«, mit einem lauten Schrei schleuderte Ryan das Handy auf das Sofa. Dann stand er auf und hämmerte in hilfloser Wut seine Fäuste gegen den Türrahmen, bis seine Haut aufplatzte und der Schmerz ihn aus seiner Rage riss. Wie betäubt ging er ins Badezimmer und ließ kaltes Wasser über seine Wunden rinnen, während er im Kopf seine Optionen durchging. Besonders viele waren es nicht gerade. Schließlich konnte er Meg schlecht nach Chicago entführen.

Kapitel 13

Mit zitternden Händen riss Meg den Umschlag auf, auf dem das Logo der Chicago High Cuisine School prangte. Es gab keinen Grund, wieso sie jetzt so viel nervöser sein sollte als bei den letzten Malen. Entschieden verdrängte sie jeden Gedanken an Ryan – das hatte gar nichts mit ihm zu tun. Dann senkte sie ihre Augen auf den Brief. Falls das eine Absage war, würde sie es als Fingerzeig des Schicksals sehen und ihre Pläne endgültig aufgeben.

Es war keine.

Überfordert ließ Meg das Schreiben sinken. Sie hatte keine Ahnung, was sie tun oder auch nur denken sollte. Ein Zeichen war das mit Sicherheit nicht. Sorgfältig faltete sie das Papier wieder zusammen und legte es vor sich ab. Ob sie es wollte oder nicht – in ihrem Kopf war Chicago untrennbar mit Ryan verbunden. Und sie konnte sich nicht entscheiden, was schlimmer für sie wäre. Die Chance aufzugeben, ihn jemals wiederzusehen. Oder in einer Stadt zu leben, in der sie Tag für Tag riskieren würde, ihm zusammen mit Beth zu begegnen. Sie atmete tief durch und schüttelte ihren Kopf. All diese Überlegungen waren mehr als müßig, denn sie würde nirgendwohin gehen.

»Und?«, fragte Eric gespannt.

Erst jetzt wurde sie sich der ungeteilten Aufmerksamkeit ihrer Familie bewusst. Sogar Mom und Dad hatten innegehalten und starrten sie aufmerksam an.

Meg zuckte möglichst gleichgültig mit den Schultern. »Sie wollen mich kennenlernen. Nächste Woche.«

Mom und Dad wechselten einen Blick. »Du freust dich gar nicht«, stellte Mom überflüssigerweise fest.

»Es spielt keine Rolle«, sagte Meg stumpf und wandte sich

ab. In letzter Zeit tat sie alles nur noch wie im Traum, als würde sie die Welt von hinter einem Vorhang betrachten, ohne wirklich daran teilzunehmen.

»Es tut mir leid«, sagte Mom plötzlich und nahm sie in die Arme.

»Schon gut«, raunte Meg. »Ihr habt recht. Das Leben in der Großstadt ist bestimmt nichts für mich.«

»Das meine ich nicht«, widersprach Mom ihr sanft. »Es tut mir leid, was ich dir angetan habe.«

Verständnislos schaute Meg sie an.

Mom atmete tief durch und zog Meg ins Wohnzimmer, auf das Sofa. »Ich habe stets nur das Beste für dich gewollt«, sagte sie langsam. »Wenn man Kinder hat, möchte man sie vor allem Übel, Schaden und Schmerz beschützen.« Ihr Gesicht zuckte. »Vor allem, wenn man selbst eine Kostprobe davon erlebt hat. Manchmal ist der Wunsch so übermächtig, dass man über das Ziel hinausschießt.« Sie wischte sich über die Augen, die verdächtig glänzten. »Ich habe dich nur schützen wollen und habe dir dabei selbst etwas fast genauso Schlimmes angetan.«

»Das ist nicht wahr …«, setzte Meg besänftigend an.

»Doch, ist es«, widersprach ihre Mutter. »Ich habe dich mit meinen Maßstäben gemessen. Ich hätte mir gewünscht, dass jemand so auf mich aufgepasst hätte, wie wir es mit dir tun. Aber du bist nicht ich.« Ihre Stimme zitterte. Dad legte Mom tröstend und besorgt die Hand auf die Schulter. Sie holte angestrengt Luft und schaute Meg direkt in die Augen. »Ich war immer so stolz auf dich, meine starke, zielstrebige, wunderhübsche und lebensfrohe Tochter. Doch jetzt ist davon kaum noch etwas da. Du bist dabei, dich selbst zu verlieren. Und daran bin ich schuld.«

»Nein«, widersprach Dad ihr entschieden. »Wir waren uns beide einig.«

Für einen kurzen Moment beneidete Meg ihre Mutter dafür, dass sie mit Dad einen Mann gefunden hatte, der immer zu ihr stand.

Mom lächelte ihn dankbar an. »Es war nur meinetwegen«, betonte sie. »Weil ich den Gedanken nicht ertragen konnte, jemand könnte dir jemals wehtun.« Sie nahm Megs Hände in die ihren und drückte sie fest. »Bitte verzeih mir.«

Meg spürte, wie sich ihre eigenen Augen mit Tränen füllten. Sie mochte sich nicht einmal ausmalen, wie schwer ihrer Mutter dieses Eingeständnis fallen musste, wie weh es ihr tat, ihre Tochter in eine ungewisse Zukunft ziehen zu lassen. »Ist schon okay, Mom«, murmelte sie leise. »Ich verstehe das. Wirklich.«

Mom lächelte tapfer. »Dann wirst du also gehen?«

Trotz Moms einfühlsamen Worte erwischte diese Frage Meg unvorbereitet. Sie hatte so lange davon geträumt, so hart dafür gekämpft, aber irgendwie nie wirklich damit gerechnet, dass ihre Eltern einwilligen würden. Würde sie das wirklich durchstehen? Ganz allein und Tausende von Meilen entfernt? Sie schluckte und schaute unsicher von einem erwartungsvollen Gesicht in das andere.

Ihr Dad seufzte tief. »Bist du sicher?«, wandte er sich an Mom.

»Ganz sicher«, bestätigte sie. »Meg weiß, was sie tut.«

Sie wünschte, sie selbst wäre ebenso davon überzeugt.

»Wenn es wirklich das ist, was du möchtest, Spätzchen, dann werde ich dich begleiten«, sagte Dad.

»Danke.« Meg warf sich in seine Arme. So war Dad. War eine Entscheidung erst einmal gefallen, rüttelte er nicht mehr daran. Und er würde für seine Familie, ohne mit der Wimper zu zucken, bis ans Ende der Welt gehen – und darüber hinaus, wenn es erforderlich sein sollte. So war es immer gewesen und so würde es immer sein. Diese Gewissheit, dass Mom und Dad und sogar Eric stets für sie da sein würden, gab ihr ein gutes, ermutigendes Gefühl.

Sie drückte ihrem Vater einen Kuss auf die bärtige Wange und sah ihn entschlossen an. »Danke, Dad«, wiederholte sie, »doch ich muss das alleine tun, als Generalprobe sozusagen.

Wenn ich es ohne dich nicht mal zum Vorstellungsgespräch schaffe, wie soll ich dann den Rest bewältigen?«

Er zupfte nachdenklich an seinem Bart. »Mir wäre es lieber, ich könnte dich begleiten.«

»Ich weiß.« Sie lächelte ihn tapfer an. »Mir auch. Und gerade deswegen muss ich es alleine tun.«

Er brummte etwas Unverständliches, widersprach aber nicht.

»Und wohin wirst du fliegen?«, meldete Eric sich zu Wort.

Meg blinzelte ihn verwundert an, dann erst wurde ihr bewusst, dass ihr prinzipiell alle Orte offenstanden, an denen man sie haben wollte. Sie straffte ihre Schultern und reckte ihr Kinn. »Ich möchte alle drei Schulen besuchen.« Sie würde sich von Ryan nicht ihre Zukunft versauen lassen. Weder, indem sie sich auf Chicago fixierte und die anderen Möglichkeiten in den Wind schoss, noch, indem sie seine Stadt von Anfang an ausschloss.

»Es wird also eine richtige Bewerbungstour?«, fragte ihr Bruder beeindruckt.

»Schon möglich.« Meg spürte, wie ihr Tatendrang und Optimismus zu ihr zurückkehrten. »Wenn ich es schaffe, alle Termine entsprechend zu vereinbaren.«

Ryan legte einen Stapel frischer T-Shirts in seine Reisetasche. Seit Tagen zermarterte er sich bereits das Hirn und brachte keine bessere Idee zutage, als nach Alaska zu fliegen und von Angesicht zu Angesicht mit Meg und ihren Eltern zu sprechen. Mit Phil hatte er alles bereits geklärt, sein Flug sollte in vier Stunden gehen. Was genau er machen würde, wenn er erst einmal da war, wusste er nicht. Er konnte ja nicht einmal sicher sein, dass sie ihn überhaupt ins Haus ließen. Aber er war fest entschlossen, nicht eher Ruhe zu geben, bis Meg ihm verzieh und ihre Eltern sich ihr nicht länger in den Weg stellten.

Und er würde zu seinen Gefühlen für sie stehen, ganz unabhängig davon, ob sie diese erwiderte.

Zu gern hätte er gewusst, was in ihrem hübschen, kleinen Dickkopf vorging. Unzählige Male hatte er sich all ihre Begegnungen in jeder Einzelheit vor Augen geführt. Sie hatte ihm mehrfach klipp und klar versichert, dass sie keinerlei Interesse an ihm – oder einem anderen Mann – besaß. Dafür sprach auch die Rolle, die sie bei seiner Aussprache mit Beth gespielt hatte. Gleichzeitig waren da vielen Momente, wo ihre Blicke, ihr Körper, ihre Stimme eine ganz andere Sprache gesprochen hatten. Er hatte sie nicht völlig kalt gelassen. Es gab also noch Hoffnung.

Eine Hoffnung, die nach seinem Gespräch mit ihrem Bruder heller loderte als je zuvor. Eric hatte sich viel zu interessiert an seinen Beweggründen gezeigt, als dass es ein Zufall hätte sein können.

Ein leises *Pling!* an seinem Handy verriet ihm, dass eine Benachrichtigung eingegangen war. Meg musste ein neues Video hochgeladen haben. Er hastete zu seinem Laptop und klickte auf ihre Seite.

Da war sie – so strahlend, fröhlich und wunderschön, wie er sie seit seinem Aufbruch nicht mehr gesehen hatte. Ihr Anblick traf ihn mitten ins Herz. Er konnte nichts anderes tun, als sie anzustarren, während sein Gehirn fieberhaft nach einer Erklärung für ihre plötzliche Verwandlung suchte. Er musste nicht lange grübeln, denn Meg kam direkt auf den Punkt.

»Ich habe großartige Neuigkeiten!«, verkündete sie begeistert. »Drei herausragende Kochschulen möchten mich kennenlernen! Und ich fahre hin!« Sie wirkte, als könnte sie es selbst kaum fassen, als könnte sie vor Freude jeden Moment loshüpfen. »Ihr wisst, dass das mein allergrößter Traum ist. Und jetzt ist er zum Greifen nah.« Sie lachte überschwänglich. Ihm wurde bewusst, wie sehr er diesen Laut vermisst hatte. »Also, drückt mir bitte die Daumen, dass ich sie auch persönlich überzeugen kann. Und seht es mir nach, wenn in der nächsten Woche mit Sicherheit *kein* Video online geht.« Sie lächelte verschmitzt in ihre Kamera. »Bis dann.«

Ryan ließ sich in seinen Sessel fallen und starrte den Bildschirm an. Zu der Freude darüber, dass Meg ihren Traum tatsächlich verwirklichen würde, kam die ernüchternde Erkenntnis, dass er kein Teil davon war. Drei Schulen standen bei ihr in der engeren Auswahl. Und er wusste nicht einmal, ob Chicago zu denen gehörte. Was, wenn sie ganz woanders hinging?

Noch bevor er darüber nachdenken konnte, wählte er Erics Nummer. Wieso hatte er ihm nicht Bescheid gesagt?

»Hey«, meldete sich Megs Bruder zurückhaltend und etwas schuldbewusst.

»Wo ist sie?«, fragte Ryan. Seine Gedanken überschlugen sich. Sein ganzer Plan brach in sich zusammen. Er fühlte die Zügel aus seinen Händen gleiten, ohne dass er etwas dagegen tun konnte.

»Ich nehme an, du hast das Video gesehen?«

»Ja.« Ryan zwang sich zur Ruhe. »Wieso hast du mich nicht gewarnt?«

»Wieso sollte ich?«

Ryan raufte sich die Haare. »Nur ein paar Stunden später und ich säße bereits in dem Flieger nach Fairbanks!«

»Echt?« Eric klang beeindruckt. »Du wolltest herkommen? Wow. Sie hat es dir ja echt angetan.«

»Ja, hat sie«, brummte Ryan. Es hatte keinen Zweck, es zu leugnen.

»Es tut mir leid, wirklich.« Eric klang zerknirscht.

»Ist sie da? Kann ich mit ihr reden?«

»Sie ist schon gestern abgereist. Das Video habe ich für sie hochgeladen. Sie ist sehr eigen mit ihren Veröffentlichungsfrequenzen.«

»Wo ist sie jetzt?« Der Gedanke, dass sie bereits in Chicago sein könnte, beflügelte und erschreckte Ryan zugleich. Was, wenn er sie nicht erwischte?

»In Memphis.« Eric zögerte. »Ich habe Meg gefragt, ob sie dir Bescheid geben möchte, wann sie in Chicago ist. Sie sagte Nein.«

»Dann kommt sie wirklich hierher?« Ryan hielt sich an dem ersten Teil der Information fest und ignorierte den Stich, den der zweite ihm versetzte.

»Ja.«

»Wann?«

Eric seufzte. »Megs Haltung war, was dich angeht, ziemlich eindeutig.«

»Bitte, Eric. Ich möchte nur mit ihr reden.«

»Also gut«, gab er schließlich nach. »Das mache ich übrigens nur, weil ich denke, dass sie sich dieses Mal zu sehr anstellt. Immerhin hat für sie letztendlich alles irgendwie hingehauen.«

»Danke.« Ryan hätte den Jungen umarmen mögen.

»Ja, ja, schon gut«, murmelte er. »Sag ihr nur nicht, dass du es von mir weißt, falls sie wütend wird.«

»Und falls nicht?«

»Dann nehme ich alle Lorbeeren gerne entgegen.«

»Also, wann kommt sie hier an?«

»Das weiß ich leider nicht. Die genauen Reisedaten haben Mom und Dad und die möchte ich lieber nicht fragen.«

Ryan atmete schnaufend durch. »Kannst du mir irgendwas sagen?«

»Ja, warte mal.« Es raschelte leise. »Ich habe es mir extra aufgeschrieben. Falls du anrufst.« Ryan grinste. Megs Bruder war wirklich klasse. »Das Gespräch ist übermorgen um elf.«

»Danke! Ich schulde dir was.«

»Ich werde dich daran erinnern.« Er legte auf.

Ryan notierte sich den Termin. Dann loggte er sich in das Portal der Airline ein, um seinen Flug zu stornieren.

226

»Kommen wir nun zu den persönlichen Fragen, Miss Leary.«
Mr. Baxter deutete höflich zum Ausgang der Schulküche. Meg
nahm das als ein gutes Zeichen. Sie selbst war mit ihrer prakti-
schen Vorführung sehr zufrieden und sicherlich würde der
Mann nicht weiterhin seine Zeit mit ihr verschwenden, wenn
sie ihn damit nicht überzeugt hätte.

Sie war froh, dass hier nicht der erste Stopp auf ihrer Reise
war. Den Termin in Memphis hatte sie bereits zum Üben benutzt, denn Chicago und Boston waren ihre beiden Favoriten.
Außerdem fühlte sie sich mit einer Zusage in der Tasche deutlich selbstbewusster. Wie auch immer dieses Gespräch ausging, ihr Traum würde sich auf jeden Fall erfüllen.

Sie folgte Mr. Baxter in ein Büro und nahm ihm gegenüber
Platz.

»Ich muss zugeben, ich bin beeindruckt von dem, was Sie
bisher geleistet haben, Miss Leary.«

»Danke.« Meg schaute ihn ohne falsche Bescheidenheit an.
Sie hatte ein Recht darauf, stolz zu sein, denn sie hatte alles aus
eigener Kraft erreicht.

»Ein florierender Catering-Service, ein überaus erfolgrei-
cher Blog, Tausende von YouTube-Abonnenten.« Er schaute in
seine Unterlagen.

Gespannt wartete Meg ab, was noch kommen würde, denn
es hörte sich nicht nach einer reinen Lobrede an.

Schließlich klappte er die vor ihm liegende Mappe zu und
musterte sie aufmerksam. »Ich möchte ehrlich zu Ihnen sein,
Miss Leary. Ich frage mich, wieso Sie sich erst jetzt bewerben.
Immerhin liegt die High School bereits einige Jahre hinter Ih-
nen. Und wenn ich das richtig verstehe, haben Sie danach keine
Ausbildung gemacht.«

»Das stimmt.« Sie straffte ihre Schultern. »Eine Ausbildung
an einer Schule wie der Ihren konnte ich mir zu dem Zeitpunkt
nicht leisten. Also habe ich beschlossen, erst auf eigenen Beinen zu stehen, bevor ich mich bewerbe.« Sie lächelte ihn un-

verbindlich an und hoffte, dass dieser Teil der Wahrheit ihn zufriedenstellen würde. Der andere war, dass ihre Eltern sie nie im Leben weggelassen hätten.

»Von Ihren Eltern erhalten Sie keine finanzielle Unterstützung?«

»Nein, denn das ist inzwischen nicht nötig«, entgegnete sie selbstbewusst. Er sollte nicht glauben, dass sie die Studiengebühren nicht stemmen könnte.

Er fixierte sie streng mit seinem Blick. »Von unseren Studenten erwarten wir volle Leistungsbereitschaft und höchstes Engagement. Ich kann mir nicht vorstellen, dass Ihnen nebenbei noch viel Zeit zum Geldverdienen bleiben wird.«

»Ich habe in den letzten Jahren genügend zur Seite gelegt. Selbstverständlich gilt meine oberste Priorität meiner Ausbildung. Ich denke trotzdem, dass ich hin und wieder Zeit für meinen Blog und meine Videos finden werde. Womöglich nicht mehr ganz so oft wie bisher, dafür hoffentlich mit hochwertigerem Inhalt.«

»Hm.« Seine Finger trommelten nachdenklich auf die Tischplatte. Dieser Mann schien eine wirklich harte Nuss zu sein. In Memphis hatte man ihr kaum Fragen gestellt. Und schon gar nicht solche.

»Ihre Familie wohnt in North Pole, Alaska?«, fuhr er fort, als ob er das nicht bestens wüsste.

»Ja.«

»Haben Sie noch weitere Familienmitglieder oder Freunde hier in der Nähe?«

»Nein.«

»Wirklich nicht?« Seine Augenbrauen fuhren interessiert nach oben. »Ich war davon ausgegangen, dass es jemanden gibt.« Er runzelte die Stirn.

Meg bemühte sich, sich ihre Verwirrung nicht anmerken zu lassen. Was meinte er damit bloß?

»Nun ja.« Er verschränkte die Finger. »Mein Irrtum.«

Das hörte sich nicht gut an. »Warten Sie!«, rief Meg hastig. Ihre Gedanken überschlugen sich. »Durch meinen Blog habe ich Kontakt zu sehr vielen Menschen. Ich habe sie noch nie persönlich getroffen, daher habe ich sie nicht direkt zu meinen Freunden gezählt. Dennoch stehen wir im regen Austausch. Auch in Chicago habe ich natürlich einige Leser. Einer davon ist sogar Restaurantkritiker.« Sie wusste, dass sie sich damit weit aus dem Fenster lehnte. Immerhin hatte nur ein einziger Kommentator bei einem ihrer Videos von einem Freund erzählt, der das macht. Vermutlich wusste dieser Freund nicht einmal, dass sie existierte.

Aber irgendwer musste Mr. Baxter schließlich das Gefühl vermittelt haben, sie würde jemanden hier in der Gegend kennen. Sie selbst hatte das in ihren Unterlagen definitiv nicht behauptet.

»Ah ja.« Er lächelte besänftigt.

Meg schluckte ihre Überraschung herunter. Sollte jemand tatsächlich ein gutes Wort für sie eingelegt haben? Dieser ominöse Mr. Cook zum Beispiel? Er hatte unter den meisten ihrer neueren Videos einen Kommentar hinterlassen. Ein paarmal hatte sie ihm sogar geantwortet, es dann jedoch recht schnell aufgegeben. Sein Interesse an ihrer Person bereitete ihr Unbehagen. Und auch jetzt wusste sie nicht, was sie davon halten sollte, falls wirklich er hinter dieser Einmischung steckte.

Entschieden schüttelte sie diese Gedanken ab. Damit würde sie sich später beschäftigen.

»Haben Sie noch Fragen, Miss Leary?«

»Nein.« Die Homepage und die vorangegangene Führung hatten alles sehr anschaulich erklärt. Außerdem wollte sie das Gespräch nach diesem ungewöhnlichen, letzten Teil nicht unnötig in die Länge ziehen.

»Gut. Dann habe ich noch eine letzte Frage an Sie.«

Meg holte tief Luft und wappnete sich.

»Möchten Sie wirklich zu uns kommen?«

»Ja«, entgegnete sie aus tiefstem Herzen. Allein die Kücheneinrichtung war schon ein Traum, von den Praktika, die diese Schule vermittelte, ganz zu schweigen.

Er lächelte. »Dann freue ich mich sehr, Sie am 1. September bei uns begrüßen zu können, Miss Leary.« Er streckte ihr die Hand entgegen. »Alle Unterlagen werden Ihnen in Kürze per Post zugeschickt.«

»Danke.« Meg schüttelte glücklich seine Hand. »Auf Wiedersehen, Mr. Baxter.«

»Auf Wiedersehen, Miss Leary. Und willkommen an Bord.« Er begleitete sie zum Fahrstuhl, dann ließ er sie allein.

Meg war es, als würde sie auf Wolken schweben. Sie hatte tatsächlich eine Zusage von der Chicago High Cuisine School! Wenn sie nicht gerade im Aufzug gewesen wäre, hätte sie vor Freude laut gekreischt. Ein überwältigtes Grinsen machte sich auf ihrem Gesicht breit. Wenn Boston jetzt auch noch zusagte, hätte sie die freie Auswahl.

Wie immer schweiften ihre Gedanken zu Ryan und ihr Strahlen erlosch. Sie wusste immer noch nicht, wie sie sich entscheiden sollte. Vielleicht wäre Boston die sicherere Wahl. Ein Neuanfang, ohne jegliche Lasten. Und ohne eventuelle Stalker wie diesen Mr. Cook.

Die Tür des Fahrstuhls glitt auf und Meg trat in die hell geflieste Lobby. Die Absätze ihrer Schuhe klackerten laut auf dem glatten Boden. Sie schaute sich um und versuchte sich vorzustellen, wie es wäre, Tag für Tag hier durchzukommen.

Sonnenlicht fiel durch die verglaste Front und die große, gläserne Drehtür. Lächelnd schritt Meg hindurch. Sie konnte sich später noch immer den Kopf darüber zerbrechen, was richtig und was falsch war. Heute wollte sie einfach diesen herrlichen Tag genießen.

Glücklich streckte sie ihr Gesicht der Sonne entgegen, die hier so viel wärmer vom Himmel schien als zu Hause. Daran könnte sie sich glatt gewöhnen.

Eine Gestalt löste sich aus dem Schatten einer Mauer und kam langsam auf sie zu.

Ryan.

Megs Herz stolperte. Sein Erscheinen traf sie völlig unvorbereitet. Ein sehnsüchtiges Ziehen durchfuhr ihre Brust. Sie hatte ihn seit fast drei Wochen nicht mehr gesehen, dennoch wirkte sein Anblick so schmerzlich vertraut.

Seine kurzen, dunkelblonden Haare standen nach allen Seiten hin ab, als hätte er sie in letzter Zeit öfter gerauft. Ein unsicheres, beinah entschuldigendes Lächeln lag auf seinen sinnlichen Lippen und die Augen hinter der silberfarbenen Brille musterten sie mit ungebrochener Intensität.

Ihr Bauch begann, vor Aufregung zu kribbeln. Sie hatte fast vergessen, wie unglaublich gut er aussah. Welche Wirkung er auf sie hatte.

Hektisch schaute Meg sich nach einem Fluchtweg um, was natürlich total unsinnig war. Sie konnte ihm nicht ausweichen, er kam direkt auf sie zu. Vermutlich hatte er sogar auf sie gewartet. Was wollte er hier?

Fahrig kämmte sie sich durch die Haare. Sie war nicht bereit dazu, hatte keine Ahnung, was sie sagen, wie sie ihm begegnen sollte. Nur eins stand fest. Sie war nicht mehr wütend auf ihn, dafür berührte es sie zu tief, ihn vor sich stehen zu sehen. Aber vielleicht konnte sie zumindest so tun, als ob.

Wut war gut. Wut war ein Panzer. Wut schützte vor Schmerz.

Ryan konnte sich an ihr kaum sattsehen. Bis zum Schluss hatte er befürchtet, dass etwas schieflaufen könnte, dass er sie allen Vorbereitungen zum Trotz verpassen würde. Sie wirkte zerbrechlicher, als er sie in Erinnerung hatte. Der Kamera entgingen viele kleine Details. Wie die Ringe unter ihren Augen oder die Tatsache, dass sie schmaler geworden war. Dennoch hatte ihr Anblick sein Herz mit purer Freude erfüllt. Sie hatte gelächelt, als sie nach draußen kam, und er hatte gewusst, dass sie es geschafft hatte. Sie hatte die Stelle bekommen.

Dann jedoch bemerkte sie ihn und ihr Lächeln verschwand.

Es tat weh, diese Veränderung an ihr zu sehen und zu wissen, dass es einzig und allein an seiner Gegenwart lag.

Vorsichtig trat er näher. Er wollte sie nicht bedrängen. »Hallo Meg.« Einen guten Schritt von ihr entfernt blieb er stehen.

Sie blinzelte. »Was machst du hier?«, fragte sie überrascht. Sie musterte ihn misstrauisch, als wüsste sie nicht, was sie von ihm zu erwarten hatte.

»Ich wollte der Erste sein, der dir gratuliert.«

Ihre Mundwinkel zuckten leicht, doch ihr Blick blieb unverwandt auf ihn gerichtet. »Woher willst du wissen, dass ich genommen wurde?«

»Ich kenne dich«, entgegnete er schlicht. »Und ich weiß, wie gut du bist. Ich hatte nicht den leisesten Zweifel.«

»Wer hat dir gesagt, dass ich hier bin?« Ihr Ton klang abweisend. Sie verschränkte die Arme vor ihrer Brust, als müsste sie sich vor etwas schützen.

»Ich habe so meine Quellen.« Er hatte Eric versprochen, ihn nicht zu verraten, falls sie wütend wurde. Und leider konnte er ihre Stimmung bisher nicht wirklich einschätzen.

»Was machst du hier?«, wiederholte sie und ihre Stimme zitterte.

Er machte noch einen kleinen Schritt auf sie zu. »Du hast mir gefehlt«, gestand er leise.

»Wie geht es Beth?«, fragte sie kühl.

»Ganz gut, denke ich.« Er verzog das Gesicht. »Sie ist noch immer sauer auf mich.«

»Ihr habt euch gestritten?«

»Nein. Ich habe sie seit der Hochzeitsfeier nicht mehr getroffen.«

»Was soll das heißen?« Unverständnis, Hoffnung, Angst huschten in schneller Folge über ihr Gesicht. Aufgewühlt blickten ihre ausdrucksvollen, honigfarbenen Augen ihn an.

»Ich habe ihr gesagt, dass ich sie nicht liebe.«

»Das kann nicht sein.« Meg schüttelte heftig ihren Kopf und wich einen Schritt zurück, als bräuchte sie Raum, um besser nachdenken zu können. »Ich habe euch selbst gesehen. Ihr habt euch geküsst und umarmt. Es schien sehr einvernehmlich zu sein.«

Ryan schmunzelte. Sie war eifersüchtig. Seine Zuversicht stieg. »Du hast uns beobachtet?«

»Es war ja wohl kaum zu übersehen.«

»Hast du auch mitbekommen, was danach passiert ist?«

»Ihr seid Hand in Hand hinter der Ecke verschwunden. Man muss kein Genie sein, um zu erraten, was dann geschehen ist.«

Ryan überwand den restlichen Abstand zwischen ihnen und nahm behutsam ihre Hand. Meg versteifte sich. Ihre Augen zuckten nervös zu ihm hoch. Sie machte einen tiefen Atemzug, ließ aber zumindest ihre Finger in den seinen.

»So klug du auch bist, dieses Mal lagst du voll daneben«, raunte er. »Wir haben uns ausgesprochen und sie ist wütend davongerannt.«

Meg schnaufte ungläubig. »Du hast dich jahrelang nach ihr verzehrt. Und als du sie endlich hattest, hast du die Lust plötzlich verloren?«

»Nein.« Er schüttelte energisch den Kopf. Er wollte nicht, dass sie ein falsches Bild von ihm bekam. Dass sie glaubte, ihm ginge es nur um die Jagd oder ums Erobern. »Ich habe bloß erkannt, dass das, was ich für sie empfinde, keine Liebe ist. Nicht im wahrsten Sinne des Wortes. Nicht so wie für … dich.«

Zärtlich strich er mit der freien Hand eine Strähne aus ihrem wunderhübschen Gesicht.

Sie sagte nichts, starrte ihn bloß wie hypnotisiert an, während ihre Brust sich hektisch hob und senkte. Er wusste, es kam zu schnell, zu früh, doch er konnte nichts dagegen tun.

»Du liebst sie nicht?« Ihre Stimme zitterte.

»Nein.« Er streichelte ihre Wange.

»Dann war das alles umsonst?« Schmerz und Erleichterung mischten sich in ihren Zügen.

»Nicht für mich«, widersprach er ihr sanft. »Für dich kannst du nur selbst entscheiden.« Ohne den Blick von ihren wunderschönen, goldbraun glänzenden Augen zu nehmen, neigte er langsam seinen Kopf und streifte ihre Lippen vorsichtig und zärtlich mit den seinen.

Ein Zittern ging durch ihren Körper. Im nächsten Moment schmiegte sie sich an ihn, ihre Arme schlangen sich um seinen Hals und ihre köstlichen, weichen Lippen öffneten sich, um seinen Kuss zu erwidern.

Ein ungeahntes Glücksgefühl durchfuhr ihn und es kostete ihn alle Mühe, sie nicht stürmisch an sich zu reißen.

Viel zu schnell löste Meg sich von ihm und biss sich verlegen auf die Lippe. Schüchtern lächelte sie ihn an. Ihre Hand an seiner Schulter stockte. »Was ist das?«, fragte sie verwundert.

Er hatte den Rucksack ja völlig vergessen. »Ich habe eine Kleinigkeit vorbereitet«, erklärte er rau. »Ein Picknick.« Er lächelte sie verführerisch an. »Eine wunderbare, junge Frau hat mir mal gesagt, dass ein romantisches Picknick das perfekte erste Date abgibt.«

Ihre Wangen röteten sich. »Das weißt du noch?«

»Natürlich«, entgegnete er ernst. »Jedes einzelne Wort von dir. Also, wie wär's?«, fügte er einladend hinzu.

»Du meinst, jetzt sofort?«

»Sicher.« Er streckte ihr seine Hand entgegen. »Du glaubst doch nicht, dass ich dich jetzt wieder gehen lasse.« Er zögerte. »Es sei denn, du hast schon etwas anderes vor.«

»Habe ich nicht.« Lächelnd legte sie ihre Hand in die seine. »Lass uns gehen.«

Er führte sie zu einem kleinen Park, der ganz in der Nähe lag. Eigentlich war es nur eine Ansammlung von Bäumen und Büschen und dazwischen ein paar Bänke. Viel lieber hätte er sie mit zu sich genommen, aber er wollte nichts überstürzen. Meg hatte ihn zwar geküsst, sie hatte jedoch kein Wort darüber verloren, was sie für ihn empfand. Oder auch nicht.

»Dann lass mal sehen.« Sie ließ sich auf der Bank nieder und angelte nach seinem Rucksack.

»Erwarte bloß nicht zu viel«, schränkte er ein. Plötzlich fühlte er sich furchtbar nervös. »Es stammt schließlich nicht von der weltbesten Köchin.« Er hatte sich wirklich viel Mühe gegeben, aber er wusste, wie anspruchsvoll sie beim Essen war.

Neugierig holte Meg eine Plastikdose hervor und öffnete sie. Sofort stieg ihm der leckere Duft von Datteln im Speckmantel in die Nase. Zumindest dabei hatte er nicht viel falsch machen können. Ohne davon zu probieren, legte sie die Dose zur Seite, griff nach dem nächsten Behälter und öffnete ihn. Dann noch einen.

»Stimmt etwas nicht?«, fragte Ryan beunruhigt.

»Doch.« Sie wirkte verwirrt. »Ich kenne all diese Häppchen.«

»Natürlich. Ich habe sie von deinen Videos abgeguckt.«

»Du hast das gemacht?« Sie schaute ihn so ungläubig und so beeindruckt an, als hätte er eine wahre Heldentat vollbracht.

»Ja«, entgegnete er langsam.

»Danke!« Stürmisch flog sie ihm um den Hals.

Ryan schloss kurz die Augen und dankte Gott, dass er sich gegen die Idee mit dem Feinkostladen entschieden hatte. »Du solltest es erst einmal probieren«, sagte er leichthin, um sich seine Freude nicht anmerken zu lassen.

»So etwas hat noch nie jemand für mich gemacht«, erklärte Meg verlegen. »Seit Jahren hat niemand mehr für mich gekocht. Und schon gar nicht, um mir eine Freude zu machen.«

»Ich habe es gern getan.« Er legte seine Hand an ihre Wange und küsste sie erneut.

* * *

Meg konnte nicht glauben, dass das hier gerade tatsächlich geschah.

Ryan liebte nicht Beth, sondern sie. Er hatte extra für sie ein Picknick gezaubert. Dabei wusste sie noch genau, wie untalentiert er in der Küche war. Was man vom Küssen wahrlich nicht behaupten konnte.

Ihr Kopf schwirrte, ihr ganzer Körper kribbelte vor Glück und Aufregung. Seine Lippen auf den ihren fühlten sich so unbeschreiblich gut an. Noch nie war sie so geküsst worden. Dennoch musste sie gestehen, dass ihr das viel zu schnell ging. Was, wenn er seine Meinung bei ihr ebenso flott änderte wie bei Beth? Sie musste absolut sicher sein, dass er es ernst meinte, bevor sie ihren Gefühlen für ihn nachgab.

Widerstrebend löste sie sich von ihm. Sie hätte noch ewig weitermachen können, doch leider hatte sie nicht so viel Zeit. Morgen würde ihr Flug nach Boston gehen. Und danach musste sie sich entscheiden.

»Du hast dir meine Videos angesehen?«

Ryan fuhr sich über die Lippen. Er brauchte offensichtlich ein paar Herzschläge, um in das Hier und Jetzt zurückzufinden. »Jedes einzelne«, bestätigte er.

»Wieso?«

»Weil du mir gefehlt hast. Und da du selbst dich geweigert hast, mit mir zu reden, hoffte ich, zumindest so mehr über dich zu erfahren. Du glaubst nicht, welche Sorgen ich mir gemacht habe, als du keine Videos mehr hochgeladen hast. Welche Vorwürfe.« Er atmete tief durch. »Es tut mir leid, dass ich so ein Idiot war. Ich hätte mich nicht einmischen dürfen. Und ich hätte nicht weggehen sollen, ohne dir zu sagen, wie wichtig du mir bist.«

Er schien es wirklich ehrlich zu meinen. »Stimmt, ich habe es dir aber auch nicht gerade leicht gemacht«, murmelte sie.

»Du hast ein gewaltiges Chaos angerichtet, ich dachte, du hättest alles zunichtegemacht. Ich habe dich für undankbar und egoistisch gehalten. Immerhin habe ich meinen Teil der Abmachung erfüllt. Und du hast deinen Part kurz vor dem Ziel einfach zurückgezogen.«

»So war das nicht gemeint«, setzte Ryan eindringlich an.

»Ich weiß«, winkte sie ab. »Jetzt«, fügte sie mit einem kleinen Lächeln hinzu. »Ich glaube, die letzten drei Wochen, dieses Jammertal, das ich durchwandert habe, waren nötig, damit meine Eltern und ich endlich ins Reine kommen. Ohne das wäre ich noch immer nicht hier.«

»Dann haben sie dir tatsächlich ihren Segen gegeben?«

Es gab Momente, da konnte sie es selbst gar nicht fassen. »Es kam ganz überraschend.«

»Nach meinem letzten Gespräch mit deinem Dad habe ich nicht mehr damit gerechnet.«

»Du hast mit Dad gesprochen? Hinter meinem Rücken?«

Sie war nicht sicher, was sie davon halten sollte.

Ryan verzog das Gesicht. »Ich wollte nur helfen. Er hat allerdings vollkommen abgeblockt. Hätte ich dein letztes Video nicht rechtzeitig gesehen, wäre ich schon längst in Alaska.«

Nun fühlte sie sich definitiv geschmeichelt. »Du wolltest mir nachfliegen?«

»Es war mein letzter Verzweiflungsakt.«

»Wieso letzter? Was hast du denn noch alles gemacht?«

Er seufzte. »Willst du das wirklich wissen?«

»Oh ja.« Sie verschränkte die Arme vor ihrer Brust.

»Aber bitte nicht wütend werden. Denk dran, wir haben uns gerade erst wieder versöhnt.« Er klang besorgt, doch seine Augen funkelten amüsiert.

»Ryan«, ermahnte sie ihn.

»Also gut. Wo soll ich anfangen?« Er schaute sinnend nach oben.

»So schlimm?« Sie zog belustigt eine Augenbraue hoch.

Allmählich begann ihr, der lockere Schlagabtausch mit ihm wieder Spaß zu machen. Es erinnerte sie an die Gespräche, die sie früher geführt hatten. Bevor alles so unendlich kompliziert geworden war.

»Nein, nicht schlimm. Höchstens etwas peinlich.«

»Du machst es ja richtig spannend.«

Er wurde wieder ernst. »Das ist es in der Tat. Weil das Ende der Geschichte noch nicht feststeht.«

»Dann erzähl schon mal das, was du weißt.« So leicht kam er ihr nicht davon. Und sie würde sich von ihm nicht zu einer Antwort drängen lassen, bevor sie alle Fakten kannte. Ganz egal, wie lautstark ihr Herz gerade jubelte.

»Es fing damit an, dass du nicht auf meine Anrufe reagiert hast und ich mir einen YouTube-Account angelegt habe, um zumindest irgendwie mit dir sprechen zu können.«

»Was?« Eine Ahnung stieg in ihr auf, die sich fast sofort zur Gewissheit verfestigte. »Wie war der Name?«

»Mr. Cook.«

Meg brach in erleichtertes Gelächter aus, das durch Ryans irritierten Gesichtsausdruck noch verstärkt wurde. Tränen schossen ihr in die Augen und sie presste sich die Hand vor den Mund, in dem Versuch, ihr Gekicher unter Kontrolle zu kriegen. »Und ich habe befürchtet, das wäre ein Stalker«, presste sie schließlich mühsam hervor. Sie schnappte nach Luft und bewegte ihren Kiefer, um ihre vom Lachen verkrampften Gesichtsmuskeln zu lockern. Es führte zu nichts. Sie musste Ryan nur ansehen und eine neue Lachsalve erschütterte ihr Zwerchfell.

Geduldig wartete Ryan, bis sie sich beruhigt hatte. »Geht's wieder?«, fragte er dann trocken.

»Ja.« Sie schnaufte und wischte sich die Tränen von den Wangen. »Das war trotzdem nicht in Ordnung.« Sie boxte leicht gegen seinen Arm.

»Du wolltest ja sonst nicht mit mir reden.«

238

»Wollte ich auch so nicht.« Noch immer fassungslos schüttelte sie den Kopf. »Ich habe von Anfang an gespürt, dass da was faul war. Dieses Interesse an dem, was ich tue, war nicht normal. Ich habe dich für einen Perversling gehalten.«

»Da kann ich dich zum Glück beruhigen. Obwohl, ganz ohne Hintergedanken war das natürlich nicht.«

Völlig unangebrachte Bilder von ihm und ihr nackt auf einem zerwühlten Bett schossen ihr in den Sinn. Energisch rief sie sich zur Ordnung. So weit waren sie nicht. Noch nicht. Eine Erkenntnis tanzte am Rande ihres Bewusstseins. »Warte mal.« Sie musterte ihn scharf. »Hast du wirklich einen Freund, der Restaurantkritiker ist?«

»Ja. Jason arbeitet auch bei der Tribune.«

»Und hat er mit Mr. Baxter über mich geredet?«

Ryan zögerte. »Ich habe ihn gebeten, ein gutes Wort für dich einzulegen«, gab er etwas widerwillig zu.

Entgeistert starrte sie ihn an. Das konnte nicht wahr sein! »Glaubst du etwa, ich hätte es ohne Hilfe nicht geschafft?«

»Deine fachliche Qualifikation hatte die Auswahlkommission bereits überzeugt. Dennoch hatten sie überlegt, dir abzusagen.«

»Wieso?« Das ergab überhaupt keinen Sinn.

»Es gibt wohl Statistiken, die belegen, dass die Abbruchquoten bei Studenten, die von weiter weg kommen und keinen sozialen Rückhalt in der Nähe haben, am höchsten sind.«

Meg atmete laut aus. Deshalb hatte Mr. Baxter ihr all diese komischen Fragen gestellt. Und deshalb hatte man sie vermutlich in New York nicht genommen. Wenn Ryan sich nicht eingemischt hätte, hätte sie diese Chance hier womöglich ebenfalls nicht gekriegt.

»Also hat dein Freund Mr. Baxter erzählt, ich würde hier jemanden kennen?«

»Ja.« Ryan nahm ihre Hand. »Ich musste dich unbedingt sehen. Ich konnte nicht riskieren, dass du dich falsch entscheidest.«

»Gegen Chicago? Weil die Kochschule hier einen so guten Ruf besitzt?«

»Nein.« Er zog sie in seine Arme. »Gegen mich. Der Ort ist mir letztendlich egal. Auch in Boston und Memphis gibt es Zeitungen.«

»Du würdest mir folgen?«

Er nickte ernst. »Wenn es das ist, was du möchtest. Ich hatte in den letzten Wochen genügend Zeit, darüber nachzudenken. Meine Entscheidung steht. Jetzt bist du dran.«

Megs Herz pochte bis zum Hals. In seinen Augen suchte sie nach einem Haken, nach einem Hinweis, dass es ein Fehler wäre, ihm zu glauben. Doch sie sah darin nichts als Aufrichtigkeit und Liebe. Wärme breitete sich in ihr aus. So gewaltig und stark, dass sie fast meinte, das Leuchten in ihrem Inneren müsste auch äußerlich sichtbar sein.

Langsam hob sie ihre Hand und streichelte zärtlich über sein Gesicht. Ryan lächelte. Dann beugte sie sich vor und küsste ihn voller Leidenschaft und Hingabe.

Ihr war, als würde ein lähmender Panzer, der sie in den letzten Wochen gefangen gehalten hatte, von ihr abfallen. Alles erschien plötzlich so klar, schön und leicht.

Es dauerte lange, bis sie sich schließlich von ihm löste. Sie schmiegte ihre Wange an seine Brust und lauschte seinem regelmäßigen, schnellen Herzschlag. Seine Arme schlossen sich um sie. Ließen sie sich sicher fühlen und geborgen. Sie hob ihren Kopf und schaute ihn überwältigt an.

»Ich muss gestehen, Chicago hat überaus überzeugende Argumente auf seiner Seite«, flüsterte sie.

Ryans Lächeln vertiefte sich. »Oh, davon wüsste ich noch ein paar mehr«, raunte er verführerisch.

Daran hatte sie keinen Zweifel. Glücklich verflocht Meg ihre Arme in seinem Nacken und versank in seinen funkelnden blau-grauen Augen. »Ich kann es kaum erwarten, sie zu erfahren.«

Epilog

»Hmm, das sieht ja zum Anbeißen aus.« Ryan schlang die Arme von hinten um Meg und legte sein Kinn auf ihre Schulter. »Magst du kosten?« Sie hielt den gefüllten Champignon, den sie gerade fertiggestellt hatte, lächelnd an seinen Mund. »Gerne.« Er verschlang ihn mit einem Happs und drückte ihr einen Kuss auf den Hals. »Aber das meinte ich gar nicht.« Seine Hände suchten den Saum ihres Shirts und fuhren über ihre nackte Haut.

»Hey«, beschwerte sie sich halbherzig. »So werden wir niemals fertig.«

Seine Lippen wanderten hinauf zu der empfindlichen Stelle hinter ihrem Ohr. »Danach helfe ich dir auch«, versprach er.

Ein wohliger Schauer rieselte über ihren Körper. »Das kenne ich schon«, wehrte sie dennoch ab. Sie hatte bereits gestern einen Teil der Vorbereitungen fertig haben wollen, dann hatte sie den Fehler begangen, Ryan etwas Thunfischcreme auf ihrem Finger zum Probieren zu geben. Ein Lächeln stahl sich auf ihre Lippen, als sie sich daran erinnerte, was als Nächstes geschehen war.

»Denkst du gerade dasselbe, das ich denke?«, fragte Ryan rau und drückte seinen Unterleib begehrlich an ihren Po.

Oh ja. Meg nahm sich einen Moment, um das Gefühl zu genießen, das seine Berührungen in ihr auslösten. Seit zwei Monaten lebten sie schon hier zusammen und das Prickeln, die Verbundenheit wurden von Tag zu Tag stärker. Sie drehte sich in seinen Armen herum, sodass sie ihm ins Gesicht sehen konnte. Unverzüglich senkten sich seine Lippen auf die ihren.

»Du bist so scharf, wenn du essen machst«, murmelte er und versuchte, sie aus der Küche herauszulotsen.

»Nur dann?«, fragte sie neckisch.

»Nein.« Seine Lippen wanderten an ihrem Hals entlang wieder nach unten. »Auch wenn du sprichst.« Er küsste ihren Kehlkopf. »Wenn du atmest.« Er hauchte einen Kuss auf ihre Brust. »Eigentlich immer«, urteilte er schließlich und machte Anstalten, sie auf die Arme zu heben.

»Es tut mir leid.« Sie klopfte tröstend auf seine Schulter. »Ich muss das hier wirklich fertig machen.«

Ryan seufzte resigniert und ließ von ihr ab. »Wessen Idee war es noch mal, deine Familie einzuladen?«

»Deine.« Sie gab ihm einen Schmatz auf die Wange. Jede andere Körperstelle könnte die Stimmung zu schnell wieder kippen. »Und ich finde das so unglaublich süß von dir.«

»Das habe ich nun davon«, murrte er scherzhaft und stellte sich neben sie an die Arbeitsplatte. »Ich muss dir dringend einen unförmigen Überwurf für die Küchenarbeit besorgen. So einen, wie meine Oma ihn früher hatte.«

Meg gluckste amüsiert. »Ich mache dir ein Angebot. Du hilfst mir ganz schnell, hier fertig zu werden. Und den Rest der Zeit können wir etwas … *angenehmer* gestalten.«

»Ich bin dafür. Lass uns für alle Pizza bestellen.«

Sie verdrehte die Augen. »Ich habe meine Familie seit über acht Wochen nicht mehr gesehen.«

»Und bereust du es?«, fragte er, plötzlich wieder ernst.

»Keinen Augenblick.« Sie war so glücklich wie nie zuvor in ihrem erwachsenen Leben. Sie hatte alles, wovon sie jemals geträumt hatte. Die Ausbildung, die sie vor einem Monat begonnen hatte, machte ihr unglaublich viel Spaß. Für ihren Blog blieb ihr zwar nicht mehr ganz so viel Zeit, dafür profitierte er von all den Dingen, die sie tagsüber lernte.

Und dann war da noch Ryan. Ganz selbstverständlich hatten sie ihren Platz im Leben des jeweils anderen gefunden. Sie hatte gar nicht gewusst, was ihr gefehlt hatte, bevor sie ihm begegnet war. Er verlieh ihren Träumen Flügel und ließ sie gleichzeitig die Bodenhaftung nicht verlieren. Sie wollte nie wieder ohne ihn sein.

Verliebt schmiegte sie sich an ihn und legte ihre Arme um seinen Nacken. Ihr Mund war dem seinen ganz nah, sie verlor sich in seinen wundervollen grau-blauen Augen. Sie wusste genau, was sie jetzt wollte – und das war nicht in der Küche zu stehen. Sie schmunzelte, als diese Erkenntnis sie traf.

»Was ist?«, fragte er leise.

»Ich habe tatsächlich etwas gefunden, das ich noch mehr liebe als das Kochen«, raunte sie und streifte seine Lippen mit den ihren. »Dich.«

Seine Arme schlangen sich fester um ihren Körper. Er vergrub sein Gesicht in ihrem Haar. »Wurde auch Zeit, dass du deine Prioritäten endlich richtig setzt.«

»Das habe ich doch schon längst. Spätestens, als ich gar nicht nach Boston geflogen bin.«

»Das beweist gar nichts. Könnte schließlich auch an der Stadt liegen.«

»Wie wäre es dann damit?« Sie stellte sich auf die Zehenspitzen und küsste ihn. Seine Augen weiteten sich überrascht, als ihre Zungenspitze vorschnellte. Begehren flackerte in seinem Blick.

»Ich hoffe, du weißt, was du da tust«, wisperte er heiser.

Sie grinste ihn verführerisch an. »Das will ich doch wohl meinen.« Sie saugte an seiner Unterlippe, was ihm ein leises Stöhnen entlockte. »Oder fühlt es sich für dich nicht so an?«

Er kämpfte sichtbar um seine Selbstbeherrschung. »Und was ist mit dem Essen für deine Eltern?«

Meg zwinkerte ihm gutgelaunt zu. »Ich wollte schon immer mal diesen Lieferservice ausprobieren.« Sie zog das Hemd aus seiner Hose und ließ ihre Hände über seine Haut gleiten. Sie liebte dieses Gefühl, liebte den Ausdruck in seinen Augen, die Leidenschaft, die aus jedem seiner Züge sprach.

»Wie lange haben wir noch, bis deine Eltern eintreffen?«,

fragte er atemlos, während seine Hände ihren Körper zu erkunden begannen.

»Eine Stunde.« Sie zog ihn zum Schlafzimmer.

»Es könnte knapp werden«, warnte er sie.

Sie drehte sich um und küsste ihn noch einmal. »Vielleicht würden sie uns dann endlich glauben, dass es wirklich ernst mit uns beiden ist.« Denn das war es. Und wie.

ENDE

Nachwort

„Hin und weg verliebt" soll vorerst der letzte Teil der „Alaska wider Willen"-Reihe sein. Mir hat der Ausflug in den kühlen Norden sehr viel Spaß gemacht und ich bin überwältigt und unglaublich dankbar für die Begeisterung, auf die meine Reihe bisher gestoßen ist. Als ich im März 2017 mit „Unsäglich verliebt" den ersten Band veröffentlicht habe, habe ich davon nicht zu träumen gewagt.

Jetzt heißt es für mich erst einmal Abschied nehmen von Alaska. Trotzdem kann ich einen Charakter noch nicht ruhigen Gewissens sich selbst überlassen. Beth hat nun in zwei Teilen der Alaska-Reihe eine Nebenrolle gespielt, ohne ihr eigenes Happy-End zu bekommen. Deshalb wird es Ende 2018 noch eine weitere Geschichte geben, in der auch Beth endlich der Liebe begegnet – wenn auch nicht in Alaska.

Bis dahin wünsche ich meinen Lesern alles Liebe und danke von Herzen dafür, dass sie mich durch ihre Nachrichten, Kommentare und Rezensionen immer wieder aufs Neue zum Schreiben motivieren. Denn es warten definitiv noch viel mehr romantische Geschichten darauf, erzählt und aufgeschrieben zu werden.

Herzlichst,
Ellen McCoy

Über Ellen McCoy

Ellen McCoy wohnt mit ihrem Mann und ihren zwei kleinen Töchtern in der Nähe von Köln. Sie ist eine absolute Leseratte und liebt es, in schönen Geschichten zu versinken.

Ihre „Alaska wider Willen"-Reihe schaffte es auf Anhieb in die Top Charts der Online-Shops und auf die Bildbestsellerliste.

Als Elvira Zeißler schreibt die Autorin auch romantische Fantasy. Gern können Sie ihre Facebook Lesergruppe „Buchwelten voll Gefühl und Magie" besuchen oder ihren Newsletter abonnieren unter www.elvirazeissler.de/newsletter.

Bisher erschienen:
Alaska wider Willen-Reihe:
„Unsäglich verliebt"
„Verliebt und zugeschneit"
„Hin und weg verliebt"

Romantische Fantasy:
„Ein Cupido zum Verlieben"
„Echte Männer küssen besser"
„Seelenband"
„Dunkles Feuer"

Ellen McCoy / Elvira Zeißler im Internet:
www.facebook.com/autorin.ellenmccoy
www.elvirazeissler.de
www.youtube.com/user/ElviraZeissler

Buchempfehlung

Der erste Band der „Alaska wider Willen"-Reihe!

Liv Archer hat für ihr Leben einen festen Plan:
Erst kommt die Karriere, danach die Liebe.
Als Liv das Büro ihres Chefs betritt, rechnet sie fest mit einer
Beförderung und einem glamourösen Auftrag in New York.
Stattdessen schickt er sie in die Wildnis von Alaska, um das
marode Sägewerk seines Neffen vor dem Untergang zu bewah-
ren. Als wäre dies noch nicht genug, ist Matt Coleman über
Livs Auftauchen alles andere als erfreut und bemüht sich nach
Kräften, sie möglichst bald wieder loszuwerden. Lediglich sein
Partner Tom steht ihr hilfreich zur Seite und lässt seinen Char-
me bei ihr spielen. Doch Liv hat einen eisernen Vorsatz: Fange
nie etwas mit einem Kunden an …

"Pures Lesevergnügen!" - Beara liest

Buchempfehlung

Berührend, humorvoll und durch und durch romantisch!

Nach einer weiteren Enttäuschung hat Sam von Männern die Nase definitiv voll und schwört der Liebe endgültig ab. Das kann Coup - ein Engel der Liebe - natürlich nicht so auf sich sitzen lassen. Kurzerhand geht er eine Wette ein, dass er es schafft, bis Jahresende den Richtigen für Sam zu finden. Den passenden Kandidaten scheint er auch schon gleich parat zu haben, denn Sams schüchterner Nachbar Patrick ist ganz offensichtlich in sie verliebt.
Und doch erlebt Coup die Überraschung seines Lebens, als er feststellt, dass sein sechster Sinn ausgerechnet in diesem einen Fall versagt ...

"Eine wunderbar himmlische Liebesgeschichte, die uns den Glauben an die Liebe wiedergibt"- MagischeMomenteFürMich

Buchempfehlung

Ihre Liebe ist gegen alle Regeln und doch das Einzige, das sie retten kann ...

Als Valerie in einem Café den geheimnisvollen, finsteren John kennen lernt, ist sie zwischen Angst und Faszination hin und her gerissen. Die tiefe Trauer, die ihn seit dem Tod seiner Frau wie ein undurchdringlicher Schleier umgibt, scheint nicht der einzige Abgrund seiner Seele zu sein.

Als Valerie sein Geheimnis erfährt, erschüttert es ihr gesamtes Weltbild, und plötzlich findet sie sich auf der Flucht vor einem erbarmungslosen Feind wieder.

Gejagt für ein Verbrechen, das keins ist, scheint es keine Hoffnung für ihre Liebe zu geben …

wunderschön romantisch" - *Letannas Bücherblog*
"Große Unsicherheit, tiefe, ehrliche Verzweiflung und wahnsinnig viel Gefühl" - *NieOhneBuch*